考える糧 叢書〈書きながら「私」に問いかけ、問いながら深く作品と向き合う〉

平林香織

書いて読み解く「日本文学史」―クリティカル・ライティングによる文学の歴史―

書いて読み解く「日本文学史」○目次

凡例

1　古典文学作品の引用は、すべて新編日本古典文学全集（小学館）所収の本文によった。近代以降の文学作品の引用元については、その都度本文の脚注に示した。ただし、「ゝ」「〳〵」などの繰り返し記号は、仮名文字に改めた。

2　読解の助けとするために、古典文学作品の原文には、著者による口語訳を補った。

第一章　書読のすすめ

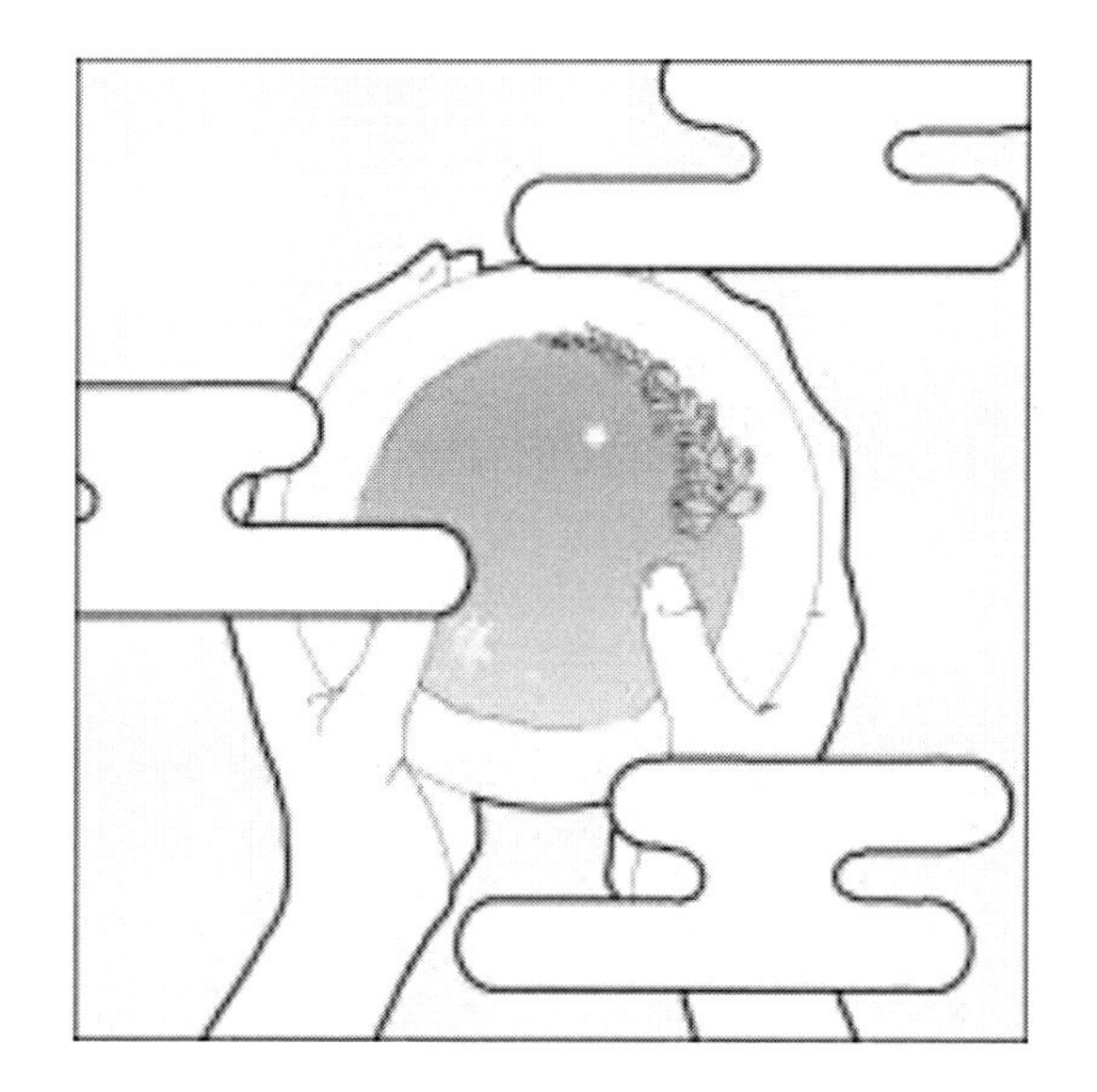

1.『書いて読み解く「日本文学史」』の目的と方法

本書は、日本文学史の流れをたどる本であるが、「書いて読む」という方法によって、さまざまな時代のさまざまな本を少しでも自分に引き付けて理解してもらおうと企画した。

本を読む方法には黙読と音読がある。また、おおまかに内容をつかむ斜め読みやじっくり内容を理解しながら読む精読という方法もある。ひところ速読に興味を持ったことがある。調べてみると、カメラで撮影したように一ページが丸ごと映像として頭に焼きつき、内容も正確に把握できるようになる、ということだった。訓練法がさまざま紹介されていた。呼吸法や姿勢のトレーニングや、段階的に眼球運動を減らしていくための練習方法があった。自分でもできそうな気がして少しやってみたが、それほど真剣に取り組んだわけでもないので長続きしなかった。

いくつか手にとった解説書の中に、本を読むスピードが遅い人のなかには、声帯を使って本を読んでいる場合があると知って驚いた。黙読なのに音読と同じような肉体の使い方をして本を読んでいるために、音読なみの遅さで本を読むことになるというのだ。そういえば、むかし交遊のあった台湾からの留学生が、日本語の本を読んでいると黙読しているのにのどが乾いてしょうがない、と話していたことがあるな、と思い当たった。彼女はおそらく意味と発音を考えながら外国語の文章を読むときに、無意識に音読する場合と同じように声帯を使っていたのだろう。読むことが、身体と結びついた行為であることを示す例だろう。

音読と黙読では、読むスピードだけではなく、理解度も異なる。文章の添削をするときに、音読によって、黙読では見つけられなかった誤字や文法的なまちがいに気づくことがしばしばある。また、目で見ながら自分の声を聞きつつ音読をしているときの方が、たくさんの感覚を同時に使っていることになるので、脳の使用部位も多いことは明らかだ。脳の活性化には音読の方が貢献する。小学生に漢字のテストをする前に音読をさせる場合とさせない場合とでは、音読をさせた場合の方が、正答率があがるという記事をずっとまえ何かで読んだことがある。わたしたちは、しばしば黙読しているときに、ついつい別のことを考えてしまって集中できない時がある。本の文字を目で追っていてもちっとも内容が頭に入らず睡魔に襲われてしまうこともある。

ところで、本の形状について考えてみると、むかしながらの紙の本と電子ブックが併存しはじめている。最近では、インターネットの販売サイトなどで、紙の本と電子ブックのどちらを購入するか選択可能な場合もある。

紙に印刷された本で読まないと本を読んだ気がしない、という人もいる。線を引いたりページを折ったりして本に足跡を残しながら読む人もいるだろう。表紙の材質、帯や装幀のデザイン、手にしたときの持ち重りのする感じ、紙のページをめくる感触、本棚に背表紙が並んでいる景色など、実体としての本の楽しみ方はいろいろある。「積読（つんどく）」という言い方があり、読まなくても手に入れた本を積み重ねておくことに満足感を覚えることもある。

一方で、電子ブックは、場所を取らない、かさばらずに手軽に持ち運べるというメリットがある。画面を操作しながらマーカーで線を引いたり、コピーしたりすることも簡単にできる。スマートフォンのアプリケーションに格納された本は、さながら小さな自分専用の図書館で、長距離移動の電車の中や旅行中に、アプリを開いて手軽に読むことができる。スマートフォンの液晶にコンパクトに表示される一ページは、一瞬で視野に収まりやすい。本を読むスピードは、紙の本よりも早い。著作権の切れた本は「青空文庫」というインターネットサイトでいつでもどこでも読むことができる。国立国会図書館をはじめとして、各地の公立図書館や大学図書館では所蔵図書のデータベース公開を促進している。はるばるお金と時間をかけて所蔵館に行かなくても、手軽に自分の家で情報を得たり読んだりすることができる本や資料も増えている。紙の本は処分してしまったりなくしてしまったりすると失われるが、電子ブックはたとえ端末が壊れてもインターネット上にデータがあるので、失われることはない。

このように、本の形態は二極化した。電子ブックは本の質を二次元だけのものに封じ込めたが、簡単にたくさんの本を身近にすることを可能にした。わたしたちは本に対してより幅の広い選択と経験が可能な環境に身を置いている。

音読は、黙読よりも時間がかかるが、意味を考えながら読んだ場合に内容の理解度は深い、といえる。書きながら読む方法をかりに書読と名付けるなら、書読は、音読よりも時間がかかるだろう。しかし、目と耳と口を使う音読に対して、目と手を使うことになる。脳の運動野を刺激しながら、いわば、体で本を読む方法といえる。

詩人の吉増剛造は、世界各地で自作の朗読を披露してきた。一方で、吉本隆明の『西行論』(講談社文庫)を一冊全部書き写したと自伝[1]の中で語っている。また、吉本の連作詩「日時計篇」を二年以上かけて書き写し、二回目は片仮名表記に変えて書き写しているという。書き写すことで、ことばが音声化し血肉化するというのだ。

そこまでの気力を持たない人でも、精読の際、重要な個所を書き写したり、気に入った本の一節を書き写したりした経験はあるだろう。忘れないために、深く理解したいために、感動を行動に表すために、わたしたちは書読をすることがある。書く作業を通して、紙に文字で書かれた二次元の本が三次元のものとなる。この違いは大きい。そうすることによって、ことばが立ち上がり自分にむかって歩いてくるはずだ。そのことばをしっかりと受け止め、いろいろなことを想像していただきたい。文学の内容がいっそう身近なものになり、作品に対する理解が深まり、新たな発見も促すだろう。

本書では、学修の一環として各章ごとに、実際に書読をしていただけるよう、書き写すためのスペースを設けた。また、そこに至るまでのアクティブな学びを促すための設問も少し用意した。惜しみなく存分に書いて、そして、考えてほしい。

---

[1] 吉増剛造『我が詩的自伝　素手で焔をつかみとれ!』(講談社、二〇一六年)

2. あなたは今どこにいるか

「あなたは今どこにいますか?」と聞かれたらどう答えるだろう。ちなみに筆者は今自宅の書斎にいる。その自宅はどこにあるかというと東京の下町である。かつて樋口一葉が暮らしていた場所にほど近い下町である。歩いて一分以内のところには、酉の市で有名な鷲(おおとり)神社がある……などなど、どこにいるかという問いは、空間的な居場所を指し示すものだ。

親戚の間ではしばしば「荻窪から連絡があったよ」という言い方で、荻窪に住む人物を指し示したり、親戚同士の電話口では「もしもし富山だけど」と切り出したりすることがある。住んでいる場所が人格を伴っているようなことばの使い方である。

ところで、「自分の居場所」ということばを心理的な意味合いで用いる場合がある。「居場所がない」という言い方は、しばしば共同体や組織の中でのその人の立場や役割を含んだ言い方としても使われる。家族の中の居場所、会社での居場所、学校での居場所などなど。だれしも人と人とのつながりの中で生きている以上、そういったつながりの中で、楽しくリラックスして過ごせる場合は、「居心地」が良い。しかし、人間関係がうまくいっていないときや本来の自分のあり方と違和感があるときには、「居場所」がないと感じてしまう。

この時の居場所は、空間的なものではない。たとえ確かな役割があってその集団に所属していたとしても、自分自身が居心地が悪いと感じてしまったら、そこに居場所がなくなる。居場所がないと感じると気持ちの余裕がなくなり息苦しくなる。逆に、ある組織の中で苦境に立たされて困難なことばかりに取り囲まれ、人間関係がギスギスしたものであったとしても、なんらかの原因でその組織に自分の役割や存在価値を見出している人もいるかもしれない。

つまり、「どこにいるか」という心理的な意味合いには、その人の人生の途上における社会的な立ち位置といった意味を含む場合もあるのだ。

もう少し別の角度から考えてみよう。「あなたは今どこにいますか?」という問いは、「今」という現在の時間に焦点をしぼったものだ。わたしたちは、生まれてから死ぬまでの時間を生きている。人は誰しも人生という物語を生きている。「あなたは今どこにいるか」という問いは、人生という時間の物差しのどの位置にいるか、という問いとしても機能しうる。「あなたの人生の物語の第何章にいますか?」、このような問いに置き換えることによって、自分の人生のステージを客観的に見直す機会となるだろう。

つまり、「わたしは今どこにいるのか?」という問いは、空間的・心理的・社会的、そして、時間的な意味をあわせ持っていることになる。

そして、古今の文学に登場する人物たちも、わたしたちと同じように自分の居場所を確かめたり、あるいは自分の居場所を探したりして、葛藤している。

たとえば、『竹取物語』を例に考えてみよう。かぐや姫は月の世界での「居場所」を失って地球へとやってきた。竹取の翁に拾われ、翁夫婦に育てられ美しく成長し、都で貴族として暮らすようになる。翁夫婦の娘、都に住む貴族の娘という居場所を得た。しかし、それは仮の居場所に過ぎなかった。

五人の貴公子と帝からの求婚があったが、かぐや姫はそれに応じることがなかった。慈しみ育ててくれた翁と媼であるが、彼らはかぐや姫にとってかりそめの居場所でしかなかった。月からの迎えが来て、翁や媼、そして手紙のやりとりをするようになっていた帝と泣く泣く別れ、月へと帰っていった。彼女は、帝への置き土産として、「不死の薬」を残す。しかし、帝は、かぐや姫がいなくなってしまった地上で永遠の命を得てもなんの意味もない、と言う。そして、その薬を富士山の山頂で燃やしてしまう。帝にとってかぐや姫のいない地上は自分の居場所ではなくなってしまったのである。

『源氏物語』の光源氏も、人生の早い時期に母を失ってしまったことから、自分の居場所としての母の存在を、いろいろな女性に求め続ける。藤壺の女御は、桐壺帝に招かれて女御となり、御子を産んだことから中宮の座に就く。しかし、その子は、義理の息子である光源氏との不義の末に生まれた子どもだった。彼女は宮中を自分の居場所とすることなく出家してしまう。葵の上は、光源氏の正妻である。しかし、光源氏が亡き母の面影を藤壺に求めるばかりであったため、光源氏の妻であることに居心地の悪さを感じていた。

『源氏物語』において自分の居場所を求める登場人物は枚挙にいとまがない。このことは紫式部自身が宮中においてしばしば居心地が悪いと感じていたことを暗示するのではないだろうか。

さて、最初の質問に立ち返ってみよう。

「あなたは今どこにいますか?」

【設問】

左のページに自分の名前と居住地を中心にした系図を書いてみよう。自分の父母、祖父母、曹祖父母、どこまで名前と居住地をたどることができるだろうか？　わかる範囲で記入して、自分が今どこにいるのか、ということに対してさまざまな思いを巡らせてみよう。

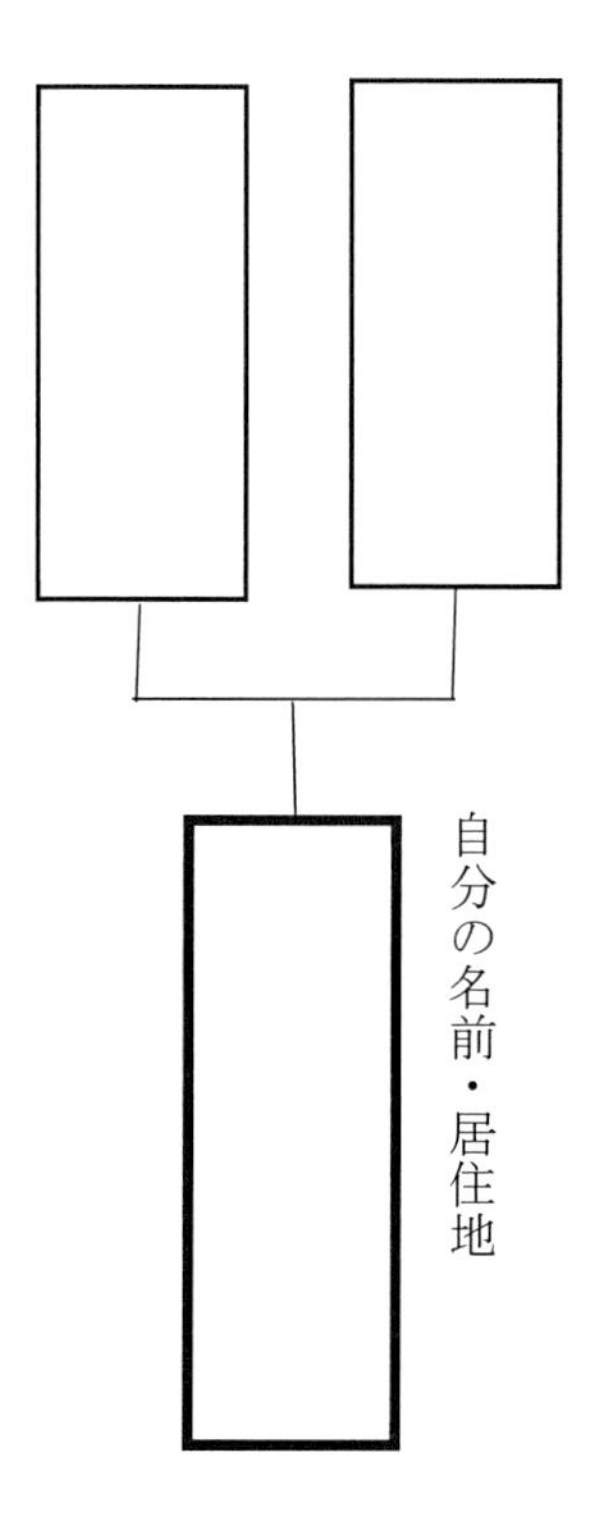

3．文学史の意味

文学史とは文字通り文学の歴史である。わたしたちは、なぜ文学史を学ぶ必要があるのだろうか。

前節で確認したようにわたしたちは多くの人々とのつながりの果てに今を生きている。わたしたちの居場所を空間的・時間的・心理的・社会的に問うことで、自分自身が今ここに存在することの確認ができるとするならば、文学の歴史を知ること・学ぶことを通して、今の自分の周囲にある文学の場所が悠久の歴史の中のどの場所であるかがわかる。スマートフォンの地図アプリで道案内をしてもらうように、文学の歴史を起動することによって、自分のまわりの文学が歴史的にどの場所に位置するか、そしてどこへ行こうとしているかを知ることができる。

文学は人間の心や行動、自然を描く。文学史はいうなれば表現された人間と自然の歴史である。

日本史や世界史の学びは政治的・社会的な現在の情勢を理解する助けや指針となる。過去の歴史と同じようなことが起きた時、人々は歴史に学ぶ。新型コロナウィルスが流行し始めた頃、およそ百年前に世界的に流行したスペイン風邪流行の事例が話題になったことは記憶に新しい。歴史学者・藤原辰史氏は、「パンデミックを生きる指針—歴史研究のアプローチ[二]」において、わたしたちが多くのことをスペイン風邪の歴史に学ぶことの重要性を指摘した。歴史学者は、「虚心坦懐に資料を読む技術」を修得しており、「過去に起こった類似の減少を参考にして、人間がすがりたくなる希望を冷徹に選別すること」ができるという。そして、そういった技術や作業は「現在の状況を生きる方針を探る」「手がかり」につながるとする。歴史学者ならずとも、わたしたちは、過去の歴史に学ぶことによって同じような手がかりを得ることができるだろう。

歴史が過去の事件やできごとと現在を切り結ぶものであるとするならば、過去の文学もまた現在に接続するものといえるだろう。人間の心や行動、自然の景物を描写してきた文学が、いつの時代にどのような心や行動、そして自然を描いてきたのかを確認することは、わたしたち

二　岩波新書編集部ホームページ「B面の岩波新書」二〇二〇年四月二日記事　https://www.iwanamishinsho80.com/post/pandemic

の今の心や行動、目の前の自然を検証することにつながる。そして、時代の変遷の中で、変化したものと変化しないものをたどることができる。その結果、人間の心や自然の変遷のプロセスを理解することができる。

また、文学は言語による芸術であるから、そこには、必ず美しさがある。美しさの価値基準もまた時間の経過とともに変化したり変化しなかったりしてきて今につながっている。文学史を学ぶことは、人間の心や行動、自然が、ことばによってどのように美しく表現されてきたのか、を学ぶことにほかならない。

たくさんの美しい文学が過去にあったこと、また、過去の美しい文学がテーマを変えたり手法を変えたりしながら再生していること、あるいは、今は行われないような美しい表現や美しさを強調するための表現方法が過去にあったことなど、文学史を学んで得られる知識や知恵は計り知れない。なにより、美しいものに出会うことは人間の喜びにつながる。

文学史を学ぶことの意味、それは、人間の心と行動、自然の表現の変遷を知ることができるという点にある。そして、文学史は、今を生きるわたしたちにとって大切なものは何か、という理解を促してくれる。また、文学史を学ぶことによって、美の発見と喜びがもたらされるといえそうだ。

いろいろな場所で、いろいろな時間のなかで、わたしたちは生き続けなければならない。文学を傍らに置き、文学の流れを知っておくことは、生きるための糧となることはまちがいなさそうだ。

4　動的・立体的な文学史

文学史ということばを聞くと、奈良時代の文学、平安時代の文学、鎌倉時代の文学……というふうに、政治的な時代区分に紐づけられた文学の系譜をイメージしがちである。しかし、為政者が変わったり、政治制度が変わったりする節目と、文学作品の内容や表現方法の傾向が変化するのは必ずしも同時ではない。和歌や昔話のように時代を経て歌い継がれ語り継がれるものもある。わたしたちが今読むことのできる平安時代の文学は、江戸時代に出版されたものを継承している場合も多い。わたしたちは、『伊勢物語』を、注釈書を使って読むことがあるが、その注釈書は、江戸時代に出版された賀茂真淵（一六九七〜一七六九）の『伊勢物語古意』や藤井高尚（一七六四〜一八四〇）の『伊勢物語新釈』などの注釈書を継承・発展させたものだ。賀茂真淵や藤井高尚は、それぞれ、彼らの師、荷田春満（一六六九〜一七三六）や本居宣長（一七三〇〜一八〇一）の学問を継承した。文学史の年表は、二次元の表で表現される。しかし、そこに記入された人物や作品は、四次元的に生きて死んだ人物であり、三次元的な書物という物質にほかならない。その時代に生きた人の思いが表現されたものなのである。二次元の文字や年表の向こうに、生きて動いている人間がいるというまなざしで文学史を見ることが必要だ。

たとえば、『古今和歌集』巻第五の秋歌下の「ちはやぶる神代もきかず龍田川韓紅に水くくるとは」という在原業平（八二五〜八八〇）の歌について考えてみよう。この歌は一首前の素性法師の「もみぢ葉の流れてとまる水門には紅深き波や立つらむ（紅葉の葉が流れてきてとまる水門のところには濃い紅色の波が立つだろう）」とともに、「二条の后の春宮の御息所と申しける時に、御屏風に龍田川に紅葉流れたる形をかけりけるを題にてよめる」という詞書があり、屏風の絵を見て読んだ歌であることがわかる。

この歌は、『伊勢物語』一〇六段にも取られている。

むかし、男、親王たちの逍遥したまふ所にまうでて、龍田川のほとりにて、

ちはやぶる神代も聞かず龍田川からくれなゐに水くくるとは

【口語訳】

むかし、男が、親王たちが野歩きをしていらっしゃるところに参上して、龍田川のそばで、読んだ歌、

神代にも聞いたことがない、龍田川が中国から渡来した濃い紅色に水をしぼり染めにするとは

『古今和歌集』では実景を詠んだのではなく、屏風に描かれた龍田川に流れる紅葉の絵を見て詠んだ屏風歌だったものが、『伊勢物語』では、親王たちが龍田川付近を逍遥しているところへ、「むかし男」が訪ねてきて、龍田川の実際の景色を見て詠んだ歌に改変されている。『伊

勢物語』には、二条后（八四二〜九一〇）と「むかし男」の恋愛関係を暗示する章段がいくつかあり、『古今和歌集』の詞書はその連想を刺激するものであるが、『伊勢物語』に歌が採られたときには、二条后の住まいの屏風の存在は消されている。一方、ここに登場する「親王」とは、作中にしばしば登場する惟喬親王（八四四〜八九七）を思わせる。惟喬親王は文徳天皇（八二七〜八五八）の第一皇子で父・文徳天皇は皇位を継承しようとした。しかし、母が紀氏であったため、藤原良房（八〇四〜八七二）の娘・明子（八二八〜九〇〇）が生んだ惟仁親王が立太子し、清和天皇（八五〇〜八八一）となる。『伊勢物語』の章段には「むかし男」との交遊の場面がしばしば描かれる。『古今和歌集』から『伊勢物語』に入れるときに、消された「二条の后」ということばと、付加された「親王」ということば。どちらも歴史的に在原業平との関係が取りざたされる人物である。同じ和歌をめぐって、異なる状況の場面が読者に提示される。

やがて、この歌は藤原定家が百人一首に第一七首として採用する。また、江戸時代には山東京伝（一七六一〜一八一六）の戯作『百人一首和歌始衣抄』（一七八七）に、百人一首の珍解釈として、次のような話が掲載される。

龍田川という力士を千早という女郎がふった、力士はさらに神代という女郎に言い寄るが神代にも思いが聞き入れられなかった、その千早が落ちぶれて、食い詰め、豆腐の殻（おから）を買いにいくと、そこは相撲取りだった龍田川の店で、振られた恨みからおからを売ってくれなかったので、千早は身を投げてしまった。

そこから落語「千早振る」が作り上げられていった。

そして、サブカルチャーであるマンガ作品にもこの歌は援用される。高校のかるた部を舞台に百人一首が題材になっている末次由紀（一九七五年福岡県生まれ）『ちはやふる』では、主人公の名前「千早」とこの歌の関係が、主人公が百人一首に興味をもつきっかけのエピソードとして描かれる。青山剛昌（一九六八年鳥取県生まれ）『名探偵コナン』シリーズ（一九九四〜）の劇場版『名探偵コナン から紅の恋歌』（二〇一七）では、主人公コナンと同じ高校生探偵である服部平次のガールフレンド和葉と、カルタクイーンの座を争う女性として「紅葉」という人物が登場する。「ちはやふる」の業平歌をはじめとして、紫式部や崇徳院の百人一首収載歌が織り込められてエピソードが展開する。

古典文学の和歌に詠まれた景色や恋模様が、サブカルチャーにおけるミステリーのサイドストーリーである高校生のラブストーリーのエピソードに生かされている。

一首の和歌から、時代もジャンルもまったく異なる文学が次々と生まれる。ダイナミックな文学の展開の跡をたどることができる。一首の和歌が時代や作者を越えて、生き生きと動きまわっている。時代の枠組みに閉じ込めるのではなく、時代の枠組みを作品の成立背景として理解した上で、そこから大きくジャンプしてダイナミックに文学の流れをとらえてみよう。

5.『古今和歌集』「仮名序」を書いて読む

詳細は、第五章で扱うが、わが国初の文学理論である『古今和歌集』「仮名序」冒頭を書写し、和歌の本質について理解を深めよう。

やまとうたは、人の心を種として、万の言の葉とぞなれりける。世の中にある人、ことわざ繁きものなれば、心に思ふことを、見るもの聞くものにつけて、言ひ出（いだ）せるなり。花に鳴く鶯、水に住む蛙（かはず）の声を聞けば、生きとし生けるもの、いづれか歌をよまざりける。力をも入れずして天地（あめつち）を動かし、目に見えぬ鬼神（おにがみ）をもあはれと思はせ、男女（をとこをんな）の中をも和らげ、猛き武士（もののふ）の心をも慰むるは歌なり。

【口語訳】

わがくにの歌は、人の心を種として、たくさんの言の葉をしげらせたものである。この世に生きている人は、ことばを数多く発したり、行動がいろいろだったりするから、心に思うことや、見るもの聞くものにつけて歌を歌い出すのである。花に鳴く鶯や水に鳴く蛙の声を聞けば、命あるもので歌を詠まないものがあるといえるだろうか、すべてのものが歌を詠むのである。天と地の神々を動かし、目に見えない霊魂たちを感動させ、男女の仲をやわらげ、勇猛な武士たちの心を慰めるのが歌である。

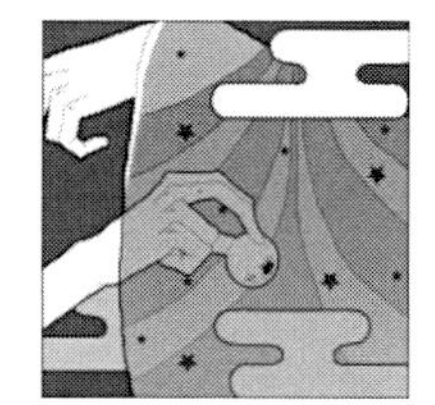

〈よしなしごと・・・〉

第二章　神話を読み解く

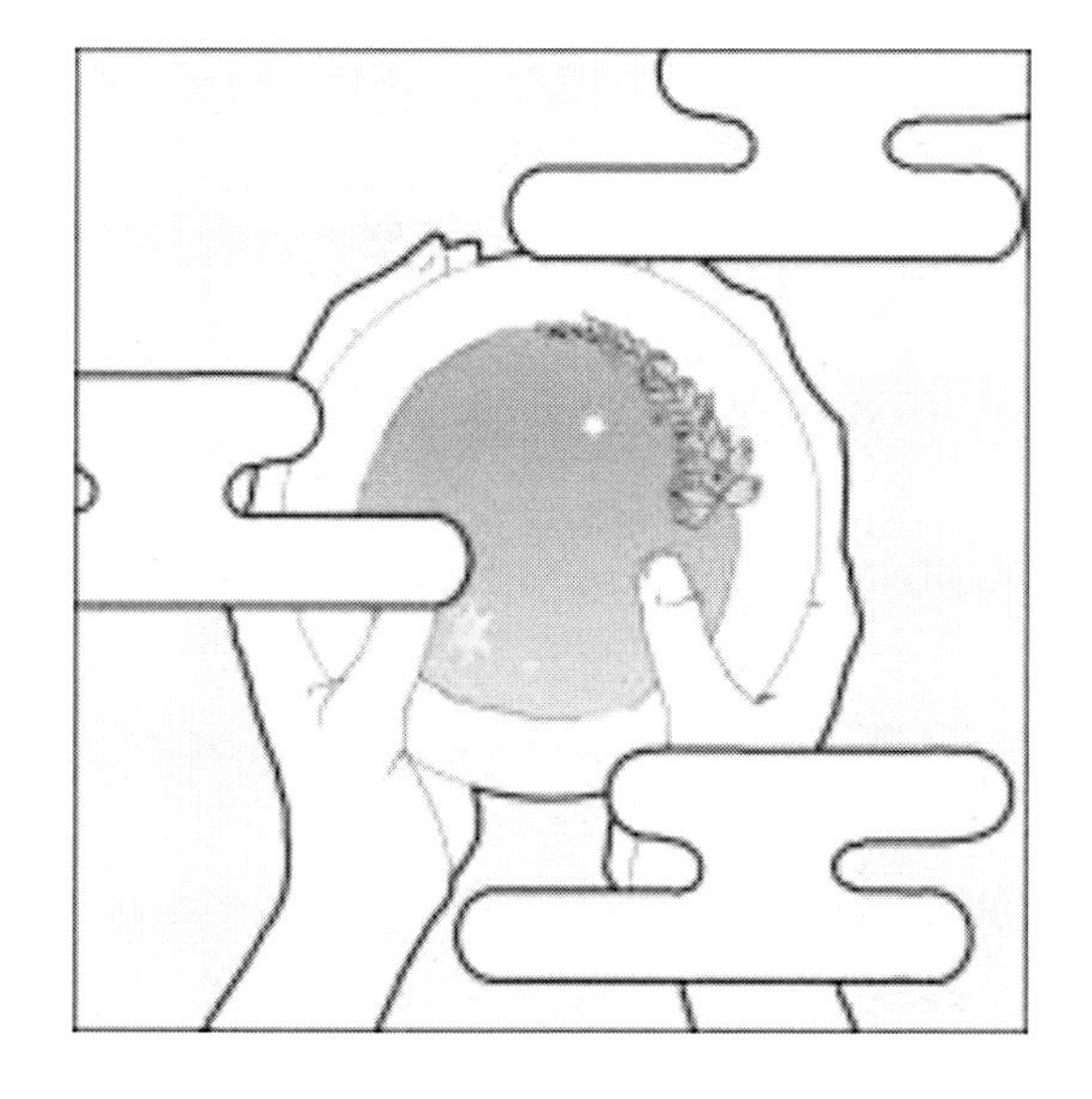

1.〈わたくし〉の家のルーツ

現存するわが国最古の文学作品ともいうべき『古事記』には、わたくしたちが幼いころに昔話として聞いたり読んだりしたヤマタノオロチ退治の話や、海幸彦・山幸彦の話などが含まれる。そういう意味では、日本人にとっては大変懐かしい文学作品ということになる。本章では、全三巻の中から、冒頭部分の国産み神話を取り上げる。日本文学史上に登場する最初の物語が、どのような内容と語られ方をしていたか、ということに焦点を当てる。

『古事記』は、今からおよそ千三百年前、七一二年に成立した。稗田阿礼が読誦した物語を太安万侶が書き取ったものと序文に記される。第四〇代の天武時代（六七三〜六八六）に制作の命が下ったが、書物として整えられる前に天武天皇が亡くなってしまい、そのままになっていた。天武天皇の意志を引き継ぐかたちで第四三代元明天皇（六六一〜七二一）が再び勅命を下し、成立に至った。

中国や朝鮮の正史にならって編纂された日本の正史の最初が七二〇年成立の『日本書紀』三〇巻である。『日本書紀』は、『続日本紀』四〇巻（七九七年）、『日本後紀』四〇巻（八四〇年）、『続日本後紀』二〇巻（八六九年）、『日本文徳天皇実録』一〇巻（八七九年）、『日本三代実録』五〇巻（九〇一年）へと引き継がれる。日本古代国家が編纂したこれらは六国史といわれる。

さて、第一章で確認したように、自分が今いる場所には、空間的・時間的・社会的・心理的な意味合いが想定可能であった。では、自分が現在いる場所にいたる道筋をさかのぼるとどうなるだろうか。本章では、日本文学のはじまりとして『古事記』の神話を扱うが、少し自分に引きつけて考えるために、「今」を起点に考えてみよう。

「世代」は、『広辞苑』によると「親・子・孫と続いてゆくおのおのの代。親の跡を継いで子に譲るまでのほぼ三〇年を一世代とする」と定義される。人によって寿命はさまざまであるが、二〇二一年現在、現代日本の平均寿命は、男女を平均するとおよそ八四・五歳（女性が八七・六歳、男性が八一・五歳）である。人々の働く期間も延長傾向にある。現在の社会水準で考えると一世代の年数は少し短いようにも思われる。しかし、時代をさかのぼる場合にはそれで良いだろう。

九〇年で三世代が経過する。昭和元年が一九二六年だから、現在に至るまでおよそ三世代。そして、江戸時代が終わる一八六八年までおよそ二世代である。五世代前は江戸時代ということになる。江戸時代は約二六〇年間、八、九世代である。武家政権が誕生する鎌倉時代はそこからおよそ四百年前、およそ一三世代。大和朝廷の時代区分は諸説あるが、現存する最古の歴史書『古事記』が七一五年に太安万侶によって元明天皇に献上されているのを目安に考えると、貴族政治は約一三三〇年、一一世代が経過している。三七世代か三八世代をさかのぼると『古事記』の時代ということになる。

ところで、世代に関わる最低限の人数は、自分とその両親、さらにその両親と累乗的に増える。明治時代以降に六四人とのつながりがあって自分に至る。三十七世代には、二の三七乗、一三七、四三八、九五三、四七二人、三八乗とすると、その倍、二七四、八七七、九〇六、九四四人、実に一三七四千億人から二七四八億人である。現在の世界の人口八十億人の一七倍から三八倍以上の人数を経て今の自分が存在することになる。天文学的な数字である。

つまり、『古事記』（七一二）や『日本書紀』（七二〇）が成立したおよそ千三百年前から、現在の自分に至るまでに、無数の人々が関係しているということである。とすれば、『古事記』や『日本書紀』に登場する人々が、自分とはまったく関係がないとは言い切れないということになる。そのように考えるならば、わたしたちの遠い遠い祖先の姿や思いが描かれたものとして理解を深めることは、自分自身や他者、家族や社会、国家そのものをよりいっそう広い視野で、多角的に理解するための助けとなるはずである。

また、われわれは、たとえ天涯孤独の身であったとしても、〇〇という姓をもつ以上、〇〇という家の歴史にからめとられた存在であるといえる。とはいえ、前述のように、どんどん系図を遡っていくと、いつのまにかいくつもの世代をとおりすぎ、日本という国の全体性のなかに吸収されてしまうといえる。〇〇家というくくりが希釈されてしまうともいえるし、逆に、過去の無数の〇〇家が現在の〇〇家に濃縮されているともいえる。

神話の世界は、そもそも、無時間的な永遠の時間の中で生きる神々の世界に端を発している。しかし、一人一人の人間や一つ一つの家という存在は、限定された時間のなかでしか存在していない。連綿と続く親から子へという流れを考えるならば、有限の時間が無化されることになる。神話を読み解くことは、そのような無時間的な総体化された認識をわれわれにもたらしてくれることにもなる。現在のわれわれが、時間という概念にいかにしばられているかということへの気づきともなるだろう。ミヒャエル・エンデの『モモ』（一九七三）が、時間をテーマにしたファンタジーであることはよく知られている。モモは、時間どろぼうが盗んだ時間を取り戻すために、孤軍奮闘した。文学史を考えることが、失われたように錯覚してしまっている時間を取り戻すことになれば幸いである。

2．日本という国のルーツ

ここでは、『古事記』で扱われる日本の国土に目を向けてみたい。

『古事記』には、まず高天原における神々の誕生が書かれ、続いて神々が地上に降りて日本の国土を作ったことが記述される。

ここでは、島国としての日本の国土のルーツについて神話に描かれていることを確認しよう。

『古事記』冒頭は、「天地初めて発れし時に、高天原に成りし神の名は」と語りだされる。そして、天之御中主神、高御産巣日神、神産巣日神の三柱が「独神」として出現したとする。神は「柱」と数える。そのとき国土は、「稚く浮ける脂の如くして、くらげなすただよへる」状態だった。その後、国之常立神、豊雲野神と続き、神代七代の十柱の神々の名前が列挙される。すべて独神である。そして、はじめて一組の神として登場するのが、伊邪那岐命と伊邪那美命の二柱の神である。天の神々は、彼らに固まらないで漂っている状態の国土を、固まらせるよう命じる。原文を確認してみよう。

是に、天つ神諸の命を以て、伊邪那岐命・伊邪那美命の二柱の神に詔はく、「是のただよへる国を修理ひ固め成せ」とのりたまひ、天の沼矛を賜ひて、言依し賜ひき。故、二柱の神、天の浮橋に立たして、其の沼矛を指し下して画きしかば、塩こをろこをろに画き鳴して、引き上げし時に、其の矛の末より垂り落ちし塩は、累り積りて島と成りき。是、淤能碁呂島ぞ。

【口語訳】

そこで、天の神々の命が、伊邪那岐命と伊邪那美命の二柱の神に詔勅として、「この漂っている国を整えて、固まらせよ」とおっしゃり、天の沼矛を賜り、（国造りを）依頼なさった。二柱の神が、天の浮橋にお立ちになり、その沼矛を地上に指し下してかき回したところ、海水がからからと鳴って、（沼矛を）引き上げたときに、その矛の先から海水がしたたり落ちて、積み重なり島となった。これが、淤能碁呂島である。

かたちのない水の中にかたちのある島ができあがることが、「こをろこをろ」というオノマトペとともに印象的に語られる。天の沼矛の先からのぽたぽたとしたたった海水が固まって重なりあって島ができたというプロセスは、一見簡単に書かれているが、一滴のしずくと島の大きさを考えると、計り知れない時間がかかったことをイメージさせる。神のみがなせるわざである。

やがて、伊邪那岐命と伊邪那美命は夫婦となり、次々に島を生み出し、日本の国土が形成される。現在の地名でいうと、まず淡路島が、次に四国、そして、隠岐の島、九州、壱岐島、対馬、佐渡島が生まれ、最後に本州が生まれる。これら八つの島からなる「大八島」が日本の国土である。四国と九州に対しては「身一つにして面（おもて）四つあり」という言い方がされて、それぞれ一つの島に四つの国があったとされる。島を擬人化した表現は、伊邪那岐命と伊邪那美命の子どもとして島に対してパーソナリティが与えられていることを意味する。「伊予国（いよのくに）」に対して「愛比売（えひめ）」、「讃岐国（さぬきのくに）」に対して「飯依比古（いひよりひこ）」という姫・彦という呼称が与えられているのも、二柱の神の大切な子どもという側面が強調されたものであろう。

海の中に次々に島が誕生するようすがめでたいこと美しいものとして描かれていることがわかる。大八島ができた喜びは、卑近な例えでいうと、卵と小麦粉とミルク、砂糖を混ぜたドロドロの液状のものからパンケーキが香ばしく焼き上がった時の幸せな気持ちに似ているかもしれない。

相模湾に浮かぶ江ノ島、駿河湾に浮かぶ伊豆七島や松島湾の島々、あるいは瀬戸内海の島々。実際には浮かんでいるわけではないが、わたしたちが海に浮かぶ島の景色を美しいと感じるのはなぜだろう。遠く近くに島影を見るとき、かたちのないところからかたちを生み出した神話の時代の記憶にアクセスしているのだろうか。

すあまという和菓子がある。州浜ともいう。州浜は、川の中洲のことだが、もともと歌会の折に、宮中の園庭の小川に岸をしつらえたものである。そこに季節の花木をさしながら和歌を詠じていった。水の中の小さな島（陸地）が、和歌を詠じるポイントになっていった。和歌を詠じて、その土地やその季節を寿いだ。州浜は日本列島を象徴するものでもあった。和歌によって日本という国を賛美したのである。島は、島国である日本に生きる人にとって、聖なる愛すべき場所だったのである。

島と文学の関係は深い。桃太郎は鬼が島に渡って手柄をたて宝を得た。一寸法師も島で鬼退治をし、打ち出の小槌（こづち）を得て帰還した。隠岐の島に流された後鳥羽上皇、佐渡島に流された世阿弥などの貴人たちは、都から遠く離れた不自由で孤独な島の暮らしの中でも雅な態度を保ち歌学や能楽を熟成させた。

また、「絶海の孤島」というモチーフがしばしば文学に登場する。ヴェルヌ『十五少年漂流記』（一八八八）、デュマ『モンテスクリスト伯』（一八四四〜一八四六）、トム・ハンクス主演、ロバート・ゼメキス監督『キャスト・アウェイ』（二〇〇〇）など、絶海の孤島における経験が、主人公の生活や人生観を激変させる話は洋の東西に多い。江戸時代、四国から漁に出て鳥島に漂流し、島で一二年を生き延び、帰還した漁師の実話をもとに、吉村昭（一九二七〜二〇〇六）が『漂流』（一九七六）を書いている。周りを海に囲まれた日本の沿岸地域に暮らす人々にとって漂流はしばしば起こりうる問題だった。あらゆる知恵を使い、冷静な判断力と胆力、生きて帰るという強い意志、諦めない心、そして、孤独に押しつぶされない生命力などが必要だろう。

島にはロマンもあるし危険もある。未知の島は時には死の世界の入り口となり、時には、人間に富をもたらした。

瀬戸内海を見下ろす丘に立つと、かつてこのように神々は島を造りその姿を愛でたのだろうと思わせるような幸せな気分になる。松島湾を遊覧船に乗って周遊するときも、湾内の島々の風景に圧倒され神々しい気分になる。海に浮かぶ島々は平和と豊かさの象徴であることが肌で感じられる。

日本という島国が、伊邪那岐命と伊邪那美命の夫婦和合の結果として誕生した。国土が産み出されたものとして語られている。『古事記』には婚姻譚が多い。その端緒が、伊邪那岐命と伊邪那美命の国造りなのである。『古事記』の上巻においては、次々と子どもを産むことで豊かな国土と繁栄がもたらされる。そのために、男神や男性たちが、産む力の強い女神や女性たちを選択し、たくさんの物語が誕生していった。

3．『古事記』と『日本書紀』

なぜほぼ同じような時期に神話が二つ誕生したのだろうか。一般には、『日本書紀』は、外国、特に中国に対して、日本という国の成り立ちを示す意図によって制作されたといわれる。中国の歴史書である『漢書』や『後漢書』にならっている。『百済記』や『魏志』などの歴史書も参照して、天武天皇の皇子である舎人親王（六七六〜七三五）を中心に編纂された。三〇巻からなる。神代から第五八代光孝天皇（八三〇〜八八七）までの律令国家の成立から完成にいたる歴史書である。それに対して、『古事記』は伝承されてきた日本という国の成立事情を記録し、天皇家の正当性を伝えるものである。いわば、外向きに作られた『日本書紀』と、内向きに作られた『古事記』ということができるだろう。

そして、両者の大きな違いはその表記法にある。『日本書紀』は漢文体で書かれる。漢字が表意文字として使われている。したがって、並んでいる漢字を見るだけで内容を類推できる。漢字文化圏における共通語である漢文が用いられているので、中国大陸や朝鮮半島の国々の人も読解可能である。歴史書である『日本書紀』は、できごとや神々や人物の行動を事実に即して叙述する。

一方、『古事記』は倭文体で書かれる。すでに述べたように、『古事記』は、稗田阿礼の語りを太安万侶が聞き取って書きとめたものである。したがって語りのことばをそのまま漢字の音で表する。一音一字を原則として、漢字が表音文字として使われている。そして内容は編年体で構成される。漢字を表音文字として使っているので、耳でことばの音を聞いて意味を理解する形式である。現代人は、並んでいる漢字をひらがなに置き換えて、そこから意味を類推する。また、『日本書紀』よりも『古事記』の方が、人物の心象に筆を費やしており、情動的な内容である。

たとえば伊邪那美命（『日本書紀』の表記は「伊奘冉尊」）が、死んで黄泉の国にくだった時に醜い姿になってしまった場面をみてみよう。からだ中にうじ虫がわいてうごめいているようすが、『日本書紀』では、「沸虫膿流（うじたかれころろき）」と書かれる。『日本書紀』の表記は文字をみただけでイメージをつかむことができる。それに対して『古事記』では、「宇士多加礼許呂々岐（うじたかれころろき）」である。表音的なだけでなく、「ころろ」という擬態語を使って、ウジがコロコロと動いているようすを表現する。朗誦された語りゆえのレトリックといえる。『古事記』は語られた音の文学という印象がある。和語の響きは、子音と母音で構成されるので、誦読することで意味と同時に音の響きを味わう本であることがわかる。

4．国産み神話を書いて読む

伊邪那岐命と伊邪那美命が国造りをするにいたる経緯を書いて読んでみよう。書いたことのない漢字も多いはずだ。旧仮名遣いにも注意を払おう。ハ行音はＦの発音、ワ行音はＷの発音だったという。発音と表記の異なる旧仮名遣いは、かつての発音のようすを伝えるものといえる。

書きやすい筆記用具を使って、縦書きでも横書きでも、自分が一番書きやすいスタイルで自由に書いてみよう。書き写すだけだが、意外と集中力が必要なはずだ。書き上げたら必ず写し間違いがないかどうか原文と付き合わせて確認することも忘れないようにしよう。

【原文】

伊邪那美命の先づ言はく、「あなにやし、えをとこを」といひ、後に伊邪那岐命の言ひしく、「あなにやし、えをとめを」といひき。各言ひ竟りし後に、其の妹に告らして曰ひしく、「女人の先づ言ひつるは、良くあらず」といひき。然れども、くみどに興して生みし子は、水蛭子、此の子は、葦船に入れて流し去りき。次に、淡島を生みき。是も亦、子の例には入れず。

是に二柱の神の議りて云はく、「今吾が生める子、良くあらず。猶天つ神の御所に白すべし」といひて、即ち共に参ゐ上り、天つ神の命を請ひき。爾くして、天つ神の命以て、ふとまにに卜相ひて詔ひしく、「女の先づ言ひしに因りて、良くあらず。亦、還り降りて、改め言へ」とのりたまひき。故爾くして、返り降りて、更に其の天の御柱を往き廻ること、先の如し。

是に、伊邪那岐命の先づ言はく、「あなにやし、えをとめを」といひ、後に妹伊邪那美命の言ひしく、「あなにやし、えをとこを」といひき。如此言ひ竟りて御合して、生みし子は、淡道之穂狭別島。

【口語訳】

伊邪那美命が先に、「まあなんと、いとしい殿方でしょう」と言い、次に伊邪那岐命が、「まあなんと、いとしい乙女でしょう」と言った。言い終わったあと、伊邪那岐命が、妻に対して、「女性が先に言うのは良くない」と言った。しかし、寝室に入り、生まれた子は蛭子だった。この子は、葦船に入れて流し去った。次に淡島を生んだ。これもまた、子としては不十分だった。

そこで、二柱の神は、議論して、「今わたしが生んだ子は良くなかった。天の神の御所に行って報告しよう」と言って、二人でともに天に上り、天の神々の判断を仰いだ。そこで、天の神々が、卜占を行わせたところ、「女が先にことばを発したために良くなかった。今度は、地上に降り帰って改めて（男から）言ってみるとよい」とおっしゃった。そうして、降り帰って、改めて先ほどのように天の御柱を回った。

そして、伊邪那岐命が、まず、「まあなんと、いとしい乙女でしょう」と言い、そのあと伊邪那美命が「まあなんと、いとしい殿方でしょう」と言った。そのように言い終わって結婚して、生んだ子が、淡道之穂狭別島である。

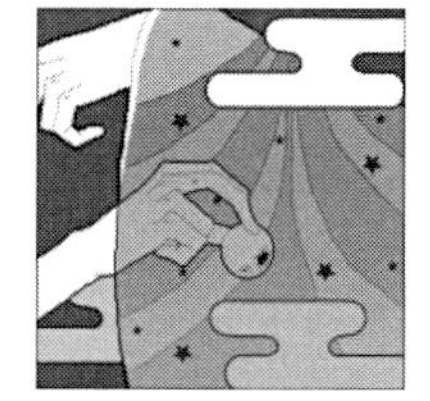

〈よしなしごと・・・〉

第三章　『万葉集』を読み解く

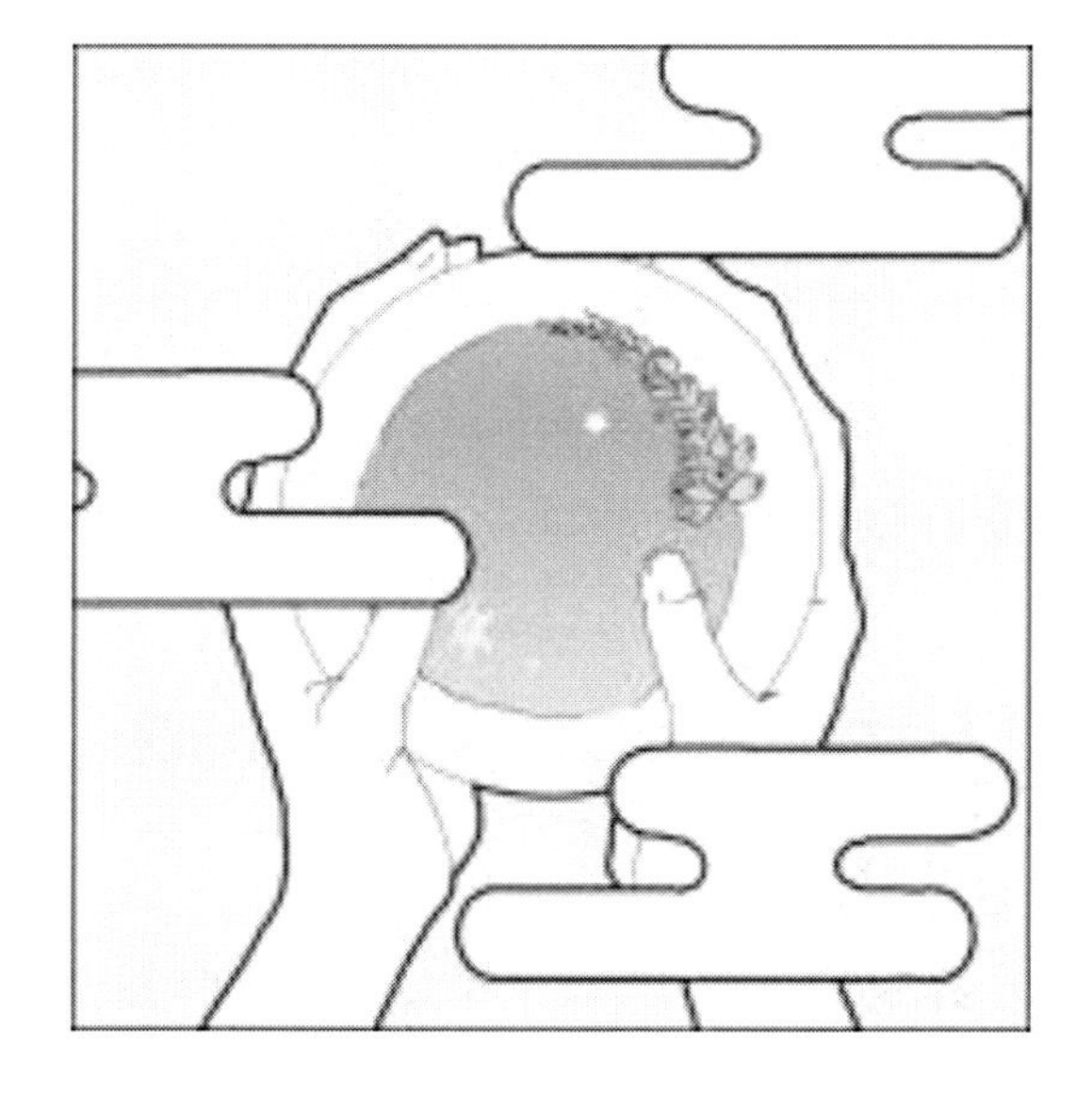

1．編纂の意図と『万葉集』の魅力

日本人は『万葉集』についてどのぐらいのことを知っているのだろうか。『百人一首』の歌にも天智天皇の「秋の田の」の歌や、持統天皇の「春過ぎて」の歌などたくさんの万葉歌人の歌がとられているので、収録されている四五〇〇首のうち一首ぐらいは耳にしたことがあるのではないだろうか。国家の一大事業として身分の上下を越えた国民の歌がこれほど集められたのは空前絶後である。

持統天皇（六四五〜七〇三）の命により文武天皇の時代に大伴家持（七一八頃〜七八五）が中心になって編纂したとされる。成立年ははっきりわからないが、収録されたもっとも新しい歌が七五九年正月の大伴家持の歌なので、これ以降に成立したといわれる。七世紀から八世紀にかけて一三〇年ほどの間に成立した和歌を二〇巻に収める。収録される作者の数は、天皇から農民にいたるまで五百人にのぼる。

『万葉集』の書名については、『古事記』が古い時代のことを記録したものであるのに対して、今の世の人々の思いを掲載するという意図を込めたものともいわれている。「万」には、多くの人々という意味もあるし、万代、すなわち、長い将来にわたって読み継がれるべきという意味もあるだろう。「葉」は「言の葉」の「葉」である。後の歌集にも『金葉集』や『新葉集』という名称がある。「葉」は、和歌のことばを指す。

当初は一巻ずつ巻子本のかたちに装幀され、万葉仮名といわれる漢字の音や訓を日本語の音韻表記に当てはめた表記法で記載された。現存する最古の写本は桂宮本（宮内庁書陵部所蔵）といわれる平安時代中期に書写されたものである。

伝承歌や古い歌謡なども含まれ、大和朝廷が成立する時期のエネルギッシュで清新な気分にあふれる歌集である。以後の時代になると貴族などの高位高官の歌が勅撰和歌集の大半を占めるようになる。「読人しらず」として、防人の歌や東歌など、名前もわからない農民や方言交じりの東国の人々の歌が採用されたこと自体が驚異的なことだ。現代社会のように、情報網も交通網も発達しておらず、筆や和紙が高級品で、文字を書ける人も少なかった時代に、何十年もかけて、これだけの大部の歌集を編纂したのである。歌を詠む人々が作り上げた国、歌に詠まれる美しい自然に恵まれた国、美しいことばによって歌を詠む天皇によって支配された国という意識があったからだろう。歌に象られた日本を祝福し、そこに生きる人々の幸せを祈る文学作品が『万葉集』だといえる。

ところで、新海誠（しんかいまこと）（一九七三年長野県生まれ）原作・脚本・監督の五作目の劇場用アニメーション映画『言の葉の庭』（二〇一三年五月公開）は、次のような『万葉集』巻一一の問答歌をモチーフにした作品だ。

雷神　小動　刺雲　雨零耶　君将留

鳴る神の　しましとよもし　さし曇り　雨も降らぬか　君を留めむ

【口語訳】

雷が少しなって雲行きが怪しい。雨が降らないだろうか、そうすれば、あなたを引き留めよう。

雷神　小動　雖不零　吾将留　妹留者

鳴る神の　しましとよもし　降らずとも　我は留まらん　妹し留めば

【口語訳】

雷が少し鳴っているが雨が降らなくてもあなたがわたしを引き留めてくれるならば、わたしは（あなたのもとに）とどまろう。

この映画は靴職人を目指す一五歳の高校生と、雨の日の新宿御苑のあずまやで出会った二七歳の謎めいた女性との交流を描く。

『万葉集』の相聞歌は恋の思いを伝えあうものだ。作者未詳である。おうむ返しのように「鳴る神のしましとよもし」という二句を反復しながら互いの思いを伝え合うやりとりだ。最初の歌は、「君を留めむ」とあるので女から男への呼びかけである。それに対して、男が「妹し留めば」と応じている。男の誘いに女が応じるという王朝貴族における恋のやり取りとは少し異なり、女の方から男に呼びかけている点が独特である。そして、雷の音を恋の合図であるかのように詠みこんで、女が男を引き留めるために、「雨が降ればいいのに」といい、男は「雨が降らなくても君が引き留めるなら」と思わせぶりな言い方をする。この二人はすでに同じ場所にいて同じ時間を共有している。もっと一緒にいたいということを女が遠慮がちに言いかけ、男が応じたやり取りである。どういう関係なのか、どんな男女なのか、この歌を鑑賞する人の想像を強く刺激するやりとりといえよう。そうして誕生したのがアニメーション映画『言の葉の庭』である。

新海誠は、現在の恋人同士が交わしそうなやりとりを『万葉集』の中に発見し、それを下敷きに万葉仮名で「孤悲」とも表記された「恋」の物語を紡ぎ出した。それは、『万葉集』のこのやりとりによらなければ生まれなかったものだ。わたしたちも、今と変わらぬ千三百年前の日本人の声に耳を傾けてみよう。

ところで『万葉集』最終歌は次の大伴家持の歌だ。

新しき　年の初めの　初春の　今日降る雪の　いやしけ吉事(よごと)　(巻第二〇)

【口語訳】

新しい年の初めの初春のきょう、降った雪は、重なる吉事だ。

太陰暦においては、正月から春がスタートする。新しい年というのは春のはじまりでもある。その春に、冬の風物詩である雪が降ったというのだ。古代社会において、六角形の結晶をもち、世界を白銀に埋め尽くす雪は吉祥だった。春を迎えておめでたいところへ、雪が降ってきて、おめでたいことが重なったので、今年はすばらしい年になるだろうという歌だ。一年のはじまりを寿ぐ歌を最後にもってきて、『万葉集』全体への祝意を表す。『万葉集』を讃えることは、そこに詠まれた歌、掲載された歌を詠んだ人々を讃えることにほかならない。国家というのは国土に暮らす人間によってつくられた人間のためのものだ。言の葉による歌を集めた『万葉集』は、いわば、国を守るものでもあり、国民の幸せを祈るものでもあったといえる。

2．『万葉集』の構成

『万葉集』二〇巻四五〇〇首は、第一期から第四期に区分される。

第一期は、初期万葉といわれる。舒明天皇元年（六二九）から壬申の乱がおきた天武天皇元年（六七二）までである。この時期の代表家人は額田王（生没年未詳）である。

それに続く第二期は、壬申の乱の後から平城遷都が行われた元明天皇の和銅三年（七一〇）まで。のちに歌聖と言われるようになる柿本人麻呂（六六〇～七二四）が代表歌人である。

第三期は、和銅三年から天平一〇年（七三八）まで、もしくは、山上憶良（六六〇～七三三）が亡くなった天平五年（七三三）までである。天平九年（七三七）には山部赤人（生年未詳）が疫病により亡くなっている。憶良も赤人も第三期の代表歌人である。この間、和銅五年（七一二）に『古事記』が成立し、翌年には『風土記』編集の詔があった。

第四期は、そのあと、最後の歌が作られた天平宝字三年（七五九）までである。代表歌人は大伴家持である。

各期の内容を少し詳しく考えてみよう。

第一期

巻頭歌は雄略天皇（生没年未詳）による土地の娘への求愛の歌である。

籠もよ　み籠もち　ふくしもよ　みぶくし持ち　この岡に　菜摘ます児　家告らせ　名告らさね　そらみつ大和の国は　おしなべて
我こそ居れ　しきなべて　我こそ居れ　我こそば　告らめ　家をも名をも

【口語訳】

籠!すてきな籠を持ち、竹べら!すてきな竹べらを持って、この岡で青菜を摘んでいらっしゃるお嬢さん、お家を教えてください、お名前を教えてください、この大和の国はすべてわたしが支配しています、すみずみまでわたしが治めています、わたしの方こそ、家も名前もお教えしましょう。

『古事記』が婚姻譚を重視したように、『万葉集』でも天皇の求婚歌が巻頭にあり、婚姻が重要なモチーフであることがわかる。雄略天皇が春の野で、若菜を摘んでいる女性に家の名と、名前を尋ねる。男が女に名前を尋ねるというのはプロポーズすることにほかならない。この歌は、自分が支配する領土で菜を摘んでいる女性に求婚している歌だ。絶対的な権力をもっている天皇が支配力を誇り、自信たっぷりに求愛している歌を巻頭に据えて、天皇と結ばれる娘の幸せを予祝し、天皇の権威を賞賛する。「そらみつ」は以後使われなくなる四文字の珍しい枕詞で「大和」にかかる。語源はわかっていない。その響きから「空・満つ」という語義が連想され、美しい大和の国を称える淑気が空に満ちているようすが連想される。

続く第二首は、舒明天皇がその権威と土地の支配力を確認した「国見」(高いところに登り立って自分の傘下にある家々を見下ろす公式行事)の歌だ。

大和には　群山(むらやま)あれど　とりよろふ　天(あめ)の香具山　登り立ち　国見をすれば　国原は　煙(けぶり)立ち立つ　海原(うなはら)は　かまめ立ち立つ　うまし国ぞ　あきづ島　大和の国は

【口語訳】

大和国にはたくさんの山があるけれども、そのなかでもとりわけ天の香具山はすばらしい。天の香具山に登り立って国見をするならば、国の平原には煙が立ち上り、海原にはカモメがとびだっている。美しい国、蜻蛉島だ、この大和の国は

「見る」という語には、目で見るという意味以外に、責任を持つ、支配する、という意味がある。最高位にある天皇が領土や国民を見ることで、責任をもって支配を行い、領土や人々を祝福しよう、という意気込みが感じられる歌だ。

第一期の代表歌人は「額田王」である。彼女は「御言持ち歌人」、巫女にも似て、皇族の代わりに歌を詠むことが許された歌人だった。

熟田津に　船乗りせむと　月待てば　潮もかなひぬ　今は漕ぎ出でな　（巻第一）

【口語訳】

熟田津で船出をしようと、月の出を待っていると、潮が満ちてきた、今こそ漕ぎ出そう。

この歌は、唐と新羅の攻撃を受けて窮地にある百済を援護するために兵を送り出す船を出帆させるタイミングを見計らったものだ。斉明天皇（五九四〜六六一、皇極天皇が重祚）に成り代わって、額田王が詠んだものだ。

次の歌は中大兄皇子（六二六〜六七二、天智天皇）に成り代わって詠んだものである。

味酒　三輪の山　あをによし　奈良の山の　山の際に　い隠るまで　道の隈　い積もるまでに　つばらにも　見つつ行かむを　しばしばも　見放けむ山を　心なく　雲の　隠さふべしや　（巻第一）

反歌

三輪山を　しかも隠すか　雲だにも　心あらなも　隠さふべしや

【口語訳】

三輪山が、奈良の都の山の向こうに隠れるまで、道の曲がり角がいくつも重なるまで、ずっと三輪山を見ながら行きたいのに、何度も何度も振り仰ぎたいのに、無情にも雲が隠そうというのか。

反歌

三輪山をそんなにも隠してしまうのか。雲だけでもこの気持ちをわかってほしい。隠してくれるな。

「味酒」は、三輪の枕詞である。神酒のことを「みわ」と称したことから、「おいしい酒」＝みわ＝三輪という意味と音からつなげたものだ。「あをによし」は奈良の枕詞だ。青黒い土のことを「あをに」という。奈良の土が青黒いことと結びつけ、奈良の地を賞賛する語である。百済滅亡後の対外的な危機感もあり、東の近江へ遷都するときに、奈良の旧都を振り返り、三輪山を見て、だんだん遠くなっていく山を名残惜しく切なく見ながら、雲に向かって三輪山を隠さないでほしいと呼びかける。三輪山は大神（おおみわ）神社のご神体となっている山で、神話のなかではその本性は大物主命であるとされている神聖な山だ。

彼女は、壬申の乱に巻き込まれる。自分の夫である天武天皇と、娘の夫である大友皇子が骨肉の争いをするという悲劇に見舞われた。戦う男たちの影で多くの女性が涙を流してきたが、そういう苦い経験をした最初の女性といえる。

古（いにしへ）に　恋ふらむ鳥は　ほととぎす　けだしや鳴きし　我（あ）が思（も）へるごと

【口語訳】

亡き人を恋する鳥はほととぎすといわれるが、ほととぎすがほんとうに鳴いたよ、わたしが彼を思って泣いているのと同じように。

この歌は、息子である弓削皇子（ゆげのみこ）が、亡き父・天武天皇を思って詠んだ歌に唱和したものだ。あなたの父でありわたしの夫である天皇が恋しい、と詠み返した。古典文学の世界では、日没後や夜明け前など、夜鳴く鳥であるほととぎすは、この世とあの世を橋渡しする鳥と思われていた。よく響く声で特徴的なほととぎすが鳴いているさまを、夫を思って自分が泣いている姿に重ねる。

第二期

天皇の支配や天皇の動静に関係する歌が多く詠まれた第一期に対して、第二期になると個人の感情を歌い上げる歌が増加する。第一期では歌の政治的な役割が強調されていたが、第二期になると宮廷歌人が自由に思いを表現する。宮廷歌人は、和歌を詠唱することを専門として、宮廷に仕えた歌人である。その代表歌人が、柿本人麻呂だ。人麻呂の登場によって、この時代の和歌は歌謡的なものから文学性の高い和歌へと変化する。人麻呂の和歌は、枕詞・掛詞・対句などの技法を駆使しながら、高らかに思いを歌い上げる。『万葉集』には、長歌・短歌あわせて三六五首が収載される。宮廷歌人として、皇室に関する題材の歌もあるが、自然や旅や死、恋愛などさまざまなテーマで歌を詠んだ。彼は、「古今集仮名序」において「歌仙（歌聖）」と讃えられる。やがて、神格化され、人麻呂神社に祀られ、歌人たちが歌の上達を祈願するようになる。平安末期から、人麻呂の肖像画を飾って歌を詠み、歌の上達を祈願する「人丸影供」という行事が年に一度開かれるようにもなる。

ここでは、人麻呂が妻を亡くしたときの挽歌（故人を悼む歌）を鑑賞しよう。傍線部は枕詞である。

柿本朝臣人麻呂、妻が死にし後に、泣血哀慟して作る歌二首并せて短歌

天飛ぶや　軽の道は　我妹子が　里にしあれば　ねもころに　見まく欲しけど　止まず行かば　人目を多み　まねく行かば　人知りぬべみ　さね葛　後も逢はむと　大船の　思ひ頼みて　玉かぎる　磐垣淵の　隠りのみ　恋ひつつあるに　渡る日の　暮れぬるがごと照る月の　雲隠るがごと　沖つ藻の　なびきし妹は　もみち葉の　過ぎて去にきと　玉梓の　使ひの言へば　梓弓　音に聞きて　言はむすべ　せむすべ知らに　音のみを　聞きてあり得ねば　我が恋ふる　千重の一重も　慰もる　心もありやと　我妹子が　止まず出て見し　軽の市に　我が立ち聞けば　玉だすき　畝傍の山に　鳴く鳥の　声も聞こえず　玉桙の　道行き人も　ひとりだに　似てし行かねば　すべをなみ　妹が名呼びて　袖ぞ振りつる　（巻第二）

短歌二首

秋山の　黄葉を繁み　惑ひぬる　妹を求めむ　山道知らずも

もみぢ葉の　散り行くなへに　玉梓の　使を見れば　逢ひし日思ほゆ

【口語訳】

軽の道は、妻の住む里なので、ていねいに見たいと思うが、しょっちゅう行くと人目が多いので、何度も行くとみんなが知ってしまいそうなので、後で逢おうと思いこんで、磐垣淵のように隠れるようにして恋い慕っていると、空を行く太陽が暮れてしまうように、照月が雲に隠れるように、わたしになびいていた彼女は、過ぎ去って死んでしまったと、使いの者が言うので、その知らせを聞いて、何と言っていいか、何をしていいかわからないので、知らせだけを聞くだけではいられないので、わたしの恋しさの千分の一でも慰めれる気分になるだろうかと、わたしの彼女がいつも出かけていた軽の市に立って耳をすますと、畝傍山に鳴く鳥の声も聞こえず、道行く人のだれも彼女に似てもおらず、なすすべもないので、彼女の名前を呼んで袖を振ったことだよ。

短歌二首

秋山の紅葉が茂っているので道に迷ってしまった彼女を探しにいこう。山道がわからなくても。

紅葉が散っていくところにやってきた使いをみると、妻に逢った日のことが思われるよ。

「泣血哀慟」とは、血の涙が出るほど激しく泣くということで、強烈な悲しみを言い表すときに用いられる表現だ。愛する人が亡くなったときに、血の涙を流して慟哭しながら詠んだ歌という詞書（ことばがき）が付されている。「軽の道」は地名である。枕詞を多用し、また、太陽が沈む、月が雲に隠れるといった比喩表現を使って、妻が突然逝ってしまったことを強調する。「～なので」という理由を表す接尾語「み」が多用される。まるで、一生懸命自分を納得させようとしているかのように因果関係が強調される。添えられている短歌は、長歌のあとに詠み添える反歌で、「かえしうた」ともいう。直前の長歌の内容を反復したり補足したりする。長歌には必ず反歌を読み添える。

妻が急逝したと知らされて一目散に軽の里に行って街角に立ちすくむ作者の姿が、目に見えるようだ。ぜひ、原文を声に出して読んでみてほしい。愛する人の死という人生最大の苦しみの時に生まれたのが和歌であるといっても過言ではない。また、和歌は、そんな最大の苦しみを慰めてくれるものでもある。それこそが、言霊の力であり、文学の真価だ。

第三期

第三期になると、山部赤人、高橋虫麻呂（生没年未詳）、大伴旅人（六六五～七三一）、山上憶良、大伴坂上郎女（生没年未詳）といったさまざまな歌人たちがそれぞれ特色のある歌を詠んでいる。

山部赤人は叙景歌にすぐれている。

若の浦に　潮満ち来れば　潟をなみ　葦辺をさして　鶴鳴き渡る　　（巻第二）

【口語訳】

若の浦に潮が満ちてくると、干潟がなくなるので、葦が生えている岸辺に向って鶴が鳴き渡るよ。

「潟をなみ」は、体言＋「を」＋形容詞の語幹（ここでは「無し」の語幹「な」）＋「み」で理由を表す古代の語法に基づいているので、「干潟がなくなるので」という意味である。取り立てて特別なことばが使われているわけでもなく、素直に見えるものが描写されているだけである。しかし、ひたひたと潮が満ちてくる光景や、葦が生えている岸辺に向って鶴が鳴きながら飛んでいるようすがありありと目に浮かぶ。海辺の広大な景色に葦と鶴が取り合わされた大きな景が眼前に広がる思いがする。

み吉野の　象山の際の　木末には　ここだも騒く　鳥の声かも　　（巻第二）

【口語訳】

吉野の象山の谷間の梢にはこんなにも騒いでたくさんの鳥の声が聞こえることだ。

「み」は吉野を美化するためにつけられた接頭辞である。「木末」「ここだも」という古語はなじみのないものだが、その意味を理解してこの歌を読むと、木々の上で楽しげに囀る鳥たちの声がはっきりと聞こえてくるような気がする。素直にことばを並べるだけで、美しい景色を鮮やかに描き出す赤人の歌の調べは他の追随を許さないみごとなものだ。

高橋虫麻呂は、伝説歌人といわれる。

葛飾の　真間の井を見れば　立ち平(なら)し　水汲ましけむ　手児名(てごな)し思ほゆ　（巻第九）

【口語訳】

葛飾にある真間の井戸を見ると、そこを踏みならして水を汲んでいた手児名のことが思い出されることだよ。

手児名は、下総国(しもうさのくに)の葛飾（現在の千葉県市川市真間）に住んでいたという伝説上の女性である。多くの男性が彼女に求婚したが、彼女は一人を選ぶことができず思い悩んで入水したと伝えられる。この和歌は、その悲劇を物語る長歌に添えられた反歌である。『常陸国(ひたちのくに)風土記』の編纂にかかわったともいわれる虫麻呂は、古い伝承を知る機会が多かったのかもしれない。水の江の浦島子(うらしまご)の伝説や菟原処女(うないおとめ)の伝説などを詠んだ長歌も有名である。

大伴旅人は、武将の家柄に生まれ、中納言の地位にあった。隼人反乱の制圧の大将軍として九州に赴いたり、大宰帥(だざいのそち)を務めたりした。『万葉集』に七〇首が収載される。大伴郎女(おおとものいらつめ)は妻で、大伴家持は子である。歌の題材はさまざまで、大伴郎女との間で詠まれた愛の歌（相聞歌）が印象的である。また、無常感に満ちた述懐の歌も詠んでいて、新しい表現を感じさせる。一方で、酒好きだったらしくユーモラスな「酒を讃(ほ)むる歌」を一三首詠んでいる。一部を紹介しよう。

験なき　物を思はずは　一杯の　濁れる酒を　飲むべくあるらし　（巻第一二）

【口語訳】

何の効果もない物思いをするくらいなら、一杯の濁り酒を飲むほうが良い。

酒の名を　聖と負(おほ)せし　古(いにしへ)の　大き聖の　言(こと)の宜しさ

【口語訳】

酒の名前を聖と名付けた昔の大聖人のことばが大変良い。

酒飲みの勝手な言い分のような物言いが続く。思わず笑みがこぼれてしまうような詠みぶりでもあるが、人生への哀感のようなものも感じさせる。

山上憶良は、無官だった大宝二年（七〇二）に第八次遣唐使として唐に渡り、儒教や仏教を学んで帰国、その後、伯耆守(ほうきのかみ)、筑前守(ちくぜんのかみ)を務めた。九州の大宰帥だった大伴旅人と交流があった。子を思う歌を紹介しよう。

子等を思ふ歌一首并せて短歌

釈迦如来、金口(きんく)に正(まさ)しく説きたまはく、「衆生を等しく思ふこと、羅睺羅(らごら)のごとし」と。また説きたまはく、「愛するは子に過ぎたりといふことなし」と。至極の大聖すらに、なほし子を愛したまふ心あり。況(いはむ)や、世間(よのなか)の蒼生(あをひとくさ)、誰か子を愛せざらめや。

瓜食(は)めば　子ども思ほゆ　栗食めば　まして偲(しの)はゆ　いづくより　来(きた)りしものそ　まなかひに　もとなかかりて　安眠(やすい)しなさぬ

反歌

銀(しろがね)も　金(こがね)も玉も　なにせむに　優(まさ)れる宝子にしかめやも　（巻第五）

【口語訳】

子どもたちを思う歌一首　併せて短歌

釈迦如来が、金色に輝くお口でおっしゃった、「衆生をみな平等に思っていることは、我が子・羅睺羅を思うようなものだ」と。またおっしゃるには、「愛執の迷いが生じるのは子どもに対する以上のものはない」と。きわめつきの大聖人でさえ、やはり子を愛する執着心というものがある。ましてや、世の中の多くの人々は、我が子に執着しないということがあるだろうか、いやない。

瓜を食べれば子どもを思い、栗を食べれば、さらに子どもを偲ぶ。どこから来たのか、まぶたに子どもの姿がちらついて安眠できない。

反歌

銀や金や宝石もなんだというのか、子ども以上にまさる宝はないことだよ。

釈迦でさえ我が子には執着したという前書きがある。「金口」は釈迦のような聖人の口を色彩にたとえる語である。仏教では、「愛」は愛着することを意味し、断ち切るべき妄執とされる。しかし、子どもを思う親の気持ちというのは心配して安眠できないほどに強いものだということを歌い上げている。親であれば誰しもが思うことを、「瓜を食べても栗を食べても」と、日常生活の動作を畳みかけて表現しているところに強い説得力がある。「瓜」と「栗」という押韻する語を並べて強く印象に残るリズムを創り出している。詞書に釈迦の子どもの名前をあげている点に憶良の教養が表れている。

大伴旅人の異母妹である大伴坂上郎女（おおとものさかのうえのいらつめ）は、『万葉集』に長歌六首、短歌七八首が収められる。女流歌人のなかではもっとも多い歌数である。大伴家の家事一切を取り仕切る「家刀自（いえとじ）」として大伴家で暮らしていたようだ。それ以前に彼女は三度結婚をしており、そのたびに夫に先立たれている。豊かな恋愛経験に基づく女ごころを巧みに歌に詠み込み、読むものをひきつける。

雨（あま）つつみ　常する君は　ひさかたの　昨夜（きぞのよ）の雨に　懲りにけむかも　（巻第四）

【口語訳】雨忌みをいつもするあなたは、昨夜の雨に懲りてしまったのでしょうか。

「雨つつみ」というのは、雨に濡れることを忌んで外出を控えることを言う。雨のせいで、男が訪ねてこないことを憂えている。男が夕べ訪ねてきたが帰るときに雨になって濡れてしまったことを暗示する下句が、雨に降り込められた男女のしっとりとした恋の情感を感じさせる。

佐保川の　小石踏み渡り　ぬばたまの　黒馬(くろま)の来夜(くよ)は　年にもあらぬか　（巻第五）

【口語訳】
佐保川の小石を踏みながら川を渡ってくる黒い馬が来る夜は一年中ではないのだろうか。

佐保川は大和国(やまとのくに)（奈良県）を流れる川で、『万葉集』に多く詠まれる。彼女のところへ黒い馬に乗った恋人が佐保川を渡ってくる。一年中毎日毎日彼がやってきてくれたらいいのにと歌う。「小石」は掛詞で「恋し」が掛けられる。「ぬばたまの」は「黒」にかかる枕詞で、黒い馬を印象付ける。「佐保川」「小石」「黒馬」ということばの連なりは、イメージ喚起力が強い。黒い馬がパシャパシャと水を渡る音まで聞こえてくるようだ。大伴旅人が亡くなってからも大伴家の家刀自として重要な役割を果たした彼女の影響を受けて、第四期の代表歌人である大伴家持が育っていった。

以下、同じく巻第四から彼女の歌をいくつか紹介しよう。ありがちな女心だ、と思わせる歌ばかりだ。

来むと言ふも　来ぬ時あるを　来じと言ふを　来むとは待たじ　来じと言ふものを

【口語訳】
あなたは来ると言って来ない時があるので、来ないだろうと言ったときにもしかして来るかもしれないと待つことはしないでおきましょう。来ないかもしれないと言ったのだから。

黒髪に　白髪(しろかみ)交じり　老ゆるまで　かかる恋には　いまだあはなくに

【口語訳】
黒髪に白髪がまじるようになったこの年まで、いまだかつてこんな恋には出会わなかったことです。

恋ひ恋ひて　逢へるときだに　愛しき　言尽くしてよ　長くと思はば

【口語訳】
恋しくて恋しくて逢ったときに、せめて、愛しいということばをたくさん言ってください、二人の関係を長続きさせたいなら。

第四期

第四期の代表家人、大伴家持は万葉集最大の歌人でもある。四七二首の作品が収載され、編集の仕上げも行ったと思われる。従三位のくらいにまで昇進し、越中守、因幡守、薩摩守、などを歴任し、陸奥按察使鎮守府将軍も務めた。政争によってしばしば左遷され、死後も藤原種継暗殺事件にかかわっていたとして官位を剥奪され、後に復権するなどの憂き目に遭っている。次ページの絶唱三首が彼の歌人としての地位を不動のものにした。

白波の　寄せ来る玉藻　世の間も　継ぎて見に来む　清き浜辺を　（巻第十七）

【口語訳】
白い波が打ち寄せるたびに美しい藻が浜に寄せくるように、一生の間、続けて見に来よう、この美しい浜辺を。

この歌は越中守時代に、富山湾の景色を詠んだものだ。「白波の寄せ来る玉藻」は、「よ」の音の響きの共通性から「世」を導き出す序詞である。同時に、繰り返し打ち寄せる波の美しさも伝える。倒置によって「清き浜辺」が強調される。国司として越中国の安寧を祈る思いも込められている。目の前の景色をわかりやすく詠んだ歌だが、どこか凛とした力強さを感じさせる。

家持歌の繊細な抒情性をよく表しているのが、天平勝宝五年（七五三）の二月に詠んだ次の三首である。

春の野に　霞たなびき　うら悲し　この夕影に　うぐいす鳴くも　　（巻第一九）

【口語訳】

春の野に霞がたなびいてなんとなく悲しい気持ちだ。この夕影の中でうぐいすが鳴いているよ。

我がやどの　いささ群竹（むらたけ）　吹く風の　音のかそけき　この夕かも

【口語訳】

わたしの家の小さな竹藪に吹く風の音がかすかに聞こえるこの夕暮れ時よ。

うらうらに　照れる春日に　ひばり上がり　心悲しも　一人し思へば

【口語訳】

うららかに照っている春の日ざしの中をひばりが昇っていくのが、悲しいことだ。一人物思いに沈んでいるので。

むずかしい表現はなく、口語訳を読まなくてもすっと意味が受け取れる歌ばかりだが、単なる叙景歌ではなく、うぐいすの声や竹の葉のさやぎ、あげひばりの姿を受け止める作者の心の憂愁がしみじみと伝わってくる。

また、『万葉集』において忘れてはならないのが、巻第一四と巻第二〇に収められた東歌（あずまうた）と防人歌（さきもりのうた）だ。

置きて行かば　妹（いも）はまかなし　持ちて行く　梓の弓の　弓束（ゆづか）にもがも　　（巻第一四）

【口語訳】

置いていく妻が目の前にいていとおしい。持っていく梓弓の弓束と一緒に妻を持っていけたら。

己妻を　人の里に置き　おほほしく　見つつそ来ぬる　この道の間　（巻第一四）

【口語訳】

自分の妻を他人の里に置いてきて、気も晴れないまま繰り返し振り返りながら来た、この道のりの間。

租庸調の税制や国防のために東国から九州に赴く徴兵制に人々は苦しめられた。稲作の技術が整わない時代、交通網が発達していない時代に、天候によって左右される稲作が納税と直結していることや、遠い九州へ三年間音信普通のまま兵役に行かされることが、どれほど人々を困惑させたか、想像を絶するものがある。無骨で素朴な言い回しや東国の方言を使って歌われた東歌や防人の歌には、人々の赤裸々な感情が詠みこまれている。支配層にとってはマイナスになるような庶民の歌も堂々と掲載されているところにも『万葉集』の特徴がある。

二〇巻の作品は、汲めども尽きぬ聖なる泉のようなものだ。題材のなかでどれか一つでも興味があるものをきっかけにして和歌にアプローチしてみよう。

3. 歌ことばの特質

新海誠が「孤悲」という表記から創造の翼を広げたように、万葉歌人たちもことばの響きや文字遣いに豊かな感受性を発揮した。そのことは、和歌における枕詞や掛詞の多用に表れている。枕詞は、『日本国語大辞典（第二版）』によると、次のような和歌の修辞法である。

古代の韻文、特に和歌の修辞法の一種。五音、またはこれに準ずる長さの語句で、一定の語句の上に固定的について、これを修飾するが、全体の主意に直接にはかかわらないもの。被修飾語へのかかり方は、音の類似によるもの、比喩・連想や、その転用によるが、伝承されて固定的になり、意味不明のまま受け継がれることも多い。この修辞を使用する目的については、調子を整えるためといわれるが、起源ともかかわって、問題は残る。起源については諸説があるが、発生期にあっては、実質的な修飾の語句や、呪術的な慣用句であったと思われる。

たとえば、「たらちねの」は「母」に、「ぬばたまの」は「黒」に、「ちはやぶる」は「神」にかかる枕詞である。あることばを表現するために、そのことばから音や意味や想念などさまざまな要素を抽出した五文字が、そのことばを修飾する。その結果、歌のリズムが整い、そのことばを高らかに歌い上げることが可能となる。

掛詞は、「同じ音で意味の異なる語を用いて、それを上と下とに掛けて、二様の意味を含ませるもの」（『日本国語大辞典』第二版）である。

春されば　まづ三枝（さきくさ）の　幸くあらば　後にも逢はむ　な恋ひそ我妹（わぎも）　（巻第十　読人しらず）

【口語訳】

春になったらまず咲くさきくさが幸いであるならば、あとでも会えるだろう、わたしを恋しがらないで、わが愛しい人よ。

この歌では、「三枝」（枝が三つに分かれる花のこと。未詳）の「さき」に花が咲くの「咲き」という意味が重ねられている。同時に、第三句の「幸く」を呼び出す序詞としても作用している。枕詞によって「さき」という音が強調され、春になって花が咲き恋がはじまるうきうきした晴れやかな調子が全体をおおう。

掛詞は『古今和歌集』の時代になると頻出するようになる。中世になると、能の台本である謡曲は次から次にひとつのことばに異なる意味を重ねていき、「錦の綴（つづれ）」といわれる濃厚な文体を生み出す。いくつもの意味を持たせる技巧の水脈は、現代にいたるまで続く。

たとえば、だれもが知っている『蛍の光』の歌詞（スコットランド民謡　稲垣千穎（ちかい）作詞）にも、掛詞が多用されている。七五調のリズムで歌われる歌のなかに、さきほどの『万葉集』と同じ「さきく」も掛詞として使われる。傍線部が掛詞で、かっこの中にかけられている別の語を記した。

蛍の光　窓の雪
書(ふみ)読む月日　重ねつつ
いつしか年（疾し）も　過ぎ（杉）の戸を
開けて（明けて）ぞ今朝は　別れ行く

止まるも行くも　限りとて
形見に（互いに）思ふ　千万(ちよろず)の
心の端（橋）を　一言（人毎）に
さきく（先行く）とばかり　歌ふなり

稲垣千頴（一八四五〜一九一三）は、陸奥国(むつのくに)棚倉藩（現在の福島県棚倉町）の中小姓の家に生まれ、明治時代はじめに国語の教師をしながら和文教育を積極的に実践した。外国民謡に日本語の歌詞を付けて音楽教育も行った。スコットランド民謡の原詩は、「忘れがたい古い友よ」と、旧友に呼びかける内容で、なつかしさを歌ったものだ。卒業式とは無縁の歌である。

稲垣千頴の歌詞は、学び舎を去って、新たな門出をする教え子に、「心の端」を一言ずつ伝え、師と弟子の間に橋をかけ、先へ行く教え子が幸せになるようにと祈る歌である。現在では、文語定型詩のかたちで古語を用いた「蛍の光」そのものが歌われることが少なくなってしまった。現在の小学生や中学生、あるいは高校生であったとしても、「かたみに」の「かたみ」が遺品のことではなく、記念という意味であるとか、「さきく」が「幸あれ」と祈る意味の語であることも理解しがたいだろう。しかし『万葉集』の長歌を思わせるリズムと掛詞を多用した「蛍の光」の表現は、日本人と和歌のつながりを示すものでもある。

「蛍の光」の掛詞をひとつひとつたどり味わってみると、卒業の日に、教え子たちに向ける教師のまなざしのあたたかさ、そして、社会に羽ばたいていく教え子たちに対する彼らの母校に留まり続ける教師としてのさまざまな思いが見え隠れする。一義的な意味ではなく、さまざまな語が二重の意味を持ちながら重なり合う。教師の無限の愛が伝わる歌といえよう。

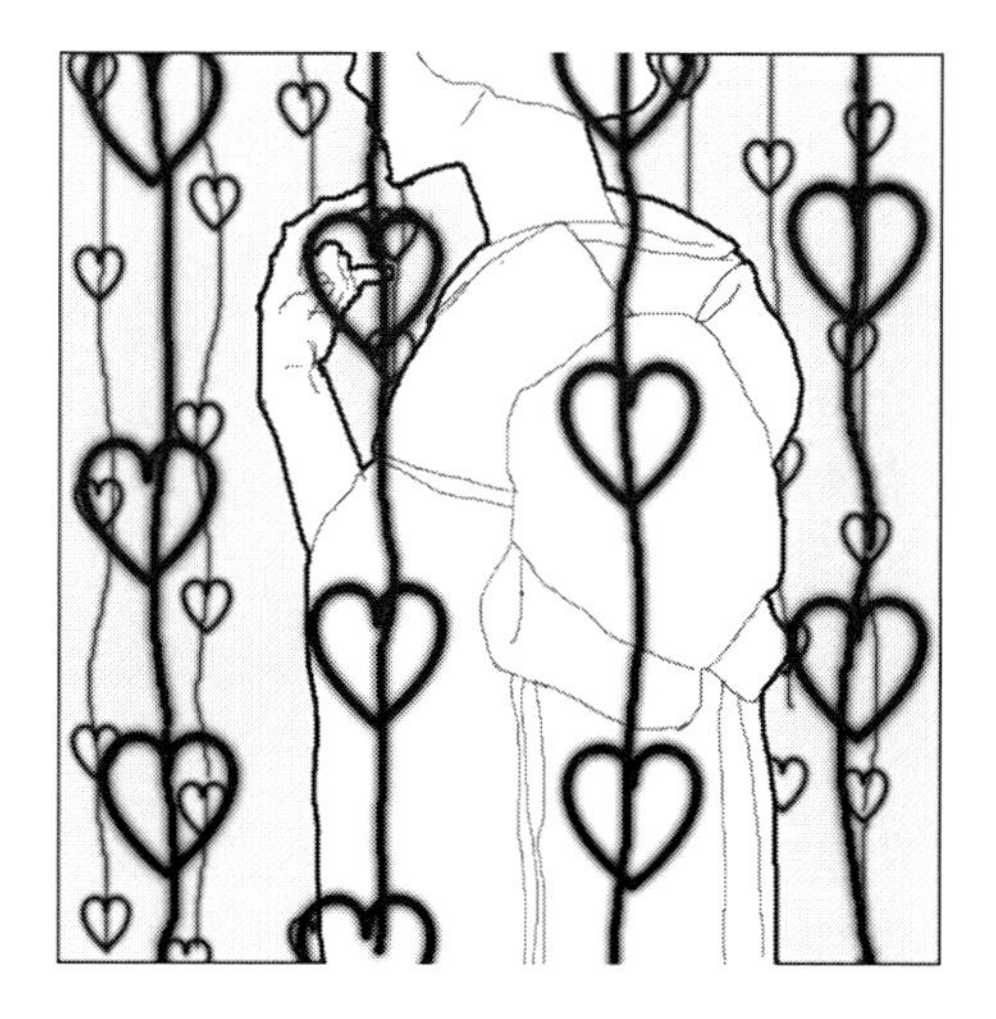

4．水江の浦島子の歌を書いて読む

『古事記』や『丹後国風土記』に書かれる浦島伝説が、『万葉集』の中では、伝説歌人・高橋虫麻呂の長歌として掲載される。わかりやすい調べなので、口語訳は付さず、語釈のみ示した。／の前の前半または、あとの後半のみを次ページに書写して読み味わってみよう。

春の日の　霞める時に　墨吉の　岸に出て居て　釣舟の　とをらふ見れば　古の　ことそ思ほゆる　水江の　浦島子が　鰹釣り　鯛釣り誇り　七日まで　家にも来ずて　海界を　過ぎて漕ぎ行くに　海神の　神の娘子に　たまさかに　い漕ぎ向かひ　相とぶらひ　言成りしかば　かき結び　常世に至り　海神の　神の宮の　内の重の　妙なる殿に　携はり　二人入り居て　老いもせず　死にもせずして　永き世に　ありけるものを　世の中の　愚か人の　我妹子に　告りて語らく　しましくは　家に帰りて　父母に　事も語らひ　明日のごと　我は来なむと　言ひければ／　妹が言へらく　常世辺に　また帰り来て　今のごと　逢はむとならば　この櫛笥　開くなゆめと　そこらくに　堅めしことを　墨吉に　帰り来りて　家見れど　家も見かねて　里見れど　里も見かねて　怪しみと　そこに思はく　家ゆ出でて　三年の間に　垣もなく　家も失せめやと　この箱を　開きて見てば　もとのごと　家はあらむと　玉櫛笥　少し開くに　白雲の　箱より出でて　常世辺に　たなびきぬれば　立ち走り　叫び袖振り　臥いまろび　足ずりしつつ　たちまちに　心消失せぬ　若かりし　肌も皺みぬ　黒かりし　髪も白けぬ　ゆなゆなは　息さへ絶えて　後遂に　命死にける　水江の　浦島子が　家所見ゆ

＊墨吉＝現在の住吉。
＊しましく＝少しの間
＊そこらくに堅めしこと＝かたく約束したこと
＊足ずり＝じたんだを踏む
＊ゆなゆなは＝のちのちは

〈よしなしごと・・・〉

第四章　『源氏物語』を読み解く

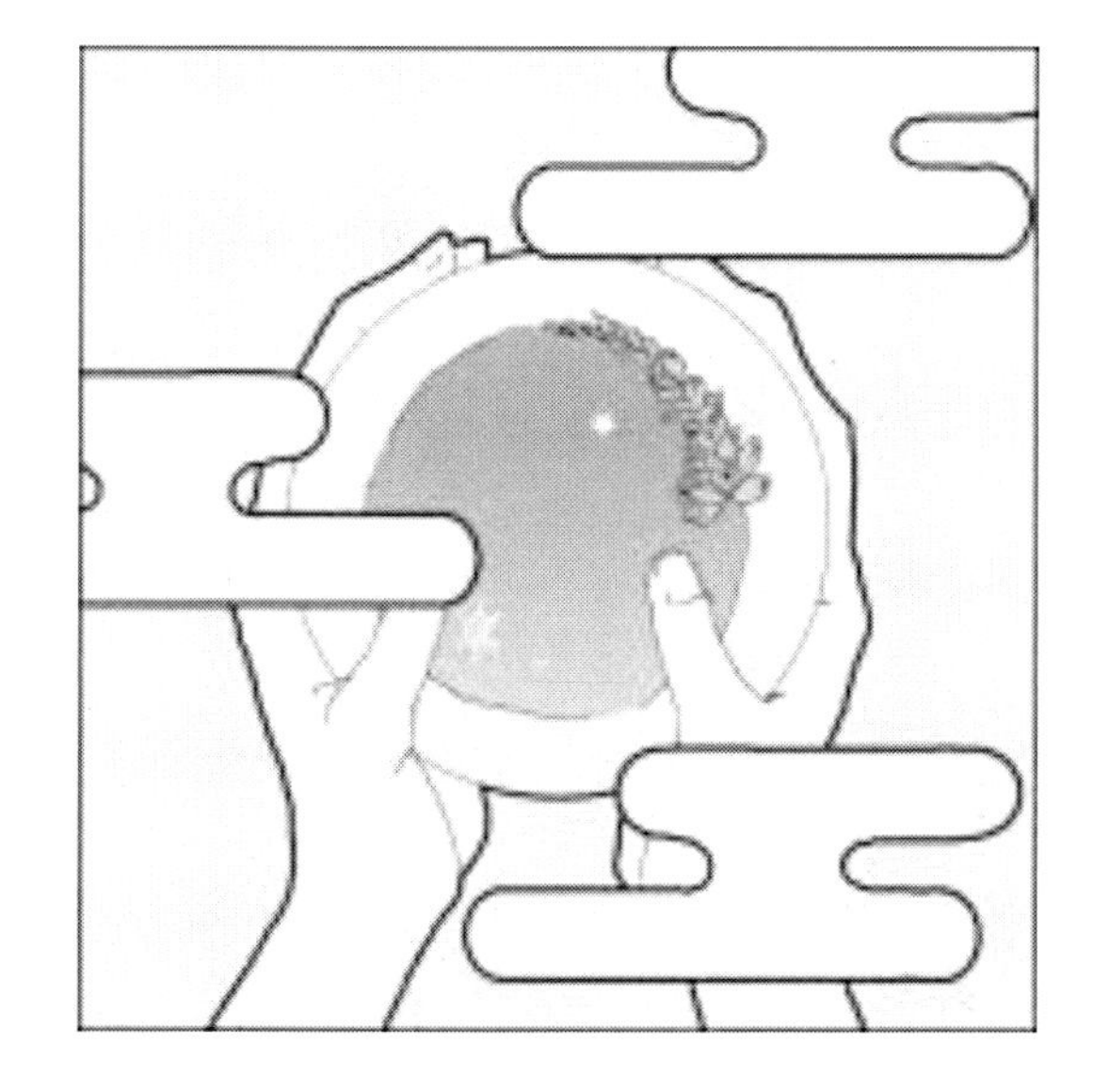

1．人はなぜ物語るのか

物語は、「モノ・カタリ」＝超越的な存在が語るもの、というのが原義である。モノとは、コトが具体的な言動を指す語であるのに対し、具体的にはっきりとは名指しできないものごとを指す語だ。「ものす」という古語の動詞は、貴人が食事をするとか、病気になるとか、死んでしまうとか、穢れに触れるようなことをするときに、はっきり言わないで暗示するためのものである。古代の人々は言霊の力を強く信じていたので、穢れを口にすると穢れが降りかかると思っていた。ベストセラーになり、映画もヒットしたJ・K・ローリングのファンタジー小説『ハリーポッター』シリーズの中で、魔界に落ちた悪い魔法使いであるヴォルデモートの名前を言うと彼のエネルギーが危害を及ぼすので、みんなが、名前を言わず「例のあの人」You-Know-Whoと表現していたのと同じである。

「語り」は「騙り」に通じる。人間の力の及ばない超越的な存在が、人間に働きかけて何かをさせたり、言わせたり、病気にしたり、死なせたり……。そんな人間界を越えたところからの働きかけがあって、人間を騙すということだ。ただし、騙すといっても、良い方に導くという意味で、悲しみを癒したり、満たされた気分にしたり、上昇志向を刺激したり、やる気を起こさせたり、虚構によって、真善美に通じる感情をもたらす「騙し」である。文学の感動は騙される楽しさからもたらされるといえるかもしれない。

よく、作家は、「物語が降りてきた」とか「書き始めると登場人物が勝手に動き出す」と言う。読者だけはなく、作者もまた、外側から騙されて文学を紡ぎ出しているのかもしれない。

文学が非論理的であるということで、新しい国語科は「文学的な文章」と「論理的な文章」を学ぶ分野に分かれる。批判も多い。文学こそ論理性を学ぶのにかっこうの教材ともいえる。人間の脳は合理的かつ論理的に働いている。作家が直観的につけた題、作家がひらめいた物語のかけら、それが、どれほど必然性と論理性に裏打ちされたものであるか、ということはいちいち説明するまでもないだろう。作家の直観は、能力と経験と訓練が、高度にマッチングした結果もたらされたものにほかならない。しばしば、ただの思いつきで、という言い方をすることがある。しかし、「思い」＝「主な・重い・表」に火を点けるのは一朝一夕でできることではないだろう。

ところで、ジャパンハートというNPO法人の代表で、医療の届かないところへ医療を届けるためにへき地医療を行っている医師・吉岡秀人さんが、「直観というのは第六感ではないんです。直観はすべての脳の領域から集まってくる「全脳の声」、人生のすべての経験をもとに一瞬で出した答えだと思っています」（ブッククラブ回『ニュースレター』九七号、二〇一五年）と語っている。そして、直観に従うことは、今の自分を信じているかどうかという宣言に従うことで、その宣言に従った医療行為は、「たとえどのような死の時を迎えようとも、人の生きた意味は、その温もりが手から手に伝わるように、時空を超えてつながっていく」のだという。

吉岡氏がいう直観に従った医療行為とは、物語がわたしたちの人生に果たす役割と通じるところがある。物語によって、死の恐怖、死への不安、愛されない悲しみに対して免疫力をつけることができる。一見、理性や理知的であることの方が、人間として優れているかのように思える。しかし、人間は感情の生きものだ。喜怒哀楽を感じる、つまり、心が動いていないと生きているということにならない。心臓が拍動を止めたら生物学的に死ぬ。同じように、心が動かなくなったら精神的に死んだのも同前である。直観が理性と違うところは、脳の声＝心の声に耳を傾けているという点だ。理性によってもたらされる思考は、学問と経験によるエビデンスに依存する。直観は、思考を停止したときに上から降りてくるモノである。「胸に手を当てて考えてごらん」という言い方がある。自分の心に聞いてみなさい、ということだ。選択に迷ったとき、思考を働かせると余計に選べなくなってしまう。心がＹＥＳ（イエス）というのが直観に従った選択である。吉岡氏のいう自分を信じるということにほかならない。

コロンビア大学のリタ・シャロンがナラティヴ・メディスンという学問を樹立して二〇年近くが経過している。ナラティヴとは物語ること、と訳される。わたしたちが人生という物語を生きているという考え方を前提にした学問だ。医療と人生の物語は、時間の経過と因果関係に依存し、だれ一人同じ物語を紡がないという点において、共通する。コロンビア大学医学部では、物語を読解する講義が必修科目になっているという。物語を読み解く手法を身につけることで、患者の物語や病の物語を読み解くための実践的な方法を学ぶための講義だ。つまり、物語には、人生を読み解くための鍵がたくさん潜んでいるともいえる。

紫式部の言説をみてみよう。『源氏物語』の「絵合（えあわせ）」の巻に、『竹取物語』を「物語の出来（いでき）はじめの祖（おや）」と述べている。『源氏物語』が書かれた一〇〇〇年頃に、日本最初の物語＝竹取、という認識があったことがわかる。「絵合」は、須磨・明石の流謫（るたく）から戻った光源氏が、内大臣となり、どんどん栄耀栄華をきわめていくころの話だ。六条御息所の娘で自分の養女にした梅壺女御を冷泉帝（実は光源氏と藤壺の間の子）に入内させる。それより前、光源氏の友人でありライバルでもある頭中将は、娘を冷泉帝に嫁がせている（弘徽殿女御）。この巻で、絵画好きの冷泉帝のために、物語絵合というイベントが企画され、梅壺と弘徽殿、つまり光源氏チームと頭中将チームが争うことになった。古い物語の絵を集めた梅壺側と、新しい物語の絵を集めた弘徽殿側が、最初に戦わせたのが、『竹取物語』の絵と『宇津保物語』の「俊蔭」の巻の絵だった。梅壺優勢のまま、梅壺側は、最後に、光源氏自身が描いた須磨・明石のようすを描いた絵を出す。ダメ押しの満塁ホームランとなり、梅壺側が圧勝する。冷泉帝の寵愛が弘徽殿女御から梅壺女御に移り、やがて彼女は中宮となる。物語なり、絵画なり、美的なものが権力と結びついた話だ。

また、「蛍」の巻では、光源氏が物語の効用について説く。物語論として名高い一説だ。

かかる世の古事ならでは、げに何をか紛るることなきつれづれを慰めまし。さてもこのいつはりどもの中に、げにさもあらむとあはれを見せ、つきづきしくつづけたる、はた、はかなしごとと知りながら、いたづらに心動き、らうたげなる姫君（玉鬘）のもの思へる見るにかたごころつくかし。（中略）日本紀などはただかたそばぞかし。これらにこそ道々しくくはしきことはあらめ

【口語訳】

このような世の中の古い物語がなくては、実に、何をもって気のはれない無為な時間を慰めることができるだろうか、できはしない。そしてこの虚構のなかに、ほんとうにそういうこともあるだろうと感動させ、いかにもありそうに綴られるものごとがある。実際、はかないことだと知っていなら、むやみに感動して、かわいらしい姫君が物思いをしているのを見るにつけ、（光源氏は）心ひかれる思いがする。（中略）『日本書紀』など（の歴史書）に書かれていることはただ一面的なだけだ。これら物語にこそ、道理にかなったくわしいことが書かれているのだ。

光源氏は、教養教育を行っている玉鬘に対して、物語こそ、人生の真理を教えてくれるものだと明言する。

2.『源氏物語』以前の物語から『源氏物語』へ

『源氏物語』の時代に『竹取物語』は最古の物語として認識されてた。『竹取物語』は作り物語というジャンルの作品だ。伝奇的な内容の長編で、ストーリーを語ることを目的とする。『源氏物語』以前には、作り物語に並行して歌物語というジャンルの作品があった。歌物語は、

歌が詠まれた背景を説明する話と歌で構成される短編である。歌物語は歌の方に重心がある。『古今和歌集』の業平の和歌の詞書が拡大して生まれたのが『伊勢物語』である。

『源氏物語』以前の作り物語のなかには散逸してしまったものも多い。現存するものは、『竹取物語』を筆頭に、『宇津保物語』『落窪物語』である。

『竹取物語』のストーリーは誰でも良く知っているだろう。竹の中から小さな子どもが生まれるという「異常出生譚」(申し子譚)の要素によってはじまる。申し子は、生まれた家に幸をもたらすので、翁夫婦は豊かな暮らしができるようになる。竹細工人というのは、一種の漂泊民で、非定住の特殊技能集団だった。共同体の外にいて、移動するので、土地を持たず、それほど豊かな人たちではない。

また、『竹取物語』には、古今東西の昔話に見られる難題婿譚の要素がある。「美女と野獣」や「カエルの王子」などが西欧の難題婿譚として知られている。五人の貴公子がかぐや姫に求婚すると、かぐや姫は、それぞれに対して得難い宝を探してもってくるようにと難題を課す。難題として課されたものは、仏教的なもの(仏の御石、蓬莱)、道教的なもの(火鼠、竜)、地上的なもの(子安貝)である。人間界の思想を象徴するものが網羅されている。四人は偽物を作らせたりごまかしたりしてかぐや姫に偽物だと見破られる。五番目の中納言だけは、本気で自力で木に登り燕の巣を探し回る。しかし、木から落ちて大けがをし、それがもとで死んでしまう。その時、かぐや姫はお見舞いの歌を詠む。中納言は泣いて喜ぶ。また、中納言が亡くなったと知らされてかぐや姫は「少しあはれ」と思ったと書かれる。三人兄弟の末っ子が正直者で末っ子だけが幸せになるという昔話の型を末子成功譚という。五人の貴公子は兄弟ではないが、最後の中納言だけが誠意をもって行動し、かぐや姫に同情してもらえたという点で、末子成功譚の要素をみることができる。

そして、最後に帝が求婚する。かぐや姫は、月に帰る前に「私が恋しくなったら読んでください」、と帝に歌を書き残す。「残念だけれど月へ帰ります。わたしの着物を置いていきます。月が出たら、見上げてください。わたしは月から落ちそうな気分になるでしょう」という歌だ。そして、不死の薬を帝に贈り月へと帰っていく。帝はかぐや姫がいなくなったのに不死になっても意味がない、と言って、たくさんの士たちに不死の薬を「天に最も近い場所」に持って行かせて燃やしてしまう。それが「富士山」の地名の由来である、というところで物語は終わる。ここに地名起源説話としての話型を見出すことができる。

このように『竹取物語』は、さまざまな物語素を組み込んだ、愛する人を失う悲しみをテーマとした作品である。

『宇津保物語』は二〇巻からなる。作者は源順（九一一〜九八三）か、ともいわれている。首巻を「俊蔭」の巻といい、遣唐使・清原俊蔭が難破し、波斯国（ペルシャ）に流れ着いて、そこで天人から琴と琴の秘曲を伝授される。帰国後に娘、孫へと琴伝授が行われていくという大きなプロットに、貴宮という美女への求婚話がからまる。ありとあらゆる男性たちが貴宮を好きになるが、結局、彼女は朱雀帝の妃となり、藤壺と呼ばれる。『竹取物語』の難題婿譚の影響が大きく、また、藤壺という名前に『源氏物語』への影響を看取することができる。

『落窪物語』四巻は作者未詳である。薄幸の落窪姫が継子いじめを克服して幸せになるというストーリーである。人間の内面にある妬み嫉みといったネガティブな感情に焦点を当てた点に特徴がある。その点が『源氏物語』へも影響している。

一方、『源氏物語』以前の歌物語には、『伊勢物語』『大和物語』『平中物語』『篁物語』がある。いずれも作者は未詳である。

一番早く成立した『伊勢物語』は、伝説をまとめたものなので、どんどん話が増えたり変わったりした。また、古典文学の中で、江戸時代に至るまでに一番多く読まれた作品といえる。各短編の内容がおもしろく、想像力を刺激する。中世から近世にかけて、たくさんの注釈書も書かれた。貴族たちにとっては歌を学ぶための教科書のようなものでもあった。一方、色好みの男女が登場し相聞歌をやりとりする話が大半であるため、男女の恋愛の指南書としても身分の上下を問わず幅広い読者を獲得した。江戸時代になると絵入りの『伊勢物語』やダイジェスト版、あるいはパロディ作品（『仁勢物語』「をかし、男ありけり」ではじまる滑稽話集）も生まれた。

『大和物語』は、『伊勢物語』と同じように短編の集積で、各話に脈絡がない『伊勢物語』と同じ歌に関する同じエピソードのものもあり、『伊勢物語』が素材になっているとされる。業平は『大和物語』では数多い実在の登場人物の一人でしかない。『伊勢物語』が「むかし男」業平中心の作品のとは大きく異なる。『伊勢物語』は雅（都びる・洗練された都会的美しさ）な世界を表現しているが、『大和物語』には鄙び（田舎めく）な素朴さを表現した話も含まれる。『平中物語』も『篁物語』も『伊勢物語』の影響を受けて、それぞれ一人の色好みの男をクローズアップした作品となっている。

このような作り物語の写実性と、歌物語の抒情的側面が統合され、古典文学の最高傑作といわれる『源氏物語』が誕生する。

紫式部は一条天皇妃彰子に仕える宮仕え女房だった。結婚後三年で夫と死別しており、それが『源氏物語』の原体験になっているようにも思われる。

『源氏物語』は正編と続編にわかれ、正編では光源氏の生涯を、続編ではその子孫である薫・匂宮の恋愛を描く。

正編は『伊勢物語』六十五段狩の使の斎宮との恋が朧月夜との恋に反映していて、そこに、義母・藤壺への恋情というより禁忌性の強い話が絡まり、人間の弱さや愚かさを追究する展開だ。続編である宇治十帖は、光源氏の最初の正妻・葵の上と光源氏の間に生まれた夕霧の子どもである匂宮と、二番目の正妻・女三宮と柏木の密通によって生まれた薫を中心に描く。二人の男性の間で揺れ動く大君、中君、浮舟の三姉妹を描く。大君は自殺に近いかたちで亡くなり、浮舟も自殺未遂をし、失意の薫の姿を描いて物語は閉じられる。

『般若心経』の「色即是空空即是色」ということばは、存在すると考えればものごとは存在するという因果論的な唯心論を提示したものだ。『源氏物語』もそのような因果の理を縦糸として構成されている。その縦糸の推進原理となっているのが愛別離苦だ。仏教には四苦八苦がある。生まれて老いて病んで死んでいくという生・老・病・死の四苦に対して、愛別離苦・怨憎会苦・求不得苦・五陰盛苦の四苦を加えたものが八苦である。愛するものと別れる苦しみ、これが『源氏物語』のテーマで、『竹取物語』と共通する。

『源氏物語』には独特の配列順序＝年立があり、近代文学のように時系列で話が流れていかない。短編物語のコラージュのような雰囲気があるが、小さな物語が互いに響き合い壮大なシンフォニーを奏でていく。時間軸から自由な形式といえる。

作品にはA「紫のゆかり」B「六条御息所の呪性」C「烏滸物語」という三つのモチーフがある。Aは紫色のイメージを与えられた女性たちの系譜だ。主人公・光源氏の最初の愛別離苦が母・桐壺更衣との別れだ。光源氏は、そしてその形代を求めて、桐壺更衣とそっくりな姪の藤壺女御に恋情をいだく。藤壺は桐壺帝の女御で、血は繋がっていなくても光源氏にとっては母に相当する。そして、やはりその血筋である若紫と出会い、手元に引き取り理想の女性・紫の上に育てあげる。朧月夜の内侍との密通事件と前後する形で若紫との出会いと結婚が書かれているのは、禁断の恋の苦しみの補償作用だろう。一方、光源氏は正妻・葵の上には、なかなかなじめないままであった。しかし、彼女の妊娠と出産（夕霧誕生）を契機に二人の距離が縮まっていく。ところが、六条御息所が嫉妬心から生霊となって葵の上に憑りつき、彼女の命を奪ってしまう。また、紫の上が病に苦しんでいる時にも、六条御息所の死霊が出現する。御息所亡きあと、その故地に光源氏は広大な六条院を建て、東西南北に紫の上、明石の姫君、花散里、秋好中宮、玉鬘、明石の君など住まわせる。Bがあってこその栄華といえる。

光源氏が美しい少女・若紫に出会うのは、夕顔が某の院の物の怪に取り殺されたショックで陥った病の療養をしている北山においてだった。また、葵の上が御息所の生霊に取り殺されたあと、光源氏は若紫と新枕を交わす。藤壺の縁者という理由で女三宮を正妻にしたために、ショックのあまり紫の上は寝つき、心身が弱ったところに御息所の死霊が繰り返し襲いかかり、加持祈祷の甲斐もなく紫の上は亡くなってしまう。

紫式部は人間の心が弱く折れやすいものであることを、これでもかこれでもかと光と闇の縄をなうようにして描く。紫のゆかりと御息所の呪性は陽と陰の太極図のようなバランスで作品を構成している。

そして、合間にCの滑稽性の高い話群が挿入される。赤いわし鼻を持った無骨な末摘花や老女なのに好色な源内侍（げんのないしのすけ）などのエピソードがCに相当する。これらの滑稽譚は、天照大神を天宇受売命（あまのうずめのみこと）の滑稽な裸踊りで岩屋から引っ張り出した神話における笑いの要素と共通するとされる。光源氏が雪に輝く朝の庭を背景に末摘花の顔をみてあまりの醜さに絶句する場面は、残酷ともいえる笑いの場面だ。ところが、終生光源氏は経済的な支援をし、末摘花はひっそりとではあるが平穏な生活を送る。また、年老いて好色性丸出しの源典侍は、琴の名手で美声の持ち主で長生きする。鳥滸物語の系譜は人間のたくましい生命力を物語るかのようだ。

人間の種々相を描いた文学の金字塔として、中世の歌人・藤原俊成は、『源氏物語』は歌人必読の書と言い切っている。

ところで、次の場面は、「御法（みのり）」の巻で紫の上の臨終の姿を描く場面だ。

御色はいと白く光るやうにて、とかくうち紛らはすことありし現の御もてなしよりも、言ふかひなきさまに何心なくて臥したまへる御ありさまの飽かぬところなしと言はんもさらなりや。なのめにだにあらず、たぐひなきを見たてまつるに、死に入る魂のやがてこの御骸にとまらなむと思ほゆるも、わりなきことなりや。

【口語訳】

お顔の色は、たいそう白く光るようで、あれこれ取り紛れることがあった現実のお暮しの時よりも、何も思うところがなくお休みになっているようすが申し分ないと言っても言い足りないくらいだ。ありふれてもおらず、たぐいないようすを見申し上げるにつけて、死にゆく魂が、このお体に留まろうとなさるのではないかと思われるのも、当然のことだ。

美しく光るような死に顔であると書かれている。あまりの美しさに遺体に魂が残ってしまうのではないかと思われるほどだったと書かれる。

紫の上は、三〇歳も年のはなれた女三宮を光源氏が正妻にしたときに、嫉妬心に苛まれる。自分は光源氏に最も愛されているというのが彼女の誇りだった。出自が低いために制度的に正妻にはなれないし光源氏の子どもを産むこともできなかったけれど、明石の姫の養母として母親体験もし、明石の姫にお妃教育を施した。自分は優遇され満ち足りていたと思っていた。それなのに女三宮のことがあったために、自分の心の闇が抉り出されたことに深い罪の意識をもつ。自分の心にある鬼と対峙するには出家するしかないと決意し、光源氏に申し出る。しかし、最愛の人が寺に入って自分の前からいなくなってしまうことを恐れた光源氏は大反対する。光源氏のつきっきりの看病も甲斐なく病はどんどん重くなり、死がすぐそばまで迫ったときに、はじめて光源氏は紫の上の出家をゆるす。そしてそのまま紫の上は亡くなる。

光源氏が紫の上の屋敷で看病をしている間に、息子・夕霧の友人である柏木（かしわぎ）がかねてから憧れていた女三宮の部屋に忍び入り不義を犯し、その結果女三宮は懐妊してしまう。光源氏は自分のかつての藤壺との密通の因果によるとわかっていても、柏木を許すことができない。柏木は光源氏の視線に射すくめられて病となり亡くなり、女三宮も出家してしまう。当時は、悲しみや苦しみが襲い掛かったときに出家をして仏にすべてを委ねるというスタイルが確立していた。大変合理的な処世術ともいえる。

母の喪失によってスタートした光源氏の人生は、最愛の人紫の上の喪失によって幕を下ろす。「御法」の巻に続く「幻」の巻の最後、紫の上の一周忌を迎えて、意気消沈し心身が弱った光源氏の姿が描かれる。年の瀬ということで、息子の若宮（匂宮）が鬼やらいの行事に興奮しながらかわいらしく走り回っている姿も描かれる。次世代の物語がスタートする暗示であると同時に、「鬼」を払う行事とは裏腹に光源氏の心の鬼が残されたまま、光源氏は物語の表舞台から姿を消す。

3．『源氏物語』以後の物語と説話

『源氏物語』以後に描かれた物語には、『源氏物語』の影響が色濃い。

作り物語の系譜にはさまざまな作品があるが、完成度の高さでは『堤中納言物語（つつみちゅうなごんものがたり）』と『とりかへばや物語』をあげることができる。短編集である『堤中納言物語』のなかでも「虫愛づる姫君」は女性でありながら男性のような志向の姫を描く。また、『とりかへばや物語』は女性でありながら男勝りなので右大将として育て、男性でありながらたおやかなので尚侍として育てられた兄妹の物語だ。ジェンダーフリーの問題意識をもつ作品として注目される。

また、物語のように歴史を語るということも行われるようになった。歴史物語の系譜だ。『栄花物語（えいがものがたり）』も『大鏡（おおかがみ）』も藤原氏の栄華を物語る。『栄花物語』は、年代順に記述される編年体で、『大鏡』は人物中心に描かれる紀伝体のスタイルをとる。また、前者は主観的に藤原氏を賞

賛し、後者は三人の語り手を用意して客観的批判的に藤原政権を語る。藤原政権がさまざまなドラマを生んだことを意味する。『大鏡』とそれに続く『今鏡』『水鏡』『増鏡』の三作品を併せて、四鏡という。

時代が源平の争いをはじめとする戦乱の世の中になると軍記物語が登場する。軍記物語については、第六章で『平家物語』を扱う際に詳述したい。

また、物語から派生したり、別系統で伝承されたりした説話文学について簡単に述べておこう。

物語が虚構性を重視するとしたら、事実性に基づく文学が説話文学だ。物語が人の心や自然の風景を「描写」する文学であるとしたら、説話文学は人々の言動や事件を「叙述」する文学だ。説話文学の事実性というのは、「ほんとうにあったこと」として話を語るというものだ。『今昔物語集』のように「今は昔」と語り出され、今ではもう昔のことになってしまったが、本当にこういうことがありました、という態で話が進んでいく。

多くの説話集は、当初、仏教の教えを広めるために描かれた。やがて、その域を越えて、題材がさまざまに広がり、人間の愚かさや滑稽性、生命力などを生き生きと伝えるものとなっていく。

最初の説話集は平安時代の薬師寺の僧・景戒（生没年未詳）が描いた『日本霊異記』だ。悪因悪果、善因善果という因果応報の理を伝える書だ。

平安時代後期になると「勧学会」というものが貴族と僧侶によって行われた。法華経の勉強会である。その活動を積極的に行った源為憲（生年未詳～一〇一一）が尊氏内親王（九六六～九八五）に仏教の教えをわかりやすく説いたエピソードを並べたものが『三宝絵詞』（九八四）だ。また、『今昔物語集』は仏教部と世俗部に分かれ、仏教の教えを説く説話と世俗的な内容の説話を収載する。鬼の姿も描く。リアルに鬼が出現することを描いている点に特徴がある。芥川龍之介が短編の素材としたことで『今昔物語集』が再発見された。

仏教説話集のなかでは、物語は狂言綺語である、と否定されている。しかし、中世に入って、僧・無住（一二二七～一三一二）が著した『沙石集』（一二八三）のなかでは、和歌陀羅尼説ということが説かれた。和歌は仏教の悟りを開くための方便（手段）であるというのだ。文学と宗教に思想的に一脈通じるものがあることを示す。

一方現代の昔話としても知られる舌切り雀や瘤取り爺さんなどの原話を収める『宇治拾遺物語』は、中世説話の代表格だ。ここには明るくユーモラスな鬼が登場する。中世に入ると説話の時代といえるほどに大量の説話が生まれる。戦乱の武士の世の中を庶民たちがしたたかに生命力あふれる生き方をしていたことが示される。

4．冒頭部分を書いて読む

これまで述べてきた『源氏物語』の特質を念頭に置きながら、作品の冒頭部分を書写しよう。『源氏物語』に描かれているさまざまなことがらのおおもととなるできごとや要素がここに圧縮されている。そのことをじっくりと咀嚼しながら読み味わってほしい。

いづれの御時（おほむとき）にか、女御、更衣あまたさぶらひたまひける中に、いとやむことなき際（きは）にはあらぬが、すぐれて時めきたまふありけり。はじめより我はと思ひあがりたまへる御方々、めざましきものにおとしめそねみたまふ。同じほと、それより下臈（げらふ）の更衣たちはましてやすからず。朝夕の宮仕（みやづかへ）につけても、人の心をのみ動かし、恨みを負ふつもりにやありけん、いとあつしくなりゆき、もの心細げに里がちなるを、いよいよあかずあはれなるものに思ほして、人の譏（そし）りをもえ憚らせたまはず、世の例（ためし）にもなりぬべき御もてなしなり。

【口語訳】

いつの御世のことだろうか、女御や更衣がたくさんお仕えなさっている中に、そんなに高い身分ではないのに、ほかの人に増して帝の寵愛を受けなさっていた方がいた。最初からわたしこそは、と思いあがっている方々は、目障りに思って貶めねたんでいらした。彼女と同じくらい、あるいはそれより下の身分の更衣たちは、ましてや心穏やかではない。朝夕の宮仕えをするにつけて、女は動揺し、恨まれていることに思い沈んでいたからだろうか、病気が重くなり、なんとなく心細そうなようすで、たびたび里に下がるのを、帝はいよいよ限りなく不憫な人と思われて、他人にそしられるのもお気になさらず、世の中の前例となってしまいそうな接し方をなさった。

〈よしなしごと・・・〉

第五章　『古今和歌集』と『新古今和歌集』を読み解く

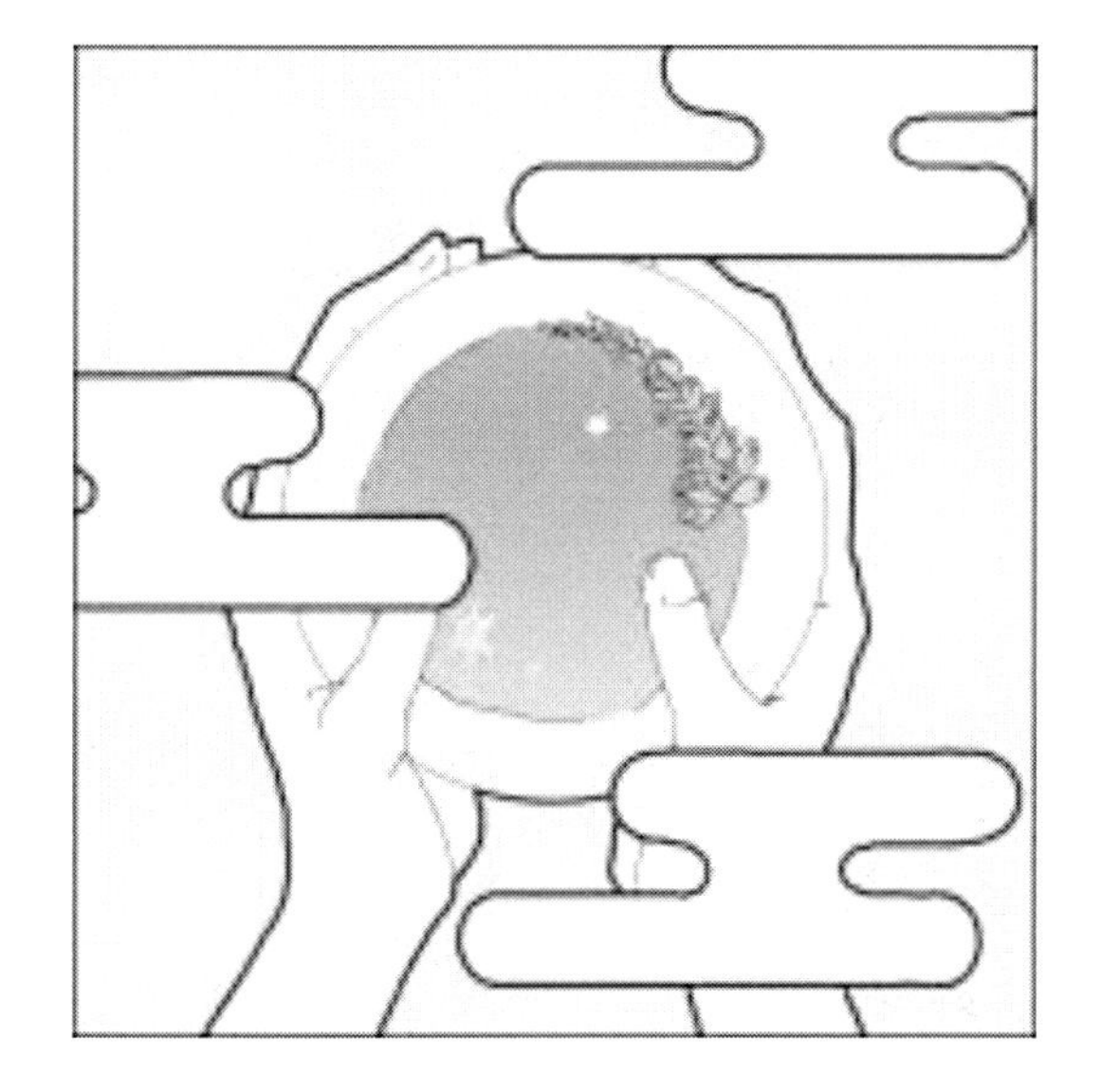

1．人はなぜ歌うのか

嵯峨天皇時代（七八六〜八四二）は中国文化への傾斜の時代である。韻文学においても、貴族たちの間では、和歌よりも漢詩への興味が増す。『凌雲集（りょううんしゅう）』（八一四）、『文華秀麗集（ぶんかしゅうれいしゅう）』（八一八）、『経国集（けいこくしゅう）』（八二七）の勅撰漢詩集が編纂された。その後、律令政治から摂関政治に移行していくなかで、和歌は復活する。藤原家としてはじめて摂政になった藤原良房（ふじわらよしふさ）（八〇四〜八七二）が和歌の愛好者であり、政権争いに敗れた貴族たちの中にも、多くの和歌愛好者がいた。

とはいえ、漢詩文が盛んにつくられるかたわらで、和歌の詠作も続けられた。とくに在原業平、小野小町、文屋康秀、僧正遍照、喜撰法師、大友黒主（六歌仙）が活躍した時代に、『古今和歌集』の歌風の基礎が確立する。「見立て」という技法も盛んになる。見立てというのは、現実の事物に、自分の思いや人生観、ときには恋しい人のイメージなどを投影させる表現方法である。

六歌仙時代の歌の代表歌人として在原業平と小野小町の歌を揚げよう。

月やあらぬ春や昔の春ならぬわが身ひとつはもとの身にして　業平（『古今和歌集』巻第一五）

【口語訳】
月は去年とは違うのか、春は昔の春ではないのか。わたしの身ひとつがむかしの身のままで。

色見えで移ろふものは世の中の人の心の花にぞありける　小町（『同』巻第一五）

【口語訳】
それとはっきりとわからずに変化していくものは、世の中の人の心の中に咲く花（思い）であることよ。

「月やあらぬ」の歌は、反語を繰り返した複雑な表現になっている。月も春も昔の春とは違う、自分だけは昔と同じだ、という。業平は、藤原高子（たかいこ）という高貴な身分の女性と恋仲だったという伝承があり、詞書にもそのことが書かれている。ここでいう「昔」は、恋人と一緒に過ごした時をさす。彼女と会えなくなってしまい、ひとりで見る月と花に孤独な思いを募らせている歌だ。「色見えで」の歌は、人の心が変わりやすいということを、花になぞらえる。花は咲いて散っていく変化を目で見ることができるが、目に見えないのに変化していくのが人の心の花だと表現している。どちらも目の前の風物に自分の心象風景を投影させた屈折した陰影のある表現だ。『万葉集』時代の直情的な歌とは大きく異なる。

人がなぜ歌を詠むのか、という問いに答えるのはむずかしい。

ここで、第一章で書写した『古今和歌集』の「仮名序」の冒頭を再び読んでみよう。

やまと歌は人の心を種として、よろづの言の葉とぞなれりける。世の中にある人、ことわざ繁きものなれば、心に思ふことを、見るもの聞くものにつけて言ひ出せるなり。花に鳴く鶯、水に住む蛙の声を聞けば、生きとし生けるもの、いづれか歌を詠まざりける。力をも入れずして天地を動かし、目に見えぬ鬼神をもあはれと思はせ、男女の仲をもやはらげ、たけき武士の心をも慰むるは歌なり。

【口語訳】

わがくにの歌は、人の心を種として、たくさんの言の葉をしげらせたものである。この世に生きている人は、ことばを数多く発したり、行動がいろいろだったりするから、心に思うことや、見るもの聞くものにつけて歌を歌い出すのである。花に鳴く鶯や水に鳴く蛙の声を聞けば、命あるもので歌を詠まないものがあるだろうか、すべてのものが歌を詠むのである。天地を動かし、目に見えない神々を感動させ、男女の仲をやわらげ、勇猛な武士たちの心を慰めるのが歌である。

冒頭、和歌のことを「やまと歌」という。日本を代表する文学だということを示す。続いて「種」「葉」という縁語的な比喩を用いて、和歌表現が、発芽した草木が茂るような生命力と広がりをもったものであることを述べる。「ことわざ繁き」というのは、生きていくうえで、ことばに出すことや行動が多様で大量であることを意味する。そしてそのたびに歌を詠む、というのだ。天地や鬼神に訴え、男女を調和させ武器をもって人を殺す苦しみを経験する武士たちを慰める歌ことばの力の偉大さが指摘される。うぐいすや蛙の鳴き声は歌そのものであり、同じように、声を発する人間が歌を歌わないわけがない、と強い調子で述べる。ことばは発するために存在するのである。発せられたことばは、その人の心の軌跡にほかならない。自分の思いを誰かに伝えたいというのが、生きとし生けるもの（命あるものすべて）に共通する欲求であり、その欲求を満たすものが和歌であるということだ。ここに、人が歌を歌う理由がある。

『古今和歌集』には「真名序」があり、「仮名序」と同じ内容が漢文体で綴られる。大和歌の意義を、嵯峨朝時代の漢詩文隆盛の時代の名残ともいえるし、漢字文化圏である中国大陸や朝鮮半島を意識して、大和歌の存在意義を発信しているともいえる。

『古今和歌集』以後二一回編纂された勅撰和歌集は、すべて、この序文の和歌の力に対する全面的な信頼感によるものだ。たくさんの人々が美しい大和ことばで詠んだ美しい和歌表現を勅撰集にまとめる国家事業を通して、国としての一体感や日本という国の存在意義（アイデンティティ）を世に問うのが勅撰和歌集編纂の目的だった。和歌に彩られ象られた日本を賛美することでより良い国家が発展するよう祈願したともいえる。

したがって貴族にとって和歌の素養は身につけるべき第一の学問となっていき、歌会や歌合の儀式が政治的な節目に行われるようになる。新年を祝う歌会、七夕や重陽の節句ごとの歌会が宮中の年中行事に組み込まれ、文化発展の土台を形成していった。

江戸時代に至るまで「仮名序」の、和歌は心の表出であり、世界を平和に保つもので、日本という国の礎としてなくてはならないものだという思想が広く浸透する。

2．『古今和歌集』の特質

醍醐天皇の命により編纂され、延喜一三年（九一三）頃成立した。紀貫之（八六六？～九四五？）、紀友則（八四五？～九〇七）、凡河内躬恒（八五九？～九二五？）、壬生忠岑（八六〇～九二〇）の四名が選者となって編まれた。二〇巻から成る。

知的な側面をもち、ことば遊び的な縁語や掛詞を多用する。序詞も用いられた。見立てというあるモノに別の何かを投影する比喩的な方法も用いられた。また、俳諧の要素＝滑稽性に富んだ歌もある。

『古今和歌集』を代表する歌人である在原業平は、はじめ従五位の位についていたので、在五中将とも呼ばれた。平城天皇（七七四～八二四）の皇子である阿保親王（七九二～八四二）の息子である。兄に在原行平（八一八～八九三）がいる。紀有常の娘を妻としたことや、文徳天皇の皇子・惟喬親王と親しかったことなどが伝わる。

『日本三代実録』に「体貌閑麗」と記され、美男であった。『古今和歌集』に三〇首の歌が採られ、長い詞書を持つ歌が多く、情感豊かな歌風と相まって、人々がさまざまに想像力をはらかせ、「色好み」の男の代名詞となるに至る。その面影は光源氏にも投影されている。高校古典の教科書に必ずといっていいほど掲載される『伊勢物語』の東下りのエピソードの元になった「唐衣」の歌を見てみよう。

東の方へ、友とする人ひとりふたりいざなひていきけり。三河国八橋といふ所にいたれりけるに、その川のほとりに杜若いとおもしろく咲けりけるを見て、木のかげにおりゐて、「かきつばた」といふ五文字を句のかしらにするゑて、旅の心をよまむとてよめる

唐衣きつつなれにしつましあればはるばるきぬる旅をしぞ思ふ　（巻第九）

【口語訳】

東の方へ、友人ひとりふたりを誘って出かけた。三河国の八橋という所にやってきたときに、その川のほとりに杜若の花がとてもうつくしく咲いていたのを見て、木陰に降りて座り、「かきつばた」という五文字を各句の頭に置いて、旅の心を詠んでみようということで詠んだ歌

美しい着物を着馴れたように慣れ親しんだ妻が都にいるので、はるばるやってきた旅がしみじみとしたものに思われるよ。

長い詞書があって、業平が東国に旅したときの歌であることが伝えられる。折句の歌だ。折句は、歌の内容とは関係のない単語を歌の中に詠みこむ技法である。五句の頭の文字を拾うと「かきつばた」という語になる。

「唐衣」は中国風の着物という意味から、美しい着物を指す語である。傍線部は「旅」に関する語と「着物」に関する語の縁語・掛詞になっている。「唐衣きつつ」が「なれ」の序詞の役割も果たす。

掛詞を順に指摘すると、「来」と「着」、妻に慣れ親しむの意の「なれ」とやわらかくなるの意の「なれ」、着物の「褄」（袖の先）と都に置いてきた「妻」、遠いの意味の「はるばる」と着物を洗い張りする意の「張る」、再び「来」と「着」。たくさんの掛詞が重ね合わされて、肌にしっとりとなじんだ着物と自分としっくり仲の良かった妻のイメージが掛け合わされ、妻と別れ別れになって過ごす旅の時間のさみしさが強調される。「来」と「着」の掛詞が初句と第四句で繰り返されて、都から遠く離れた地まで来たことのさみしさをしみじみと訴える。しっくりと肌になじむ着心地の良い着物を妻になぞらえているという点で、見立ての歌のようでもある。妻と離れ離れのさみしさが皮膚感覚を通

して伝わってくる。一見ことば遊びに興じているだけの歌のようにもみえるが、切々と妻を恋う歌である。技巧に溺れることなく妻を思う気持ちをストレートに伝える典型的な古今風の歌といえる。

業平の伝説は、二条后が立后する前に恋愛関係にあったとか、惟喬親王の妹・恬子内親王（八四八？～九一三）が伊勢斎宮だったときに一夜を過ごしたというロマンスとなって『伊勢物語』に発展的に吸収されていく。業平の歌の抒情性が、人々の想像力を強く刺激する物語性の高いものだったことの表れだろう。やがて、生きていた時代がまったく異なるのに、小野小町との恋愛関係を物語る説話や御伽草子ができあがっていく。

それは、藤原一族の政権が確立する過程と反比例して政治的な力を失っていった惟喬親王も含む菅原一族やそれと縁戚関係にある紀一族の系譜に業平が位置したこととも関係するだろう。文学は、政治的な敗者の憂いや孤独を汲み取るものでもあった。

業平以外の歌の古今風については、次節で新古今風の歌と比較することで詳述したい。

平安時代には『古今和歌集』のあと、『後撰和歌集』『拾遺和歌集』『後拾遺和歌集』『金葉和歌集』『詞花和歌集』『千載和歌集』の七つの勅撰和歌集が編纂された。

『千載和歌集』は源平の争いの時代のものだ。選者である藤原俊成のところへ、都落ちをする平家の武将が次々と和歌を持参する。平忠度もその一人だ。平氏は反乱軍と位置づけられたため、平家の歌人の歌は、名前を伏せて「読人しらず」として掲載された。「さざなみや志賀の都はあれにしを昔ながらの山桜かな」の歌は、戦場である琵琶湖畔にも、昔と同じように桜が咲いていることを愛でて、無常観を表出したものだ。忠度のこのエピソードについては、第六章の『平家物語』の一節として読んでみたい。

また、『万葉集』以来の誹諧歌（滑稽な内容の歌）の伝統により、『古今和歌集』にも、俳諧歌が収載される。

いつしかとまたく心を脛にあげて天の河原を今日や渡らむ

【口語訳】
はやくあいたいと待ちきれない心で彦星は脛まで裾をまくりあげ、天の川を渡っているだろう。

歌ことばとしては使わない「脛」という俗っぽいことばを使って、ユーモラスに彦星の姿を想像している。

さきほど紹介した折句や物名（歌の内容とは無関係な語を歌の途中に埋め込む詠み方）、いろは歌のような「同じ文字なき歌」などが詠まれた。歌ことばそのものをパズルのように並べたり組み合わせたりする知的で技巧的な歌である。アナグラムのような楽しさがある。いくつか紹介しよう。

杣人は宮木ひくらしあしひきの山の山彦呼びとよむなり　（巻第一〇　紀貫之　物名　ひぐらし）

【口語訳】

樵は宮殿用の木を引いているらしい。その音が山々にこだまして聞こえてくるよ。

山吹の花色衣ぬしや誰問へどこたへずくちなしにして　（巻第一九　素性法師　物名　くちなし）

【口語訳】

山吹の花の色の着物の持ち主は誰でしょう。尋ねても答えない、口が無いようだ。

世の憂きめ見えぬ山路へ入らむには思ふ人こそ絆なりけれ　（巻第一八　物部吉名　同じ文字なき歌）

【口語訳】

世の中のつらさのない山路に入るには、好きな人が障害になってしまうことだ。

3．『新古今和歌集』の特質と本歌取り

中世になってからも貴族の生活においては和歌が重要な位置を占めた。晴（ハレ＝公）の場だけではなく、褻（ケ＝私生活）においても、頻繁に和歌が詠まれた。また、平安時代末期の院政期になると歌論書が書かれるようになる。源俊頼（一〇五五～一一二九）の『俊頼髄脳』（一一一三）、藤原清輔（一一〇四～一一七七）の『奥義抄』、藤原俊成（一一一四～一二〇四）の『古来風躰抄』（初撰本一一九七、再撰本

一二〇一）などだ。歌論書は中世に入ってからも多く書かれた。説話集には歌徳説話（上手な歌を詠むために何をしたか、歌のおかげでこんなことがあったなどの話）も登場する。歌会や歌合（左右のチームに分かれて、歌の優劣を競う）も平安時代以上に頻繁に行われた。秀歌の基準や詠み方を論じる歌学が隆盛し、『六百番歌合』（一一九二）や『千五百番歌合』（一二〇一）の判詞（歌合の審査員に相当する判者の評言）にも和歌の思想が表明された。

そして、八つ目の勅撰集として編纂されたのが、後鳥羽院の命により、藤原定家（一一六二〜一二四一）、藤原家隆（一一五八〜一二三七）はじめ六人の選者が編んだ『新古今和歌集』だ。もっとも多く九四首の歌が載っているのが西行だ。

源平の争いを経て、武家政権に移行するにしたがい、多くの政治的な抗争や骨肉の争いが繰り広げられ、寺院が焼き討ちにあったり、都が荒れ果てたりする。天変地異も多く、洪水や地震、飢饉に人々の暮らしがひっ迫することもあった。仏教が正しく行われない末法の世に突入したという末法思想や源信（九四二〜一〇一七）が『往生要集』（九八五）で展開した地獄のイメージが、世の中を憂き世と捉える意識を人々にもたらす。

そんな折に、美しく華やかな王朝美が発展した古き良き時代の雅を振り返り、その余韻を歌に投影するような作風が広がる。たとえば、「見渡せば花も紅葉もなかりけり浦の苫屋の秋の夕暮」というのは「秋の夕暮」で終わる三夕の歌として知られる藤原定家の歌だ。「花も紅葉も眼前には存在しない」と言いながら、脳裏には美しく咲く桜や、色とりどりの紅葉の景色を思い浮かべる。そんな二重構造をもつ余情美が追及される。艶、幽玄といわれている美意識だ。どれも同じ意味合いだが、とくに「かすかで暗い」という原義をもつ「幽玄」は、中世を代表する芸能、能楽の中心的な美意識として発展していく。

この余情美を表現するためにさかんに行われたのが本歌取り（本説取り）という技法だ。

○詞は古きを慕ひ、心は新しきを求め、及ばぬ高き姿をねがひて、寛平以往の歌にならはば、おのづからよろしきこともなどか侍らざらむ。

○古きをこひねがふにとりて、昔の歌の詞を改めず詠み据ゑたるを、即ち本歌とすと申すなり。かの本歌を思ふに、たとへば、五七五の七五の字をさながら置き、七々の字を同じく続けつれば、新しき歌に聞きなされぬところぞ侍る。

【口語訳】
○歌のことばは古いものを良しとし、歌の心には新しいものを求めて、自分の能力以上の高い水準を願って、寛平（八八九〜八九八年）以前の歌に倣うのであれば、自然と良いふうになるだろう。
○古いものを参照するときに、昔の歌の言葉をそのまま詠み込むものを、すなわち、本歌にすると言うのだ。その本歌について考えると、たとえば、二句目と三句目に使われている文字をそのままにして、四句目五句目の文字を同じように続けてしまうと、新しい歌とみなされない。

これは定家が『近代秀歌』（一二〇九）で本歌取りについて説明している部分だ。『近代秀歌』は源実朝（さねとも）（一一九二〜一二一九）に対して書かれた和歌入門書だ。本歌の定義と四句以上本歌の句を取ってしまったら本歌に近すぎて本歌取りとはいえない、と説く。寛平というのは宇多天皇（八六七〜九三一）や醍醐天皇（八八五〜九三〇）の時代で、『古今和歌集』の時代を指す。
定家が本歌取りの例として揚げているのが、『万葉集』所収の長忌寸奥麿（ながのいみきおきまろ）（生没年未詳）の「苦しくも」の歌を本歌とした定家の「駒とめて」の歌である。

駒とめて袖うちはらふ陰もなし佐野のわたりの雪の夕暮　（『新古今和歌集』）
【口語訳】
馬を止めて袖の雪を払う木陰もない佐野のあたりの雪の夕暮だ
《本歌》
苦しくも降り来る雨か三輪の崎狭野の渡りに家もあらなくに　（『万葉集』）
【口語訳】
あいにく雨が降ってきたことだ。三輪の崎の佐野のあたりには雨宿りする家もないというのに。

二つの歌に共通する語に傍線を付けた。「陰もなし」の「なし」と「あらなく（あらなしの連用形）」の「なし」、そして、「佐野のわたり」という二語だけが共通する。定家はとくに「佐野のわたり」という地名に惹かれたのだろう。本歌には「三輪の崎」という地名も詠まれているが、それを捨てて、「佐野のわたり」ひとつにイメージを収斂させたところに工夫がある。また、本歌の「雨」を「雪」に変えて、本歌が、突然雨が降ってきて雨宿りをする場所がないといっているのに対し、雪が降ってきて袖の雪を払うことのできるような物陰もない、と言い換える。また、人物を馬上の人に変えたのも大きなポイントだ。『新古今和歌集』では余情を表現するために体言止めが多く用いられた。ここでも、「雪の夕暮」と体言止めになっている。本歌には「苦しくも」という感情語があり、突然の雨に濡れそぼったときの気分が表明されている。定家は、感情表現をせずにただ叙景歌とした。その結果、大変美しい雪の情景を伝える絶唱が完成した。

定家は、歌論書『詠歌大概（えいがのたいがい）』でも「心は新しき」が良く、「詞は古きを求めて」用いるのが良いと書く。本歌にできるのは、三代集（古今集、後撰集、拾遺集）までの歌と規定している。定家の時代からさかのぼる下限が定められている。『古今和歌集』より古い『万葉集』の歌を本歌にしても良いということになる。

また、本歌取りのルールとして、本歌の語の場所（五七五七七のどの句に使われているか）と同じ場所でその語を用いて歌を作るときに使える本歌の語は二句未満。つまり、本歌と同じ位置に本歌の語句を置くなら、まるまる二句ではだめで、一句＋四文字までの語。本歌の語と場所を変えるなら、二句＋三～四文字までは語を再利用してよい、とある。

「駒とめて」の歌は、本歌と同じ四句目で「佐野のわたり」という語を使っているので、本歌と同じ語として「ない」しか用いられていない。同じ場所に同じことばがあると同調率が高くなるので、あまりにも本歌べったりの歌にならないための工夫といえる。もっとも実際にはそのとおりに詠まれていない歌も多くある。

そして、大事なポイントが、本歌と同じテーマ（本意）で歌を詠まないということだ。本歌が叙景歌だったら恋歌にする、本歌が秋の歌だったら春の歌にする、など歌の本意を変えるというのが本歌取りの眼目だ。そうすることによって、背後に本歌のイメージをかすかにもちながら、まったく違う新しい世界が表現されることになり、実際の景色に蜃気楼が重なって見えるような重層的な美しさがもたらされる。また、三代集までの歌のほかに、『伊勢物語』の歌は本歌にしてもよい、また、それ以外の同時代の歌でとくに「上手の歌」は本歌にできる、と説かれる。

みよしのの山の白雪つもるらし故里寒くなりまさるなり　（坂上是則・古今集）

【口語訳】

吉野の山に白雪が積もっているようだ。ふるさとは寒さが増している。

み吉野の山の秋風さ夜更けて故郷寒く衣打つなり　（藤原雅恒・新古今集）

【口語訳】

吉野の山に秋風が吹いて夜が更ける。ふるさとでは寒さが増し衣を打っている。

白雪の歌の本歌を使って秋風の歌が詠まれた。根拠をもとに推定する助動詞「らし」を用いて、自分のいる場所の寒さがつのってきたから、きっと吉野には雪が積もっているだろうと理知的な本歌に対し、新しく作られた歌は、実際に聞こえている砧（きぬた）の音を秋風の音に重ねて、重層的なサウンドスケープを作り上げる。余情あふれる秋のハーモニーを読者の耳に届ける。

「みよしの」は「吉野」に美化語「み」を付けた歌語である。吉野の地は、歌枕（風光明媚で古来和歌の題材になった景勝地）として、古くから歌人に詠まれてきた場所だ。桜の名所として知られる吉野を、秋の景色にしたてたところにもこの歌の新しさがある。

さて、本歌取りと同じような手法に「本説取り（ほんぜつどり）」というものがある。歌の代わりに、『伊勢物語』や『源氏物語』の一節をもとに歌を詠んだものだ。一例をあげよう。

むかし、男ありけり。深草に住みける女を、やうやうあきがたにや思ひけむ、かかる歌を詠みけり。

年を経て住みこし里を出ていなばいとど深草野とやなりなむ

女、返し、

野とならば鶉となりてなきをらむ狩にだにやは君は来ざらむ

と詠めりけるにめでて、ゆかむと思ふ心なくなりにけり。

【口語訳】
むかし、ある男がいた。深草に住んでいる女のもとに通っていたが、だんだん飽きたと思ったのだろう、このような歌を詠んだ。
　長年住んでいた里を出て行ってしまったら、草が生い茂って野となってしまうだろう
女が返歌して、
　もしここが野になったらわたしは鶉になってあなたを待ちます。もしかしたら、あなたが狩に来てくれるかもしれないから。
と詠んだので、その歌に感銘して、男は出て行こうという気持ちがなくなった。

夕されば野べの秋風身にしみて鶉なくなり深草の里　　　（俊成・新古今集）
【口語訳】
夕方になってきたので、野原に吹く秋風が身に染みることだ、この鶉の鳴く深草の里では。

『伊勢物語』一二三段は、身勝手な男といじらしい女のエピソードだ。俊成はそんな男と女の別れ話を踏まえて、秋風が身に染みると歌った。「秋」は「飽き」の掛詞だ。どこにでもいる鶉を見て、『伊勢物語』の女を思い出し、また、人生の黄昏時に差し掛かっている自分の身の上をそれに重ねて、いろんな意味で秋風が身に染みると表現する。この歌を読む人は、俊成の心情と、『伊勢物語』の女の心情を重ね合わせて、さらに、そこに自分の感慨も重ねていくだろう。とてもポリフォニックな王朝の雅のメロディーが響く。
俊成は「源氏見ざる歌詠みは遺恨のことなり」（『六百番歌合』冬十三番判詞）といった。『源氏物語』や『伊勢物語』などの古典文学が歌人にとっての必修科目だったことがわかる。本説取りというのはともすれば理屈っぽいものになりやすいが、この歌は、自然な述懐歌（自分の心情をしみじみと歌いあげる歌）となっている。

＊参考
『御手鑑』第九代庄内藩主酒井忠徳（ただあり）が、和歌の修練の一貫として『万葉集』や『古今和歌集』などの和歌を染筆。

山形県鶴岡市・致道博物館所蔵。

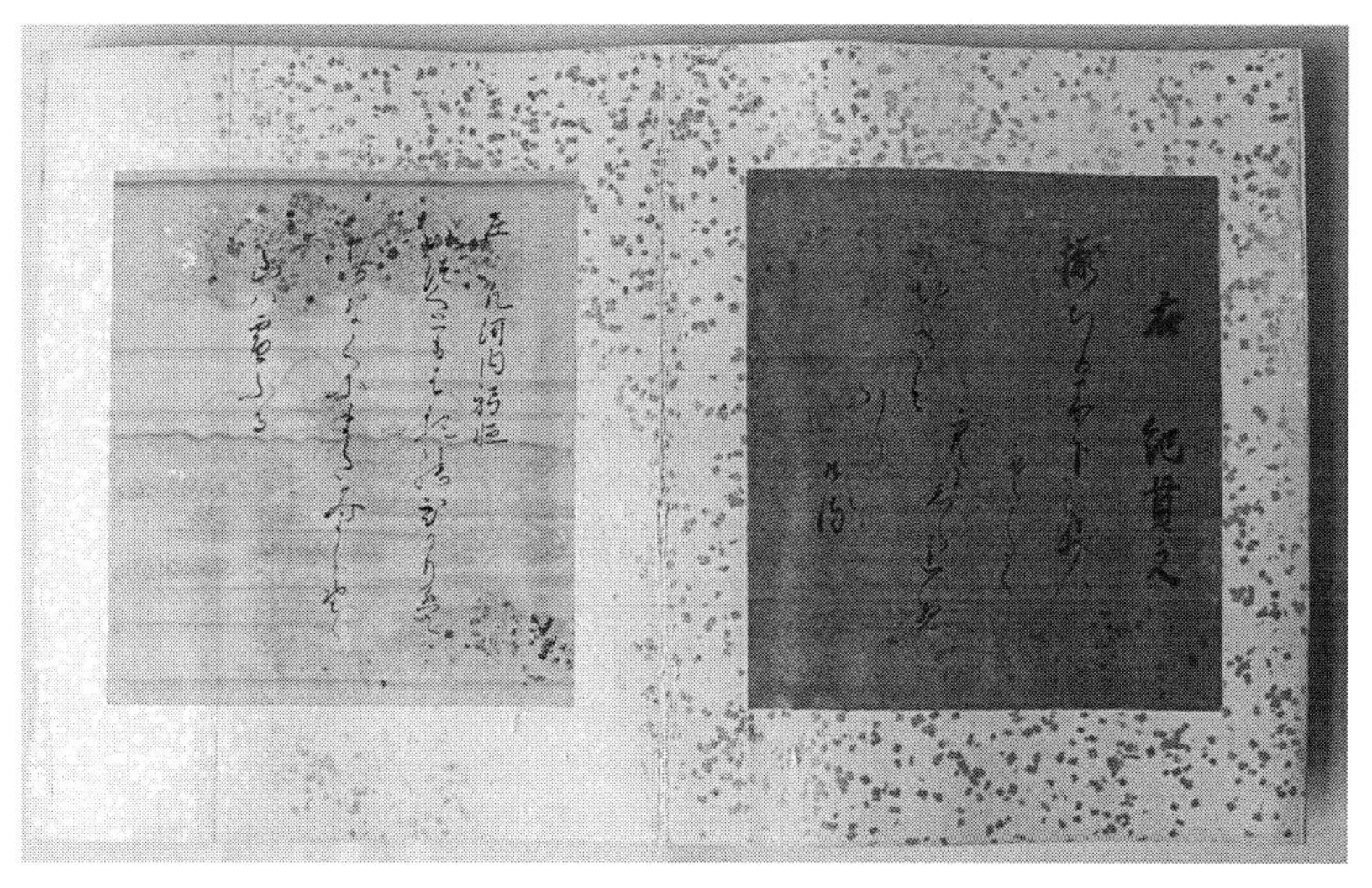

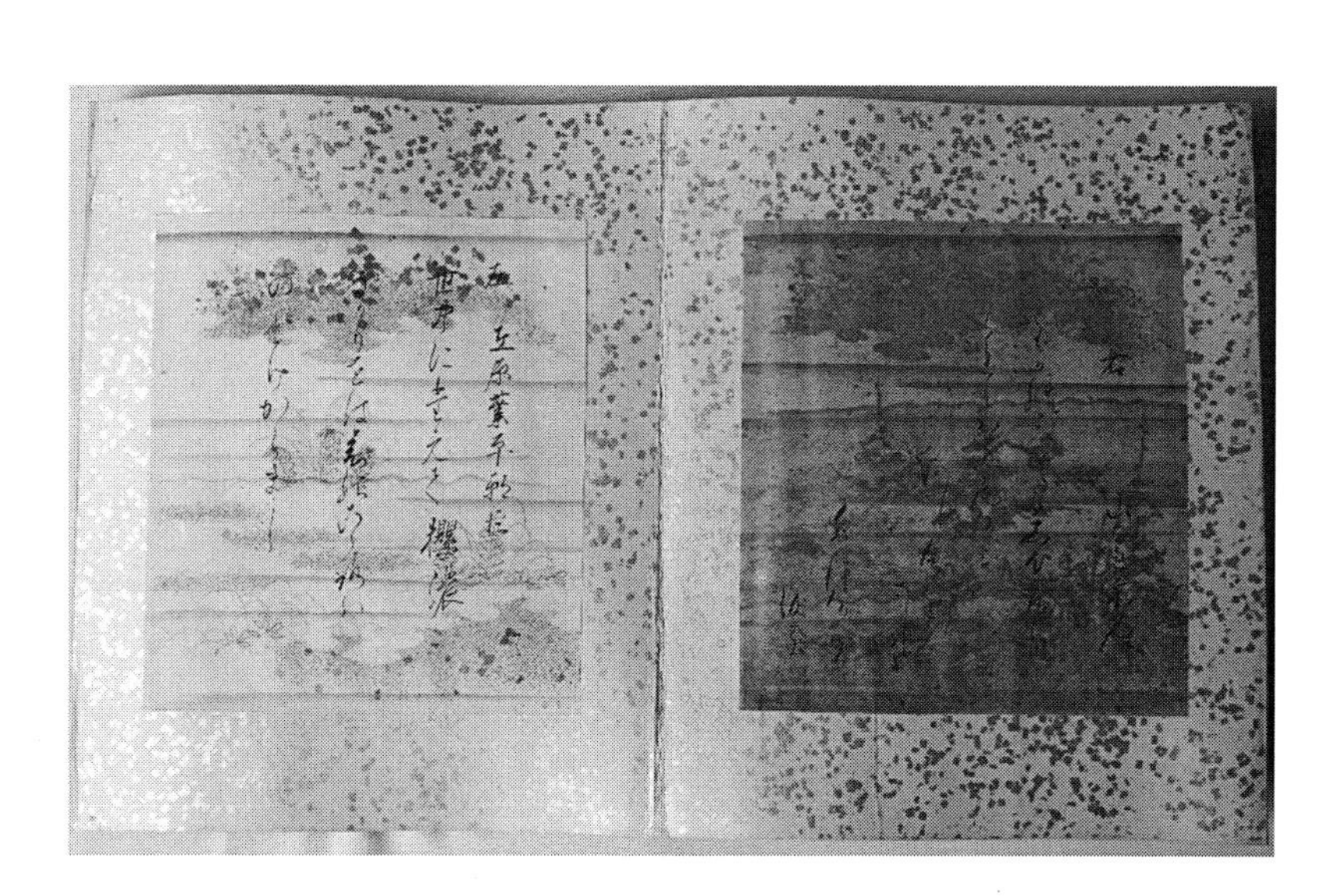

4．和歌を書いて読む

『古今和歌集』（A）と『新古今和歌集』（B）の巻頭と二首目を書写しながら歌風の違いを読み味わってみよう。

A　年の内に春は来にけりひととせを去年とやいはん今年とやいはん　　在原元方

【口語訳】

年内に春が来てしまった一年を去年といえばよいのか今年といえばよいのか。

＊陰暦の閏年では同じ月が二回繰り返されるので、年内に立春がくる。

A　袖ひぢて結びし水のこほれるを春立つけふの風やとくらむ　　紀貫之

【口語訳】

袖を濡らして救った水が凍ったが、立春のきょうの風が溶かすだろう。

B　み吉野は山も霞て白雪のふりにし里に春は来にけり　　藤原良経

【口語訳】

吉野では山も霞んでいて、白雪が降っていた里に春がやって来たよ。

B　ほのぼのと春こそ空に来にけらし天の香具山霞たなびく　　後鳥羽院

【口語訳】

ほのぼのと春が空にやってきたようだ。天の香具山に霞がたびいているよ。

＊本歌　ひさかたの天の香具山この夕べ霞たなびく春立つらしも　　柿本人麻呂

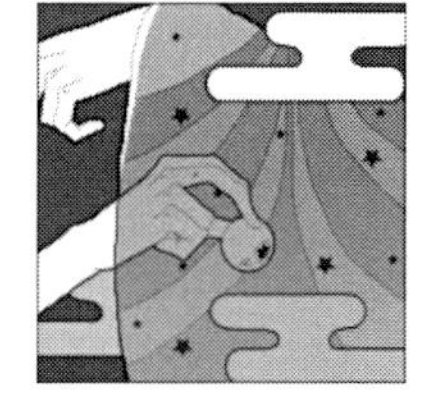

〈よしなしごと・・・〉

第六章　『平家物語』を読み解く

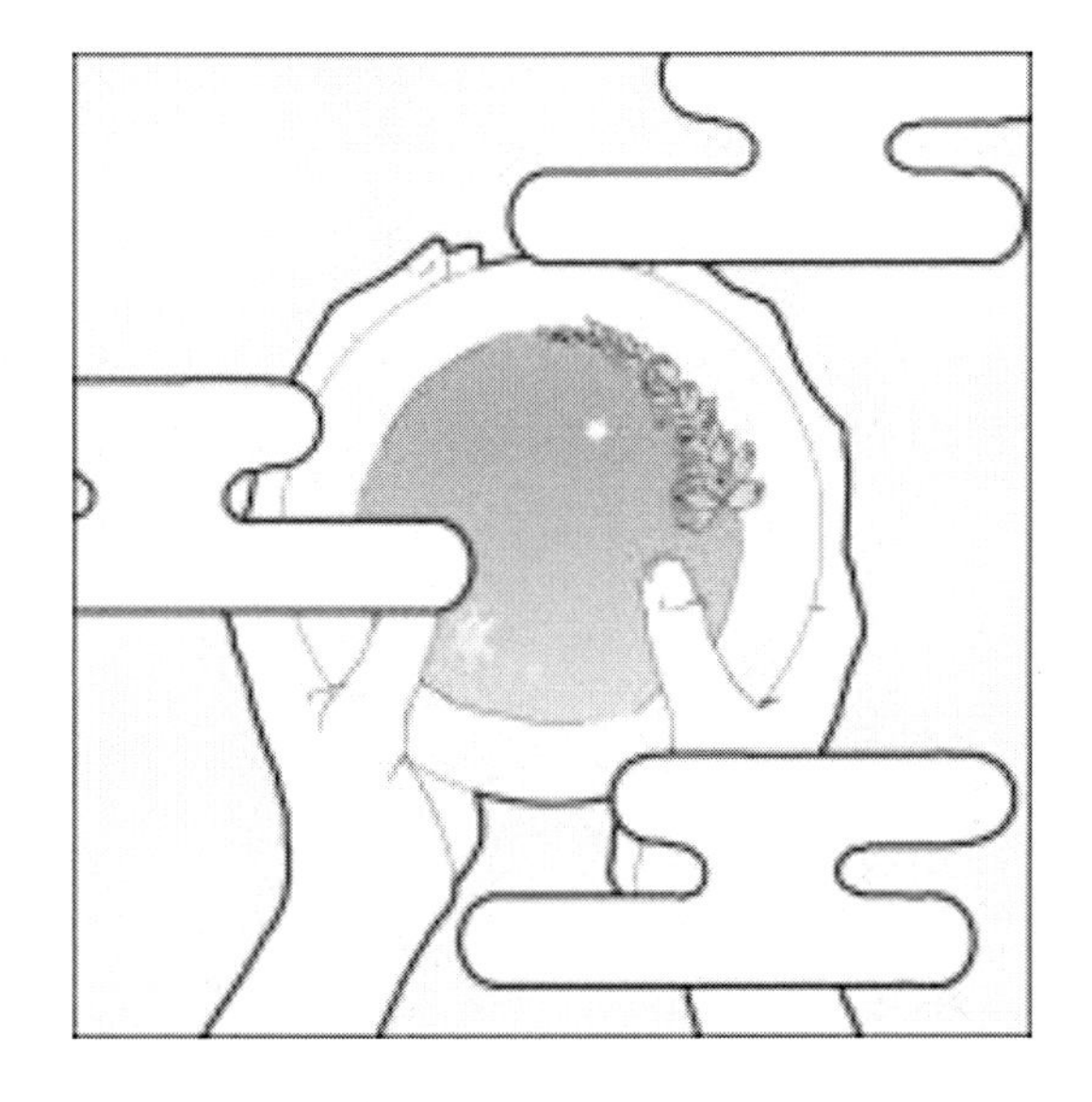

1．人はなぜ戦うのか

壬申の乱は、日本史上支配者に対する反乱として起きた最初の戦いだ。六七二年に天智天皇の後継者をめぐって起きた。皇族・貴族・官人・豪族が、天智天皇の弟である大海人皇子（天武天皇）側と息子である大友皇子（六七二～六四八）側に分れて戦った。大海人皇子は吉野から出兵し、大友皇子のいる近江京に向けて各地の豪族を従えながら北上していった。その過程で尾張や伊賀の国司を味方にし、東海道や東山道から募兵し戦備を整えていった。いっとき政権の座にあった大友皇子だが、結局、吉備や筑紫での募兵に失敗し、朝廷内でも大友側から離脱するものもあり、大友皇子は自殺、大海人皇子が天武天皇として即位する。天武天皇は、都を近江から飛鳥浄御原に遷し、中央集権を強化する。

その後、大和朝廷は国司にその土地の名物や名産、伝承、地名の由来を記した風土記の編纂を命じる。『古事記』（七一二）や『日本書紀』（七二〇）を整え、律令国家としての大和朝廷の正当性を内外に示していく。

七一〇年の平城京遷都の後、藤原仲麻呂が孝謙上皇に寵愛されて権勢をふるった道鏡を除くために起こした恵美押勝の乱（七六四）が起きる。七九四年平安京遷都後、平城上皇と嵯峨天皇の対立による平城太上天皇の変（八一〇年）や、藤原一族と源一族の反目に端を発する応天門の変（八六六）などが起きる。これらは常に中央における勢力争いが火種となったものだった。しかし、東国の国司が地元の土豪を従えて勢力を拡大しようとした平将門の乱（九三一）や、瀬戸内海の海賊を統率しながら勢力を拡大した藤原純友が京都を襲撃しようとした藤原純友の乱（九三二）が連動し、大和朝廷の統率力が根幹から揺らぎ始める。貴族たちは、武装した武家の力なくして政治を行えない状況になっていった。

政権は藤原一族が握りはじめ、その過程で菅原道真が左遷され、在原氏や紀氏も流謫の憂き目をみる。政治的な敗者の憂いは、『伊勢物語』や『土佐日記』に投影され、一条天皇の寵愛が菅原一族側の中宮定子から藤原一族側の中宮彰子に移っていくなかで、中宮定子（九七七～一〇〇一）に仕えた清少納言（九六六頃～一〇二五頃）による『枕草子』と中宮彰子に仕えた紫式部による『源氏物語』が書き継がれていく。文学も歴史の動きと無関係ではなかったことがわかる。

権謀術数が渦巻く宮中にあって、男女の別なくさまざまなかたちで人々は権力争いに巻き込まれていった。戦いに明け暮れる武士たちの背後には、夫や息子の帰りを待つ妻や母たちがいた。

人間が人間を殺すことは決して行ってはいけない。しかし、戦時下ではその悪が正当なものとして行われてしまう。

この罪障意識は、人々の仏道への傾斜を促すことになる。仏教思想は平安時代になると貴族から庶民に広く流布する。永承七年（一〇五二）に末法の世を迎えることが唱えられ、政局が不安定になった平安末期から鎌倉時代にかけて末法思想が流行し、人心も憂世感や無常感にとらわれるようになる。『徒然草』や『方丈記』といった僧侶による法語文学は、戦乱や天災によって多くの人が命を奪われていく現実を見据えた文学といえる。

また、第四章で述べたように藤原氏の栄華を歴史的に検証する物語として『大鏡』や『栄花物語』といった歴史物語が書かれる。その後、貴族社会を舞台に天皇に焦点を当てつつ『今鏡』『水鏡』『増鏡』と書き継がれ、『大鏡』とあわせて四鏡と呼ばれる。

一方、武家に焦点を当てた戦乱を記録する文学も誕生する。軍記物語である。

東北地方から瀬戸内海まで、日本全国が戦場となったのが源平の争乱である。その戦の様子を描写し、勝者敗者の武将を活写した軍記物語は、前期と後期に大別される。

崇徳上皇（一一一九～一一六四）が源為義（一〇九六～一一五六）・為朝（一一三九～一一七七）軍を仕立て、後白河天皇（一一二七～一一九二）に与する源義朝（一一二三～一一六〇）・平清盛（一一一八～一一八一）軍とたたかった保元の乱（一一五六）、後白河院が率いる藤原信頼（一一三三～一一六〇）と源義朝と信西（一一〇六～一一六〇）・平清盛が戦った平治の乱（一一五九）が、それぞれ『保元物語』と『平治物語』を生む。そして、平清盛が栄華を極めてから源頼朝に滅ぼされるまでを描いた軍記物語の最高傑作『平家物語』が誕生する。戦で亡くなった人たちを鎮魂する目的で書かれたもので、書かれた文章を読む読み本系の本と、琵琶法師が語るテキストとして流布した語り本系の諸本とがある。『平家物語』は読み継がれ、語り継がれる中で、本文の異同が生じ、多くの異本を生んだ。全国津々浦々に作品が広がったということを意味する。

頼朝による鎌倉幕府は北条氏の執権政治に移っていったが、後鳥羽上皇が武家政権を倒すべく承久の乱（一二二一）を起こす。そして『承久記』が成立する。ここまでが前期軍記物語である。

続いて、醍醐天皇が討幕を計画し、鎌倉幕府が滅亡し、足利尊氏が台頭すると、守護大名たちの戦いが激しくなる。『太平記』全四〇巻は、その戦いのようすをテンポ感のある流麗な文体で描いたものである。七五調の美文や道行文を駆使して戦況を描写し、生き生きと人物の動きを活写する語り物文芸として、講釈師によって流布する。仏教的思想に基づきながら儒教的倫理思想による歴史観を展開した『太平記』は長く江戸時代にいたっても読み継がれた。

個人を英雄として語る軍記物語も生まれる。源義経（一一五九〜一一八九）を鎮魂する『義経記』や曽我十郎（一一七二〜一一九三、祐成）・五郎（一一七四〜一一九三、時致）兄弟が父の敵を討つまでを描いた『曽我物語』である。これらが後期軍記物語といわれる。

以上の軍記物語は後代の文学や芸能に多大な影響を及ぼした。能や幸若舞には『平家物語』に登場する男女が主人公となったものが多い。江戸時代の浄瑠璃や歌舞伎にも、曽我物といわれるシリーズがある。それぞれの戦乱という特殊な状況下における人間の悲喜劇が、普遍的な人間の喜怒哀楽を表現するものとして文学に結晶化していく。

やがて、京都を戦場として一一年間にわたって戦乱が繰り広げられた応仁の乱が勃発する（一四六七年）。足利将軍家の相続問題に管領家の家督争いがからみ、諸国の守護大名が東軍と西軍に分かれて戦った。京は灰燼に帰し、貴重な書籍や文物が失われた。戦いを行う武士たちが好んだのが連歌である。連歌は、三十一文字の和歌を長句（五七五）と短句（七七）に分け、詠み手を変える。それを複数回繰り返して百韻を巻く座の文学である。即興で句を付けていくので、素早い頭の回転と豊かな想像力が必要である。また、複数の人間による共同の文学なので、協調性やコミュニケーション能力が養われる。前句に自分の句を付けるときには、臨機応変な判断や的確な語彙の選択が求められる。これらは戦いの場に必要な、協調性や判断力・行動力と結びつくものである。雅なことばだけを用いる連歌はやがて俗語を用いた俳諧の連歌を生み、戦いのない時代を迎えた江戸時代の俳諧文芸の隆盛に流れ込む。

戦争には国のため、一族を守るためなどの大義名分が掲げられるが、それは、個人の欲望を満たすためのものである。そんなことのために人間は一族を巻き込み、国を巻き込んで戦い続けている。人間の愚かさを露呈する戦いの歴史の中に、自分の命を犠牲にして家族や仲間を守る人々や、命を落とした人々の菩提を弔い続ける人々がいた。文学は人間の愚かさ、けなげさ、崇高さのすべてを描き出す。戦いのない平和な時代を希求する人々の涙と笑いが文学の中にある。

2．忠度のエピソード

平忠度（一一四四～一一八四）は、清盛の末の弟である。富士川の合戦や墨俣川の合戦で大将軍として活躍する。一ノ谷の戦において討たれ四一歳で命を落とす。藤原俊成に和歌を学び歌人としても知られる。『千載和歌集』『新勅撰和歌集』『玉葉和歌集』などの勅撰集に和歌が採られている。

ここでは西海（瀬戸内海）で戦うために、都を離れる忠度が、『千載和歌集』を編集中の俊成に自分の和歌を託す場面を読んでみよう。

薩摩守忠度は、いづくよりやかへられたりけん、侍五騎、童一人、わが身共に七騎取ッて返し、五条の三位俊成卿の宿所におはして見給へば、門戸を閉じて開かず。「忠度」と名のり給へば、「落人帰りきたり」とて、そのうちさわぎあへり。薩摩守馬よりおり、身づからたからかに宣ひけるは、「別の子細候はず。三位殿に申すべき事あッて、忠度がかへり参ッて候。門をひらかれずとも、此きはまで立寄らせ給へ」と宣へば、俊成卿、「さる事あるらん、其人ならば苦しかるまじ。いれ申せ」とて、門をあけて対面あり。事の体何となう哀れなり。薩摩守宣ひけるは、「年来申し承ッて後、おろかならぬ御事に思ひ参らせ候へども、この二三年は京都のさわぎ、国々の乱れ、併しながら当家の身の上の事に候間、疎略を存ぜずといへども、常に参り寄る事も候はず。君すでに都を出させ給ひぬ。一門の運命はやつき候ひぬ。撰集の沙汰あるべき由承り候ひしかば、生涯の面目に一首なりとも、御恩をかうぶらうど存じて候ひしに、やがて世の乱いできて、其沙汰なく候条、ただ一身の嘆きと存ずる候。世しづまり候ひなば、勅撰の御沙汰候はんずらむ。是に候巻物のうちにさりぬべきもの候はば、一首なりとも御恩を蒙ッて、草の陰にてもうれしと存じ候はば、遠き御まもりでこそ候はんずれ」とて、日比読みおかれたる歌共のなかに、秀歌とおぼしきを百余首、書きあつめられたる巻物を、今はとてうッたたれける時、是をとッてもたれたりしが、鎧のひきあはれしより取りいでて、俊成卿に奉る。三位是をあけてみて、「かかる忘れがたみを給はりおき候ひぬる上は、ゆめゆめ疎略を存ずまじう候。御疑あるべからず。さても唯今の御わたりこそ、情もすぐれてふかう、哀れもことに思ひ知られて、感涙おさへがたう候へ」と宣へば、薩摩守悦ンで、「今は西海の波に沈まば沈め、山野にかばねをさらさばされせ、浮世に思ひおく事候はず。さらば暇申して」とて、馬にうち乗り、甲の緒をしめ、西をさいてぞあゆませ給ふ。三位うしろを遥かに見おくッてたたれたれば、忠度の声とおぼしくて、「前途程遠し、思を雁山の夕の雲に馳す」と、たからかに口ずさみ給へば、俊成卿いとど名残惜しうおぼえて、涙をおさへてぞ入り給ふ。（巻七「忠度都落」）

【口語訳】

薩摩守忠度は、どこからか戻ってこられたのだろうか、侍五騎と童一人、ご自身とともに七騎が戻ってきて、五条の三位俊成卿の屋敷にいらっしゃったところ、門が閉じられていてあかない。「忠度」とお名乗りになったところ、「落人が戻ってきた」と言って、屋敷の打ちで騒ぎ合っている。薩摩守は、馬から降りて高らかにおっしゃった。「特別なことではございません。三位殿に申し上げることがあって、忠度が戻ってきました。門をお開けにならずとも、ここまでおいでいただきたい」とおっしゃったので、俊成卿は。「何か理由があるのだろう、その人であれば大丈夫だ。お入れしなさい」と言って、門を開けて対面した。忠教の様子は何となく哀れである。薩摩守忠度がおっしゃるには、「長年和歌について教えていただき、あなたのことをいい加減には思っておりませんが。この二、三年は京都が騒がしく、国々の反乱など、すべて当家の身の上のことでございます。いい加減には思っておりませんでしたが、いつも参上するということがありませんでした。天皇はすでに都をお出になりました。平家一門の運命はもはや尽きてしまいました。勅撰集の編纂があると聞いておりますので、生涯の名誉のために一首だけでも、御恩をいただき、選集に入れていただきたいと思っていましたが、やがて戦乱の世となり、その沙汰がないままです。それだけがただ我が身の嘆きです。世の中が静かになったら、勅撰集の沙汰があるでしょう。ここにあります巻物のなかにそれらしいものがありましたら、一首だけでも御恩をいただければ、死んだあともうれしいと思えるでしょうから、遠いあの世からあなたをお守り申し上げましょう」と言って、常日頃詠んでいらっしゃった歌のなかから、秀歌と思われるものを百首余り、書き集めなさった巻物を、さあといってお発ちになった時に、持っていかれたが、それを鎧の合わせ目から取り出して、俊成卿に奉った。三位はこれを開けてみて、「このような忘れがたみをいただきました上は、決していい加減にはいたしません。お疑いなさらないでください。それにしてもこうして今いらっしゃってくださったことが、とても情け深く、哀れなことに思われて、感無量でございます」とおっしゃったので、薩摩守は喜んで、「今となっては西海に沈むというなら沈んでしまえ、山野に遺体をさらすならさらしてしまえ、浮世に思い残すことはありません。さらばでございます」と言って、馬に乗って、甲の緒を締め、西に向かって出発なさる。三位は後ろ姿をはるかに見送って立っていらっしゃったところ、忠度の声と思われる小手で「前途は遠い、思いを借り山の夕方の雲に馳せる」と漢詩を、高らかに口ずさまれたので、俊成卿は、たいそう名残惜しく思えて、涙を抑えながら屋敷にお入りになった。

勅撰和歌集に自分の和歌が載ることは、歌人にとってこの上ない名誉だった。もはや生きて都へは帰れないと悟った忠度が、俊成に自選の百首をわたし、一首なりとも勅撰集に入れてほしいと頼む姿は、涙を誘う。俊成はその願いを聞き入れ、やがて『千載和歌集』を選定することになったときに、忠度の次の歌を「読人知らず」として収録した。『平家物語』本文では。「勅勘の人（天皇の咎めを受けた人）なれば、苗字をばあらはされず」とある。

入集した忠度の歌は次の歌である。

さざなみや志賀の都はあれにしをむかしながらの山ざくらかな

【口語訳】

さざなみの立つ琵琶湖のほとりの大津京は荒れ果ててしまったが、むかしのまま山桜が咲いていることだよ。

大津京は天智天皇が築いた都である。前節で述べたように、壬申の乱のあと都は大津京から飛鳥清御原に遷される。日本史上の最初の政権抗争である壬申の乱による廃墟は、今、源平の争いのさ中にある自分たちの直近の未来の姿でもある。人間の愚かな政権争いによって人も都も滅びていくが、桜は無心で美しく咲き続ける。諸行無常の人と循環する命をつなげる桜が対比されて胸を打つ。

平忠度は、このあと平家の大将軍として一の谷の戦で死闘を繰り広げる。力尽きて討たれて、首級を取られてしまう。箙（えびら）に結びつけられた文に「ゆきくれて木のしたかげをやどとせば花やこよひの主ならまし　忠度」と書かれていたことから大将・薩摩守忠度であることがわかる。忠度は最後まで歌人としての面目を保ったのである。『平家物語』は、敵も味方も武芸にも歌道にもすぐれた忠度の死に涙を流したと語る。

3．鵺（ぬえ）退治

鵺とは、頭は猿、胴は狸、尾は蛇、手足は虎、声は虎鶫（とらつぐみ）という怪鳥である。『平家物語』巻四「鵺」は、源頼政（よりまさ）（一一〇四～一一八〇）が宮中に出現した鵺を射抜く話だ。

頼政は、保元の乱で活躍したけれども、宮中への昇殿も許されず、大内守護の身分のままで恩賞も不十分だった。そこで「人知れず大内山のやまもりは木がくれてのみ月をみるかな（大内山の番人がいつも木の陰に隠れて人知れず月を見るように、大内守護のわたしは、人知れず物陰から月（帝）を拝することだ）」という歌を詠んだところ、昇殿が許された。また、正四位から三位になることを望んで、「のぼるべきたよりなき身は木のもとにしゐを拾ひて世をわたるかな（木の上に登るべきつてのないわが身は、木の芽もとに落ちている椎の実を拾って夜をわたるしかないことだ）」と詠んだ。椎に四位が掛けられている。その甲斐あって三位に昇進した。和歌の力を説く歌徳説話のようなエピソードである。頼政の野心がうかがえる。

『平家物語』ではこのエピソードに続いて、頼政の鵺退治の武勇伝を語る。

近衛院御在位の時、仁平のころほひ、主上よなよなおびえたまぎらせ給ふ事ありけり。右験の高僧貴僧に仰せて、大法秘法を修せられけれども、其しるしなし。御悩は丑の刻ばかりでありけるに、東三条の森の方より、黒雲一村たち来ッて、御殿の上におほへば、かならずおびえさせ給ひけり。これによッて公卿僉議あり。（中略）武士に仰せて警固あるべしとて、源平両家の兵者共のなかを、撰ぜられけるに、頼政をえらびいだされたりけるとぞきこえし。其時はいまだ兵庫頭とぞ申しける。頼政申しけるは、「昔より朝家に武士をおかるる事は、逆反の者をしりぞけ、違勅の者をほろぼさんが為なり。目にもみえぬ変化のもの仕れと、仰せ下さるる事、いまだ承り及び候はず」と申しながら、勅定なれば召に応じて参内す。頼政はたのみきッたる郎等、遠江国住人、井早太に、ほろの風切はいだる矢おほせて、ただ一人ぞぐしたりける。我身は二重の狩衣に、山鳥の尾をもッてはいだるとがり矢二すぢ、滋籐の弓にとりそへて、南殿の大床に祗候す。（中略）

頼政きッとみあげたれば、雲のなかにあやしき物の姿あり。これを射そんずる物ならば、世にあるべしとは思はざりけり。さりながらも矢をとッてつがひ、「南無八幡大菩薩」と心のうちに祈念して、よッぴいてひやうど射る。手ごたへしてはたとあたる。「えたり、をう」と矢さけびをこそしたりけれ。井早太つッと寄り、おつるところをとッておさへて、つづけさまに九かたなぞさいたりける。其時上下手々に火をともいて、これを御覧じみ給ふに、頭は猿、むくろは狸、尾は蛇、手足は虎の姿なり。なく声鵺にぞ似たりける。おそろしなンどもおろかなり。主上御感のあまりに、獅子王といふ御剣をくだされけり。

【口語訳】

近衛院が天皇だった時に、天皇が夜な夜なおびえ瀕死の状態におなりになることがあった。験効のある高僧貴僧に命じて、大法秘法をなさったが、効果がなかった。お悩みは午前二時ごろで、東三条の方から、黒雲が一むら立って、御殿の上をおおうときに、必ず帝がおびえなさった。このことによって公卿が詮議をした。（中略）

武士に命じて警護をするのがいいだろうと、源平両家の兵士の中で選ばせたところ、頼政を選び出されたということだ。その時はまだ兵庫頭と申した。頼政が申し上げるには、「昔から朝廷に武士をお置きになることは、謀反人を退け、天皇に逆らったものを滅ぼすためである。目に見えぬ妖怪を仕留めよと仰せ下されることは、いまだ聞いたことがありません」と申し上げたが、天皇からの仰せなので召喚に応じて参内した。信頼しきっている郎等の遠江国の井早太に、ほろの風切を付けた矢を負わせて、ただひとり連れて行った。自分は二重の狩衣を着て、山鳥の尾を付けたとがり矢を二本、滋籐の弓に添えて、南殿の大床に控えた。（中略）　頼政がきっと見上げると、雲の中にあやしい物の姿があった。これを射損じたなら生きてはおるまいと思ったことだ。そうして矢を取って弓につがい、「南無八幡大菩薩」と心の中で祈って、矢を引いてひゅっと射た。手ごたえがあってはっしと当たった。「やった！、おぉ！」と矢叫びをした。井早太がつっと寄って、鵺が落ちたところを取り押さえ、続けざまに九太刀くらわせた。その時身分の高い人も低い人も火をともしてこれを御覧になったところ、頭は猿、からだは狸、尾は蛇、手足は虎の姿だった。鳴く声は鵺に似ていた。おそろしいというだけでは足りないくらいだ。天皇は、おおいに感じるところがあり、師子王という御剣をくだされた。

頼政が天皇に呼ばれたときの回答を読むと、武士が貴族の警備をする立場にあったことがよくわかる。平家が専横をふるう前の時代の話として頼政の武勇を伝える。恐ろしい怪鳥が天皇を脅かすという不穏な状況を、頼政の強弓が一瞬にして解決した。緊張感のある場面である。本文は、「変化の物をば、うつほ舟にいれてながされけるとぞきこえし」と記す。うつほ舟というのは、丸太をえぐった舟でその中に射落とした鵺を押し込めて海に流したというのである。

ところが、その後再び鵺が出現する。不死鳥のように鵺が何度も復活することを物語る。

宮中では、先例にならって頼政を呼び出し退治させることにする。暗闇のため鵺の声は聞こえるが姿は見えない。そこで頼政は二つの鏑矢を用意し、一の矢で鏑矢を射てその音に鵺が驚いて音を立てて羽ばたいた方角に二の矢を射てみごとに仕留めた。そして左大臣が「ほととぎす名をも雲井にあぐるかな」という上の句をよみ、頼政「弓はり月のいるにまかせて」という下の句で応じた。射芸の達人で和歌もよくした。このような武勇の人だったが、平家の台頭を嫌って平氏打倒の兵をあげ、宇治の平等院で戦死する。『平家物語』の本文は頼政を惜しむ。

この頼政の鵺退治のエピソードは、宮中に渦巻くさまざまな思いや人間関係の闇が怪鳥というかたちで顕在化したことを思わせる。そして、一度退治した鵺がまた出現しており、その闇がぬぐってもぬぐいきれないことを物語る。世阿弥は『平家物語』のこのエピソードをもとに能『鵺(ぬえ)』を作った。うつぼ舟に押し込められて海に流された鵺が現れ、また闇に消えていく。

頼政は、鵺を退治し武力を誇り、殿上に上がることを許され、階位も三位にあげたが、結局は戦いに敗れてしまう。頼政もまた源氏の再興という欲望にとらわれていた。退治しても退治しても、人間の欲望が続く限り鵺は闇をさまよい続ける。

当代から少し遡った時代のエピソードを語る章段である。平家一門の動きは描かれない。怪鳥の姿といい、頼政が弓を射る場面といい、印象に残る。そして、人間の欲望について深く長く考えさせられる。

『平家物語』の登場人物やそこに描かれるさまざまなエピソードの多くが、能や浄瑠璃、歌舞伎の題材になった。前節で扱った「忠度」も、能の題材になっている。鎮魂の文学としての『平家物語』が、それだけ多くの人々のこころをつかんだということだろう。『平家物語』の原文を味わったうえで、『平家物語』を題材にしている能や歌舞伎を鑑賞すると一段と理解が深まることだろう。

＊参考

「忠徳大黒図」（第九代庄内藩主酒井忠徳(ただあり)が大国の絵を描き、第十代藩主酒井忠器(ただかた)が讃「神と君のめぐみをふかくあふぐぞよこゝろの的とむこふ朝夕」を揮毫したもの。十一月の甲子(きのえね)の日に行われた農耕神でもあり福の神である大黒天を祀る大黒講と関係するか。

山形県鶴岡市・致道博物館所蔵。

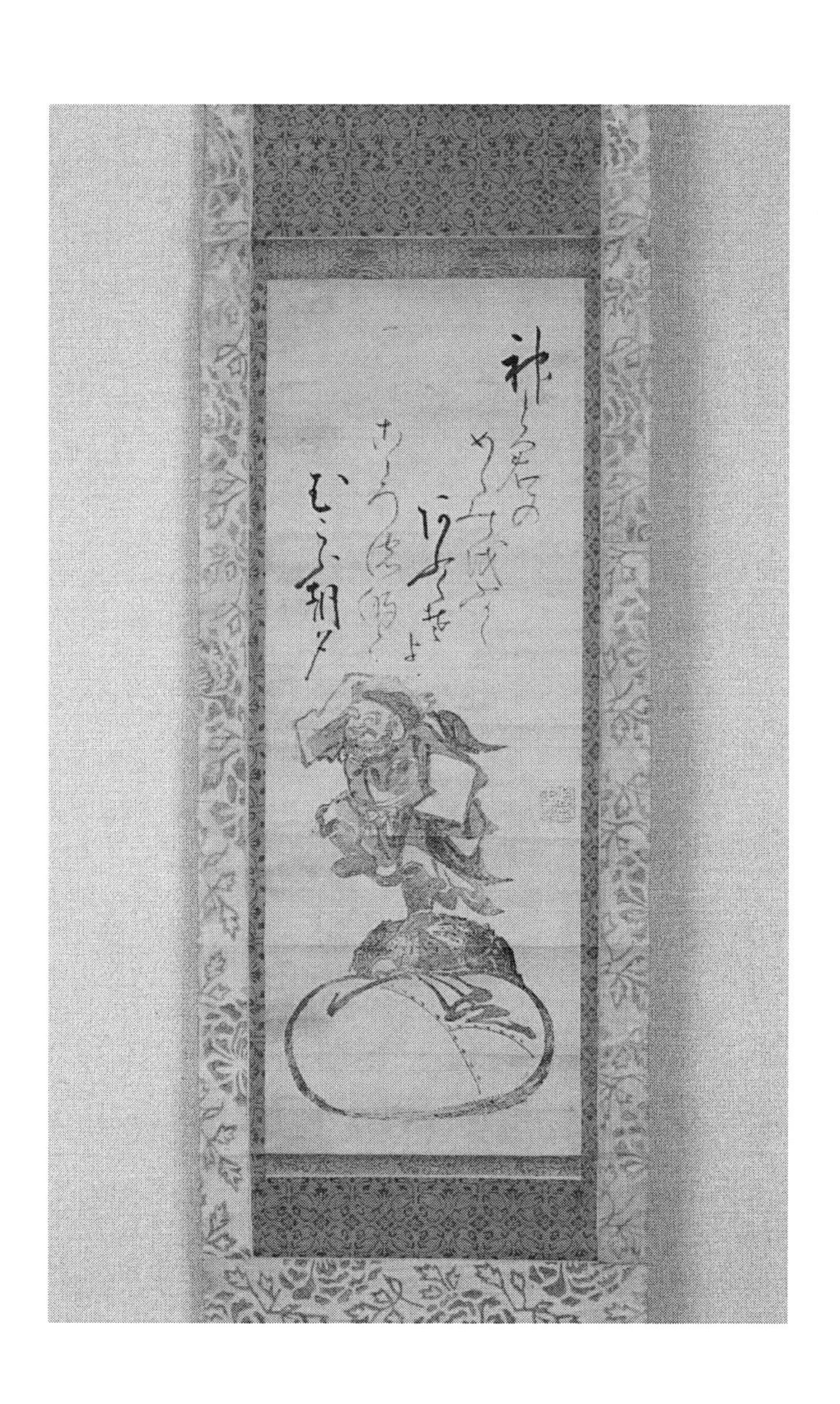

4．「灌頂」の巻を書いて読む

語り物の平曲において、冒頭の「祇園精舎」と最後の「灌頂」の巻は秘曲とされ、人前で演奏することが禁じられている。盛者必衰の理(ことわり)を説く冒頭と、清盛の娘である建礼門院が一門の運命を回顧する「灌頂」の巻が、平曲にとって重要なものだから軽々に演奏することが禁じられているのだろう。

檀ノ浦で安徳天皇とともに海に飛び込んだ徳子は、源氏方に引き上げられ命を取り留める。出家し、建礼門院と名を改め、嵯峨野の寂光院で隠棲し、亡くなった人々の菩提を弔う余生を過ごしている。そこへ、後白河院が訪ねてきて、ふたりはしみじみと語り合う。建礼門院は、後白河院に対し、人生において生きながら六道の苦しみを経験したが、自分が国母となってこうして亡くなった人々のために祈りを捧げられることは幸いであると述懐する。

『平家物語』は、彼女の臨終の場面で閉じられる。最後の部分を書写して、「忠度都落」や「鵼」の章段にも思いをいたそう。

御念仏の声やうやうよわらせましましければ、西に紫雲たなびき、異香室にみち、音楽そらにきこゆ。かぎりある御事なれば、建久二年きさらぎの中旬に、一期遂に終らせ給ひぬ。后宮(きさいのみや)の御位より、かた時もはなれ参らせずして候はれ給ひしかば、御臨終の御時、別路にまよひしも、やるかたなくぞおぼえける。此(この)女房達は、昔の草のゆかりもかれはてて、寄るかたもなき身なれども、折々の御仏事、営み給ふぞあはれなる。遂に彼(かの)人々は、竜女が正覚の跡をおひ、韋提希夫人(いだいけぶにん)の如くに、みな往生の素懐をとげけるとぞきこえし。

【口語訳】

御念仏の声がだんだんと弱くおなりになったところ、西に紫雲がたなびき、すばらしい香りが部屋に満ち、音楽がそらから聞こえた。命には限りがあることなので、建久二年(一一九一)二月の中旬に、一生をついに終えられた。中宮の御位のときから、(大納言佐(だいなごんのすけ)の局と阿波内侍(あはのないし)は)片時も離れずに付き添っておられたので、ご臨終のとき、女院との別れ路に迷ってやるかたなくお思いになった。この女房達は、縁者もいなくなって、よるべもない身の上だったが、命日ごとに御仏事を営まれるのがしみじみと哀れであった。とうとうこれらの人々は、竜御阿が悟りを開き、韋提希夫人が往生したように、みな往生の希望をかなえたということだ。

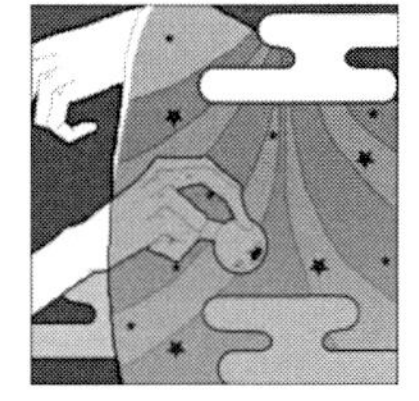

〈よしなしごと・・・〉

第七章　近世俳諧を読み解く

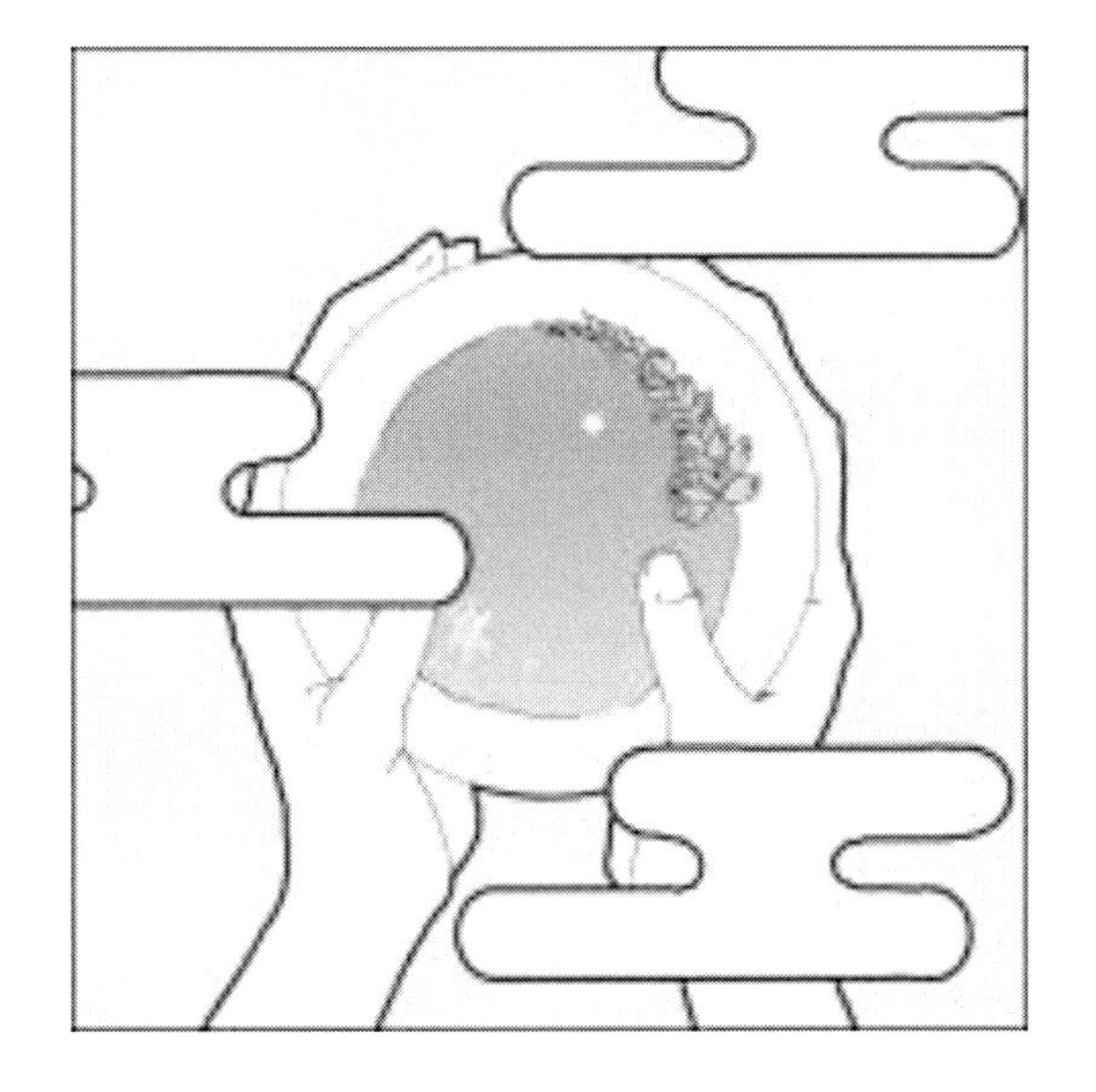

1．俳諧のはじまり

『古事記』や『万葉集』においては、二人の人間が、同じことばをおうむ返しのように繰り返すやりとりが行われた。同じことばを発することによって、二人の間に共感と信頼のムードが醸成される。安心で安全な球体の中に二人がいて、守られた状態の中で同じことばを交わし合うイメージである。このような唱和をはじめておこなったのは、伊邪那岐命と伊邪那美命である。国産みのときに、「あなにやしえおとこを（あぁすばらしい！あなたと結婚したい！）」、「あなにやしえをとめを（あぁすばらしい、きみと結婚したい！）」と言い合う。

さらに、『古事記』には、倭健命が蝦夷征伐に行ったときに、火焼翁との間でなされたやり取りがある。「新治筑波を過ぎて幾夜か寝つる」（筑波を過ぎてから何日たったのか）と尋ねられた火焼翁が、「かがなべて夜には九夜、日には十日を」（日数を重ねて九泊十日です）と答える。当時、都から考えると筑波は最北端、最果ての地だ。軍団を率いてはるばる都から遠征し、そこで大和朝廷に歯向かう人々と闘い、疲れ果て、再び、都に向かって戻っていく途中、甲斐国酒折で唱和したものだ。翁は当意即妙な問答をしてご褒美に吾妻国造にしてもらう。このやり取りに由来して、連歌を「筑波の道」というようになる。

『万葉集』には、和歌の上句と下句を、それぞれ尼と大伴家持で別々に詠んだ唱和もある。美しい娘のお母さんである尼が「佐保川の水を堰きあげて植ゑし田を（佐保川の水を汲んで田に植えた稲がみごとにそだちました）」と娘のことを稲にたとえて家持に呼びかける。すかさず、「刈れる初稲（はついひ）は独りなるべし（はじめて実った稲を刈るのはわたしひとりです）」と求婚を表明する。

このようにして中世にいたるまで、複数の人間が唱和する連歌が作られ続けた。中世になると形式が整い、複数の人間が共同で作る文学の楽しさと奥深さが人々を夢中にさせた。二条良基（一三二〇〜一三八八）は和歌の勅撰集にならって『菟玖波集』（一三五六）という連歌集二〇巻を編纂した。

連歌の形式には、短連歌と鎖連歌があった。

短連歌は長句と短句の組み合わせによって成立する。古代以来の、唱和性に由来することばのキャッチボールを楽しむものだ。

鎖連歌は長句と短句のペアを数十回繰り返す。句の数によって歌仙（三六句）、世吉（四四句）、百韻（百句）、がある。長く続けることによって、さまざまな感興が生まれる。複数の人間が同じ時空を共有する楽しさや一体感、ことばを媒介にした信頼関係が形成される安心感などが連歌の醍醐味だ。また、歌の一文字を取り出して熟語を作る「賦物」というスタイルや式目（ルール）によって、娯楽性や遊戯性がもたらされた。

連歌で重視されるのは、前の句に対して「付かず離れず」の距離感で次の句を付けることだ。今では人間関係に対して言われる「付かず離れず」という言葉は、もともとは連歌に関することだった。連歌は、連歌を巻いている間、連衆（連歌を作る人たち）によってひとつの共同体が創出される場の文芸でもあった。

一方で、変化し続ける（「転ずる」）ことが重要でもあった。連歌作品は一巻、二巻と数える。一巻自体は完結した文芸世界でありながら、次々と句を付ける変化の文学でもある。句を付けるということは、それまでに詠まれた句（過去）を踏まえつつ、次に来るであろう句（未来）に向かって世界を開いていくことだ。

和歌の会の余興だった連歌だったが、雅な要素が入り連歌会というものが晴のイベントになっていく。すると、連歌のあとのくだけた遊びの会として俳諧の連歌会が行われるようになる。

はじめは貴族（堂上）の間だけで愛好されていた連歌だが、京の寺の貴族以外の人たち（地下）が満開の桜の下で連歌を詠みながら飲食を楽しむことなどがはじまり（花の下連歌）、花の時期以外にも連歌を楽しむようになる。そして、和歌に使われる雅なことばを使って表現されていた連歌に、俗語が取り入れられるようになる。風流な歌語を使った雅な連歌を有心連歌といい、俗語を使って滑稽な内容の連歌を無心連歌というようになる。この無心連歌の誕生までが、江戸時代の俳諧の連歌の前史となる。

ちなみに同じように風雅の誠を追究するものである和歌と連歌の違いは何か。

作者が一人か複数かという大きな違いがある。和歌は基本的には個人の表現活動だ。連歌にも独吟（ひとりで詠む）というスタイルがあるが、独吟であっても、複数の人間であるかのように視点を転じる。また、連歌は即興性を重視する。

そして、内容について考えると、和歌は、主観的で抒情的な「あはれ」（感動）を表現するものだ。叙景歌についても、その景色を見た感動を詠むことになる。それに対して、連歌には式目があるので、感動が根底にあったとしても、知的な営みになる。指合（発句に使われた漢字や、前後三句の間で同じ漢字を使わないようにすること）や去嫌（単調にならないために、同じ素材を離して使うためのルール）などの形式を守らなければならない。一方で多様な題材によってことばによる曼荼羅を作りあげる創作活動ともいえる。序破急の流れを重視するのは、同時期に発達した能と同じだ。連歌では、さまざまな素材を詠むが、同じ素材はあまり繰り返されない。異なる素材がバランスよく散らばるように工夫される。

連歌が盛んになったのは後鳥羽院(ごとば)（一一八〇～一二三九）歌壇においてだった。そこでは別のものとして捉えられていた有心連歌と無心連歌を一体化させたのが、二条良基である。良基は、連歌の式目を整理し（「応安新式」一三七二）た。『連理秘抄』（一三四九）、『筑波問答』（一三五七以後、一三七二以前）などの連歌論書も書いた。

『筑波問答』の中で、和歌や連歌の意義について述べている。「歌というのは、政治の悪いところを正面切って正すのがはばかられるので、いろいろなものにことよせて歌にして、こっそり落として見せる文章である」というのだ。一方、連歌については、「世理」（世の道理）そのものである」と断じる。「心根を正しく保ち、ことばを素直に発することが、誠をもった治世が行われる世の中の声そのものであって、風雅の連歌にほかならない」とする。

天皇家が南北に分かれてしまう動乱期において、連歌によって理非を正すという強い思いがあったことがわかる。権力争いに終始する政治を批判する力をもったものが歌であり、歌のことばによって政道が正されるというのは、言の葉の力を説いた『古今和歌集』「仮名序」の精神そのものだ。一方、森羅万象、天地人すべてのことがらを詠みこむ連歌は、宇宙の真実を反映させたものである。美しく正しいことばで世界を表現することにより、国を治めるという考え方だ。

このような連歌は足利尊氏や佐々木道誉などの武将たちに大変好まれた。連歌をともに巻くことは、相手の真実の姿を知ることへの近道だ。また、連歌の座で重要な人脈やコミュニケーション、信頼関係が形成されたことも想像に難くない。そして、連歌を大成させたのが飯尾宗祇(いいおそうぎ)（一四二一～一五〇二）だ。

宗祇が参画した、「湯山(ゆやま)三吟百韻」の一部を紹介しよう。一四九一年有馬温泉での百韻の一一句目から一六句目までである。

うきはただ鳥をうらやむ花なれや　宗祇
　身をなさばやの朝夕の春　肖柏(しょうはく)
古郷も残らず消ゆる雪をみて　宗長(そうちょう)
　世にこそ道はあらまほしけれ　宗祇

【口語訳】つらいのは（花に近づける）鳥をうらやむこと、花が咲くことだ。

　自分を変えたいと思う春の朝夕である。

故郷の雪も残らず消えてしまったことだ。

　世の中に正しい道があったらいいのに。

何をかは苔のたもとにうらみまし　肖柏
すめば山がつ人もたづぬな　肖長
名も知らぬ草木の本に跡しめて　宗祇
あはれは月に猶ぞそひ行く　肖柏

隠遁者の身にはうらめしく思うことなど何もない。
山に住めば山人なのだからだれも訪ねてこないでほしい。
名前も知らない草木のところに居を定めよう
哀れさは月の光によっていっそう強く感じられる

【設問】目の前にあるひとつのものを取り上げてみよう。そのものから連想される単語を書いて、さらに、そこから連想される別の単語を書いて、どんどん連想の鎖をつなげていこう。ひとりでやってもよいが、複数の人間で連想を広げることをしてみよう。

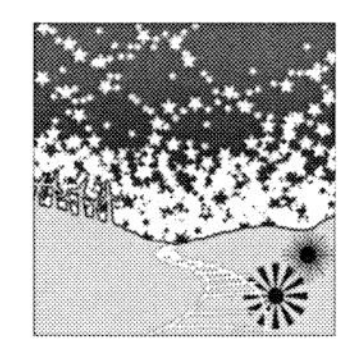

2．無心所着（むしんしょじゃく）ということ

俳諧の特性には、前節で確認した唱和性ということのほかに、もうひとつ、滑稽性がある。『万葉集』や『古今和歌集』について述べたときに、滑稽性のある俳諧歌という歌が早くからあったということを書いた。また、和歌で一句一句がでたらめで関連性がないものを無心所着といった。和歌の伝統のなかに常に滑稽性があったが、それが連歌にも表れてくる。

『日本国語大辞典』（第二版）の「俳諧」の項目には、「俳諧連歌」の略であるとして、次のような説明がある。

室町末期、山崎宗鑑・荒木田守武などのころから行なわれた卑俗・滑稽を中心とする連歌をいったが、近世に至って松永貞徳が連歌の階梯とされていた俳諧を独自なものとして独立させ、そのジャンルを確立した。以後、貞徳に率いられた貞門、西山宗因を中心とする談林と俳風が変遷し、元禄の松尾芭蕉に至って幽玄・閑寂を旨とするすぐれた詩として完成された。以後、享保期・与謝蕪村らの中興期・小林一茶らの文化文政期・天保期など特色ある時代を経て明治に至る。広義には俳文・俳論などをも含めた俳文学全般のことをもいう。

『万葉集』には「戯歌（ざれうた）」がいくつも詠まれている。巻第一六には「無心所著の歌」として、次のようなナンセンスな内容の歌がある。

我妹子が　額に生ふる　双六の　牡牛（ことひの）の　鞍の上の瘡

【口語訳】

わたしの妻の額に生えた双六の牝牛の鞍の上のできもの

我が背子が　犢鼻（たふさぎ）にする　円石（つぶれいし）の　吉野の山に　氷魚ぞ懸（さが）れる

【口語訳】

わたしの夫が褌にする平たい石の吉野山に氷魚がぶらさがっている。

無関係な俗語を並べ立てる常識を打ち壊すエネルギーに満ちた歌である。また、巻第七には、「たらちねの　母が養ふ蚕の　繭隠り　いぶせくもあるか　妹に逢はずして（母が飼う蚕が繭にこもったように気づまりなことだ、あの子に遭わないでいると）」という恋歌があるが、「いぶせくもあるか」という部分を、「馬声蜂音石花蜘蟵荒鹿（いぶせくもあるか）」と表記する。並んでいる漢字をながめるだけで恋人に会えないでいらいらと身の置きどころがない気分になっていることがよく伝わる。

そして、『古今和歌集』には、第四章で紹介したような、折句や物名の和歌が俳諧歌として収載されている。

「憂世」といわれた中世から、「浮世」といわれる近世（江戸時代）へと時代が移り、戦国の世から平和な徳川の世となっていくと、人々は俳諧の連歌に夢中になる。

山崎宗鑑（やまざきそうかん）（生年不明～一五三九？）の『新撰犬筑波集』（一五二四以降）の夏の部の一節である。

　　こまちもあまになりてかたらへ
花の色はうつりにけりな梅法師
　　おもふほどこそくらはれにけれ
よもすがらやぶれ蚊帳のうちにねて

現代語に近いことばが並んでいるので、口語訳の必要がないだろう。そして、小野小町の和歌を下敷きにし、梅法師→梅干し→食う→敗れた蚊帳に寝て蚊に食われるという付けによる、滑稽性あふれる展開となっている。

江戸時代のはじめに、歌人でもあり歌学者でもあった松永貞徳（まつながていとく）（一五七一～一六五三）は全国に弟子をもち、俳諧を大流行させる。和歌に使われる雅語ではなく、世俗的な俳言を使い、通俗的でありながら機智的な句がたくさん詠まれた。松永貞徳の門人たちを貞門派というが、松尾芭蕉も井原西鶴もともに貞門派の俳諧師だった。また、俳諧の連歌の発句を独立したものとして詠むことも行われるようになる。

貞門派からさらに滑稽性を追究する西山宗因（にしやまそういん）（一六〇五～一六八二）による談林俳諧が行われるようになる。

たとえば、貞徳は、

花よりも団子やありて帰る雁　（『犬子（えぬこ）集』）

と詠んだ。これは『古今和歌集』の「春霞立つを見捨てて行く雁は花なき里に住みやならへる」を下敷きにして、そこにことわざの「花より団子」を重ねたものだ。

談林派の宗因は、次のような句を詠んでいる。

ながむとて花にもいたし頸（くび）の骨　（『牛飼』）

これは西行の「眺むとて花にもいたく慣れぬれば散る別れこそ悲しかりけれ」（『新古今和歌集』）を下敷きにし、「いたく」を「痛く」と読み替えて、「頸の骨」をあしらったものだ。ことば遊びの要素がより強まっている。

さらに井原西鶴（いはらさいかく）（一六四二〜一六九三）は「ぬけ」というひとひねりした技巧を用いた。創作者と鑑賞者のあいだに共通の知識があることを前提にして、句に直接詠まれていない本意を理解させるというものだ。

おやの親夕（ゆうべ）は秋のとまやかな

親の親、つまり祖父の代のあと自分の代は「秋のとまや」だというのである。ここには藤原定家の有名な「見わたせば花も紅葉もなかりけり浦の苫屋の秋の夕暮れ」が響かせてある。つまり親の親の代にはあった財産が、自分の代になってなくなってしまった、という句意だ。軽口とでもいうべき言葉遊びで、徹底した無心所着の句である。

【設問】

「富士山望む学び舎の窓」という七七の短句に、自由に五七五の長句を付けてみよう。できれば、複数の人で、順番に、句をつなげていこう。二句一組のつながりが繰り返されるなかで、どんどん違う状況や景色を詠み、変化を楽しむようにしよう。

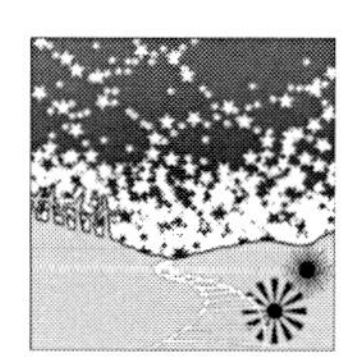

3．松尾芭蕉の俳諧

松尾芭蕉（一六四四～一六九四）は、最初は松永貞徳の弟子だった。しかし、前節で述べたような滑稽性に傾斜したことば遊びの句作を物足りないものに思った。西行に強くあこがれた芭蕉は、俗語を使いながらも、そこに、和歌や連歌と同じような風雅の誠を表現する方法を模索した。

西行にならい旅をしながら俳諧の連歌を展開する。芭蕉の最初の旅を記載したものが、江戸から故郷の伊賀上野に往復する道程を記した『野ざらし紀行』（一六八七）だ。『更科紀行』（一六八八～一六八九）は名古屋から木曽路を通って、更科姨捨山の月見をして江戸にいたる旅の記だ。続いて月を見るために鹿島神社を訪問し、紀行『鹿島紀行』（一六八七）を著す。やがて芭蕉は北関東から東北、北陸をめぐる八か月に及ぶ旅に出て『おくのほそ道』をまとめる。変わらないもの（不易）と変わるもの（流行）のなかに、（流行）のなかにある風雅の誠こそが真実として盤石であるということが蕉風俳諧を支える思想（不易流行）になっていく。何度も何度も推敲された『おくのほそ道』（一六九三ごろ）は、芭蕉の俳諧精神を結晶化したものとなった。

単純で平明な表現のなかに、多面的で深い天地神明、森羅万象の真実を詠み出す「かるみ」という境地を理想とする俳風を確立する。芭蕉の優れた発句は独立して鑑賞されるようになり、また、芭蕉は、江戸時代はもとより、現代にいたるまで俳聖として不動の地位を獲得する。

ここで改めて確認しておきたいのは、芭蕉もあくまでも俳諧の連歌を行ったということである。「古池や蛙飛びこむ水の音」「生み暮れて鴫の声ほのかに白し」「むめ（梅）がか（香）にのつと日の出る山路かな」などの句は、あくまでも次に続く付句があることを前提に、俳諧の連歌の最初の句、発句として詠まれたものである。それぞれ、「芦のわか葉にかかる蜘の巣　其角」「串に鯨をあぶる杯　桐葉」「処どころに雉子の啼立つ　野坡」と芭蕉の弟子たちが付句を付けている。

現在広く使われている俳句という語は江戸時代にはなかった。正岡子規（一八六七～一九〇二）は、師と弟子の関係性を優先させる俳諧の連歌を否定し、文学ではないと考えた。発句を独立した文学としてとらえる俳句革新運動を展開した。そのため、江戸時代までの長句と短句を組み合わせる百韻、歌仙が衰退することになる。しかし、芭蕉は歌仙こそが俳諧の連歌の特質がもっとも発揮されるものとして重視し、「たとへば歌仙は三十六歩なり。一歩も後へ帰る心なし」（服部土芳『三冊子』一七七六）と弟子に伝えた。

芭蕉の周辺には常に多くの弟子があり、また、全国を行脚したので、芭蕉に師事する地方俳人も多かった。そして、紀行文として俳文を執筆しながら、弟子たちと俳書を編纂し、どのような観点で句を付けるか、一巻の流れをいかに整えるかということに腐心した。芭蕉の俳書は「芭蕉七部集」といわれた。一六八四年の山本荷兮編『冬の日』がそのはじめである。その後『春の日』（荷兮編、一六八六）、『阿羅野』（同、一六八九）、『ひさご』（珍碩編、一六九〇）、『猿蓑』（去来・凡兆編、一六九一）、『炭俵』（野坡ら編、一六九四）、『続猿蓑』（沾圃ら編、一六九八）と相次いで出版、蕉風俳諧の世界が盤石のものとして世に知られるようになった。

日常の平易なことばをもちいながら、和歌文学と同じ風雅の誠を追究するものだった。奇をてらったようなことば遊びではなく、だれもが納得するようなユーモアを交えつつ、人間や自然のあるがままの姿を受け止めて俳言に昇華させた。『猿蓑』に収められた歌仙「市中は」の巻で、「さまざまに品かはりたる恋をして」という凡兆の恋句に、芭蕉は「浮世の果は皆小町なり」と付けた。小野小町が老いてひとりさびしく諸国を放浪して歩いたという伝承をふまえた付けである。しみじみとした情感のなかにもおかしみがある。この句は歌仙の終わり近く三二句目に詠まれている。序破急の流れをもち森羅万象を詠み込んだ一巻の流れのなかに置いてこそ引き立つ句であるともいえる。

芭蕉に続く俳人たちはほぼ全員が芭蕉に憧れているといっても過言ではない。芭蕉の死後、停滞化する俳諧だが、芭蕉五十回忌を契機として、全国的に芭蕉を顕彰する動きが現れる。さらに百回忌を迎える江戸時代後期になると芭蕉は神格化される。加舎白雄（一七三八〜一七九一）は天明期（一七八一〜一七八八）を中心に俳壇の主導的役割を果たした人物であるが、一七八八年には、品川の海晏寺で七日間にわたり芭蕉百回忌取越法要を行い、百韻を連日興行した。芭蕉は旅に生きたので、全国に芭蕉ゆかりの地があり、そこでは芭蕉顕彰の句碑が次々と建てられた。

八王子の横山宿で女流俳人として活躍していた榎本星布（一七三二〜一八一八）も、八王子の竹の鼻一里塚（現在は「竹の花」と表記）に芭蕉の「蝶の飛ぶばかり野中の日かげかな」の句を刻んで顕彰碑を建てた。榎本星布は、父の後妻に入った義母の影響で若くから俳諧に親しみ、白井鳥酔（一七〇一〜一七六九）の門人となる。加舎白雄は兄弟子にあたる。どんどんと俳諧の才能を開花させ、鳥酔没後は、その庵号松原庵を継ぐ。俳諧師として八王子だけではなく、関東一円から信州・岡山にも弟子をもった。加舎白雄主催の七日間にわたる芭蕉百回忌の法要にも連日参加した。八王子の大義寺の星布墓所には「咲く花も散れるも阿字の自在かな」の辞世の句を彫った墓碑が建つ。

同じころ与謝蕪村（一七一六〜一七八四）も活躍した。蕪村は画家としてもすぐれていたので、視覚的にも美しい句を詠んでいる。江戸時代後期になると俳諧人口が増加し、趣味性が強まる中で、小林一茶（一七六三〜一八二八）が俗語を自在に駆使して独特の世界観を作り上げていく。もちろん蕪村も一茶も俳諧の連歌を展開した。蕪村の「菜の花や月は東に日は西に」は「山もと遠く鷺霞みゆく　樗良」が付いている。蕪村の春の宵の天空を描いたような壮大な句に、弟子の樗良が、山並と鷺を配し、一幅の画軸のような景を完成させた。また、「明月をとってくれろと泣く子かな」という一茶の句には「小銭ちらばる莫蓙の秋風　露月」が付いている。子どもが背中で「月が欲しい」と空を見上げているともとれる発句に、露月は、賭場の風景を付けた。「小銭」は掛け金である。「月」の札をとってくれと背中の子がせがむ句だ。

【設問】上に書かれた芭蕉の発句と下に書かれた芭蕉の弟子による脇句の組み合わせが正しくなるように線で結ぼう。

1　すずしさを我やどにして寝まる也

2　さみだれをあつめてすずし最上川

3　めずらしや山をいで羽（出羽）の初茄子

4　あなむざんやな冑の下のきりぎりす

5　かれ枝に烏のとまりけり秋の暮

6　あかあかと日はつれなくも秋の風

7　何とはなしに何やらゆかし菫草

8　何の木の花とは知らず匂ひ哉

ア　蝉に車の音添る井戸　重行

イ　こゑに朝日をふくむ鶯　益光

ウ　鍬かたげ行く霧の遠里　素堂

エ　編笠しきて蛙聴き居る　叩端

オ　力も枯し霜の秋草　享子

カ　つねの蚊やり（蚊取り）に草の葉を焼　清風

キ　晩稲の筧（水をひくための筒）ほそう聞ゆる　光清

ク　岸に蛍を繋ぐ舟杭　一栄

＊参考

八王子の女流俳人榎本星布関連史跡。

八王子市元横山町大議寺。正面左手脇にひっそりと榎本星布の墓碑があり、辞世「咲花もちれるも阿字の自在哉」が刻まれる。

八王子市新町の竹の花公園には、史跡一里塚址の碑がある。その西側に永福稲荷神社があり、敷地内に榎本星布が建てた芭蕉顕彰碑がある。「蝶の飛ぶばかり野なかの日かげかな　桑都九世松原庵太虚書」

4．芭蕉の俳諧の連歌を書いて読む

芭蕉の「鳶の羽も」の巻の前半十八句を書き写そう。どのような観点で句が付いているか、あるいは転じているか、流れを味わってほしい。

鳶(とび)の羽(は)も　刷(かひつくろひ)　ぬはつしぐれ　去来
　一ふき風の木の葉しづまる　芭蕉
股引(ももひき)の朝からぬるる川こえて　凡兆
　たぬきををどす篠張(しのはり)の弓　史邦(ふみくに)
まいら戸に蔦這(つたは)ひかかる宵の月　蕉
　人にもくれず名物の梨　来
かきなぐる墨絵おかしく秋暮れて　邦
　はきごころよきめりやすの足袋　兆
何事も無言の内はしづかなり　来
　里見え初て午(うま)の貝ふく　蕉
ほつれたる去年のねござのしたたるく　兆
　芙蓉(ふよう)のはなのはらはらとちる　邦
吸物は先出来(まづでか)されしすいぜんじ　蕉
　三里あまりの道かかえける　来
この春も盧同(ろどう)が男居なりにて　邦
　さし木つきたる月の朧(おぼろ)夜(よ)　兆
苔(こけ)ながら花に並ぶる手水鉢(ちょうずばち)　蕉
　ひとり直(なほ)り し今朝の腹だち　来

【口語訳】鳶の羽も整っている初時雨だよ。
　一吹きの風のあと木の葉が静まった。
股引が朝から濡れたよ、川を越えたので。
　たぬきを脅す篠張の弓が仕掛けてある。
細い桟のわたった舞良戸に蔦が這いかかって宵の月が差し込んでいる。
　誰にもくれようとしない、名物の梨を。
かきなぐる墨絵がおもしろい、秋も暮れていくよ。
　履きごこちがよいメリヤスの足袋だな。
何事も無言でいる間はこころ静かだ。
　村里が見えてきたところで（山伏が）正午のほら貝をふいた。
ほつれてしまった去年から使っている寝ござがしめっぽいことだ。
　芙蓉の花がはらはらと散っているよ。
吸い物は、まずはけっこうな水前寺海苔だったよ。
　三里ほどの道のりが残っていることだ。
今年の春も蘆同のような（忠実な）下男が居続けることになった。
　挿し木がうまく根付いた月が朧な夜だ。
苔むしたまま、花にならんでいる手水鉢だよ。
　ひとりでに収まった今朝の腹立ちだ。

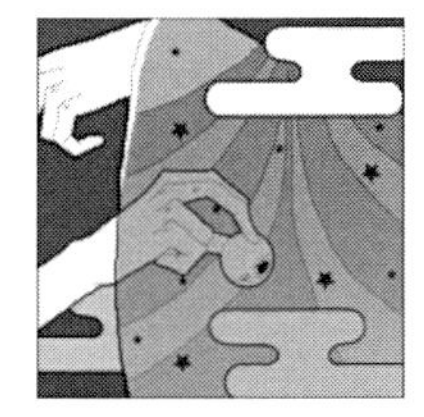

〈よしなしごと・・・〉

第八章　近世小説を読み解く

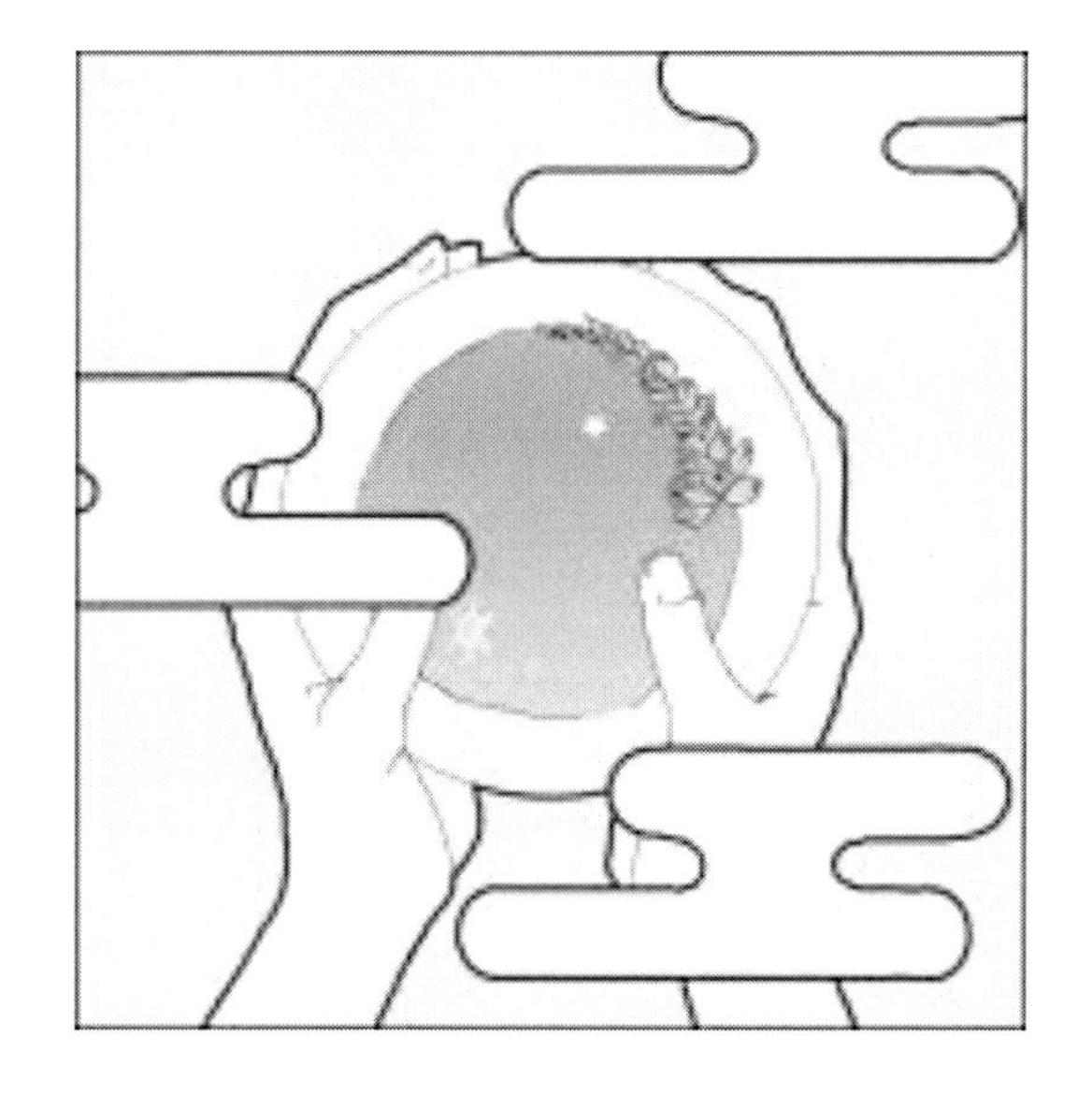

1．「うき世」とは何か

橋本峰雄氏は、「うき世」について次のように述べる〔三〕。

一面では、厭世的な「憂世」観が近世に現世肯定的ないし享楽的な「浮世」観へ移行したという歴史的推移があったこと。他面では、そういう現象的な移行をこえて、そもそも古代・中世における憂世も同時に浮世だったし、近世以後の浮世もまた同時に憂世であるということ。つまり、私の仮説は、憂世と浮世とがつねに表裏一体になっているのが日本人一般の「うき世」観である、ということであった。

橋本氏は、中世においても近世においても、つらくむなしいものとして現実を受け止める「憂世」観と、同じ現実であるなら楽しく過ごそうという現世肯定的な「浮世」観とが、表裏一体となって日本人の「うき世」観を形成していたと述べる。首肯すべき考え方だと思う。そもそも中世や近世という時代区分は、後代のわれわれが政治上の体制の違いから便宜的に設けたものである。日本人の意識が、徳川政権になったからといって突然切り替わるということはないだろう。社会情勢や政治情勢の変化が、思想や文学に影響を及ぼすまでには時間が必要だし、影響の与え方もさまざまだ。常に、いろいろな考え方や思いが錯綜するのは当然のことである。そういう意味で、日本人の「うき世」観は、中世から近世にかけて、現世を否定したり肯定したりするゆらぐ振り子のようなものとしてとらえられるだろう。

たとえば、中世末期に成立した『閑吟集』（一五一八）には、現世をうたう次のような小唄がある。

○世間（よのなか）はちろりに過ぐる、ちろりちろり
○なにともなやなふ、なにともなやなふ、うき世は風波の一葉よ
○なにともなやなふ、なにともなやなふ、人生七十古来まれなり
○たゞ何事もかごとも、ゆめまぼろしや水のあわ、ささの葉にをく露のまに、あぢきなの世や

三　橋本峰雄『「うき世」の思想　日本人の人生観』講談社現代新書、一九七五年

○くすむ人は見られぬ、ゆめのゆめのゆめの世を、うつつがほして
○なにせうぞ、くすんで、一期は夢よ、ただ狂へ

これらの小唄からは、なんとなくあじけなく夢幻のごとく人生を感じているという無常感と、何をしてもしなくても移ろっていく時間と人生であるから「ただ狂え」という開き直りの両方を読み取ることができる。だれもが生老病死の四つの苦しみを経て死に至るということへの明るい諦めが感じられる。

また、浅井了意（生年不明～一六九一）は、『浮世物語』（一六六四）において浮世を次のように定義した（「浮世といふ事」）。

「今はむかし、国風の哥に、『いな物ぢや、こころは我がものなれど、ままにならぬは』と、高きも賤しきも、男も女も、老いたるも若きも、皆うたひ侍べる。（中略）よろづにつけて、こころにかなはず、ままにならねばこそ、浮世とはいふめれ。『沓をへだてて跟を掻く』とかや、痒きところに手のとどかぬごとく、当たるやうにして行きたらず。沈気なものにて、我ながら身も心も我がままにならで、いな物なり。まして世の中の事、ひとつも我が気にかなふことなし。さればこそうき世なれ」といへば、「いや、その義理ではない。世に住めば、なにはにつけて善し悪しを見聞く事、みな面白く、一寸さきは闇なり、なんの糸瓜の皮、思ひ置きは腹の病、当座当座にやらして、月・雪・花・紅葉にうちむかひ、哥をうたひ酒のみ、浮きに浮いてなぐさみ、手前のすり切りも苦にならず、沈みいらぬこころだての、水に流るる瓢箪のごとくなる、これを浮世と名づくるなり」といへるを、それ者は聞きて、「誠にそれそれ」と感じけり。

【口語訳】

「今ではもうむかしのことであるが、俗謡の歌に、『おかしなものだ、心は自分のものだが、思いのままにならない』と、身分の高いひとも低い人も、男も女も、老人も若者も、皆うたっています。（中略）何につけても、心に満足いかず、思いのままにならないからこそ、浮世というようだ。『くつを隔てて足の裏をかく』とかいいますが、痒いところに手がとどかないように、うまくいくようみえてうまくいかず、こころが晴れないものですが、自分のものでありながら、身も心も自分の思い通りにならないで、不思議なものだ。まして世の中のことは、ひとつも自分の気持ちにかなうことがない。だからこそうき世なのでしょう」とある人が言うので、「いや、そういうことではない。この世に住んでいるならば、何かにつけて見聞きする善悪さまざまのことは、みなおもしろく、一寸先は闇です。なんの糸瓜

の皮、思い悩むのはおなかを壊すもと、そのときそのときに月・雪・花・紅葉に相対して歌を歌い、酒を飲み、浮きに浮いてこころをなぐさめ、自分のお金が無くなるのも気にならず、水に沈んでしまわない心意気で、水に流れる瓢箪のように生きる、これを浮世と名付けるのである」とわたしが言ったところ、識者が聞いて、「まことにそうだそうだ」と感じいった。

『浮世物語』は仮名草子である。仮名草子とは、江戸時代初期の出版物で、その内容は、恋愛小説、軍記小説、怪異小説、滑稽小説、教養書などさまざまである。平和の時代が訪れ、交通網や情報網が発達し出版文化が花開いた。『浮世物語』は、僧・浅井了意による滑稽小説である。主人公の瓢太郎は、武士である。賭博や色遊びにうつつを抜かし主家を飛び出し出家して「浮世房」と名乗り、あちこちを遍歴し、最後は行方不明となってしまう。主人公の滑稽な言動が笑いを誘うが、社会への風刺的な要素もある。遍歴体小説ともいわれる。その冒頭で水に浮かぶ瓢箪のように波にのまれることなくひょうひょうと生きるスタイルが浮世の処世術であると宣言される。この現世肯定的で合理的でしなやかな人生観を、江戸時代初期の人々は持っていた。

仮名草子『仁勢(にせ)物語』(一六四〇ごろ)は『伊勢物語』のパロディである。『伊勢物語』九段「東下り」と『仁勢物語』九段の逐語的なパロディの一端を紹介しよう。

《伊勢物語》むかし、男ありけり。(中略)白き鳥の、はしとあしと赤き、鴫(しぎ)の大きさなる、水の上に遊びつつ魚を食ふ。京には見えぬ鳥なれば、みな人見しらず。渡守に問ひければ、「これなむ都鳥」といふを聞きて、

名にしおはばいざこと問はむ都鳥わが思ふ人はありやなしやと

と詠めりければ、舟こぞりて泣きにけり。

《仁勢物語》をかし、男有けり。(中略)白き顔に帯と小袖と赤き、船の上に遊びて飯(いひ)を食ふ。渡し守に問へば、「これなん都人」といふを聞きて、

菜飯あらばいざちと食はん都人わが思ふほど有りや無しやと

と詠めりければ舟こぞりて笑ひにけり。(引用は、日本古典文学大系『仮名草子集』〈岩波書店〉所収の本文による。)

2．西鶴の小説を読み解こう

井原西鶴は、俳諧師であった。松永貞徳に師事し、松尾芭蕉と相弟子だったこともある。松尾芭蕉が西行に憧れ独自の俳風を確立したのに対して、西鶴は西山宗因を師として、談林風の俳諧を行った。機知にとんだ奇抜な俳諧を詠み、ことに、一日一夜二四時間で千六百句、四千句などを独吟する矢数俳諧を展開した。一部の俳人からは「阿蘭陀流（おらんだりゅう）」とさげすまれたが、二四時間で二万三千五百句を詠むという前人未踏の記録を成し遂げ、みずから「二万翁」と称して誇った。独吟矢数俳諧は、数秒ごとに句を一人で吐き出す興行的なものである。「なんと亭主変はつた恋はござらぬか（揚屋の亭主に客が、何か最近変わった恋はないか）」「きのふもたはけが死んだと申す（きのうもばかな奴が心中したそうだ）」といった、散文的な情景描写や人物の問答的なものに傾斜しがちだった。西鶴の独吟矢数俳諧が小説となって結実したのは当然の流れといえる。

俳諧を作るかたわら手慰みに書いた『好色一代男』（一六八二）が好評で、続編の『諸艶大鑑（しょえんおおかがみ）（好色二代男）』（一六八四）や『好色一代女』（一六八六）、『好色五人女』（一六八六）などが次々に出版された。それまでの仮名草子とは一線を画す写実性・ドラマ性があり、近代になって浮世草子とジャンル分けされた。西鶴が書いた浮世草子は、登場人物やテーマによって、好色物・雑話物・武家物・町人物に分けられる。浮世草子作品は次の二四作品である。

『好色一代男』『諸艶大鑑（好色二代男）』『西鶴諸国はなし』『椀久一世の物語』『好色五人女』『好色一代女』『本朝二十不孝』『男色大鑑』『懐硯』『武道伝来記』『日本永代蔵』『武家義理物語』『嵐無常物語』『色里三所世帯』『好色盛衰記』『新可笑記』『本朝桜陰比事』『世間胸算用』『浮世栄花一代男』

《遺稿集》『西鶴置土産』『西鶴織留』『西鶴俗つれづれ』『万の文反古』『西鶴名残の友』

亡くなってから弟子たちによって遺稿集が五作も出版されており、人気があったことがわかる。

太宰治（だざいおさむ）（一九〇九～一九四八）は、西鶴の作品を二次創作し『新釈諸国噺（しんしゃくしょこくばなし）』（一九四五）を書いたが、その序文で、「西鶴は世界で一番偉い作家である。メリメ、モオパッサンの諸秀才も遠く及ばぬ」と絶賛している。

ここでは、西鶴が書いたもっとも短い短編を紹介しよう。『西鶴諸国ばなし』（一六八五）巻五の第六話「身を捨て油壺」である。この話は、当時の地誌に記録される夜な夜な出現する「姥が火」（火を噴く老婆の首）をもとに創作されたものである。当時の都市伝説の背景に、西鶴は、一人の女性の人生を描き出した。

ひとりすぎ程、世にかなしき物はなし。

河内の国、平岡の里に、昔はよしある人の娘、かたちも人にすぐれて、山家の花と、所の小歌に、うとふ程の女なり。いかなる因果にや、あひなれし男、十一人まで、あは雪の消ゆるごとく、むなしくなれば、はじめ焦れたる里人も、後はおそれて、言葉もかはさず。十八の冬より、おのづから後家立てて、八十八になりぬ。

さても長生はつれなし。以前の姿に引き替へ、かしらに霜をいただき、見るもおそろしげなれども、死なれぬ命なれば、世をわたるかせぎに、木綿の糸をつむぎしに、松火もとけなく、ともし油にことをかき、夜更けて明神の灯明を盗みてたよりとする。神主集まり、「毎夜毎夜、御灯火の消ゆる事を、不思議におもひつるに、油のなき事、いかなる犬・獣の仕業ぞかし。かたじけなくも、御社の御灯は、河州一国、照らさせたまふに、宮守どもの、無沙汰にもなる事なり。是非に今宵は付け出し申すべし」と、内談かため、弓・長刀をひらめかし、思ひ思ひの出立ちにて、内陣に忍び込み、ことの様子を見るに、世間の人しづまつて、夜半の鐘の鳴る時、おそろしげなる山姥、御神前にあがれば、いづれも気を取り失ひける。中にも弓の上手あつて、雁股をひつくはへ、ねらひすましてはなちければ、かの姥が細首おとしけるに、そのまま火を吹き出し、天にあがりぬ。夜あけてよくよく見れば、この里の名立ち姥なり。これを見て、ひとりもふびんといふ人なし。

それよりもよなよな出て、往来の人の、心玉をうしなはしける。かならずこの火に、肩を越されて、三年といきのびし者はなし。今五里三里の野に出けるが、一里を飛びくる事目ふる間もなし。ちかく寄る時に、「油さし」といふと、たちまちに消える事のをかし。

【口語訳】

一人暮らしほど、世の中でわびしいものはない。河内の国の平岡の里に、昔は由緒ある家の娘で、顔かたちも人並み以上で、町内の花と、その土地の小歌に歌われるほどの女だった。どういう因果か、結婚した男が一一人まで、淡雪が消えるように亡くなってしまったので、最初は憧れた里人も、後には怖がって、言葉も交わさなくなり、一八の冬から、自然と後家暮らし、八八になった。

さても長生きをするのはつらいことだ。以前とは打って変わって、髪は真っ白、見るもおそろしげになったが、簡単には死なれないのが命というもの、生きていく稼業として、木綿の糸を紡いでいたが、灯りもおぼつかなく、ともし油が足りなくなって、夜更けに平岡明神の灯明の油を盗んでよすがとしていた。神主が集まって、「毎晩毎晩、神前の灯りが消えるのを不思議に思っていたが、ともし油がなくなっているのは、いったいどんな犬や獣の仕業だろう。もったいなくも、御社の灯りは、河内の国を照らしてくださっているのに、神主たちの怠慢ということになってしまいます。是非、今夜は捕まえよう」と、相談し、弓や長刀をひらめかせ、思い思いに武装して、内陣に忍び込んで見張っていると、世間の人が寝静まって、夜中の鐘が鳴ったときに、おそろしげな山姥がご神前にあがっていったので、みんな気を失ってしまった。その中に、弓の名人がいて、雁股の矢をつがえて、狙いすまして射たところ、その姥の首を射落とした。すると首はそのまま火を吹いて天に上がった。夜が明けてよくよく見てみると、あの有名な老婆だった。それを見てひとりもかわいそうだという人がいなかった。

それからは夜な夜な出現して、往来の人の肝を失わせた。この火が肩を越すと、必ず三年と生き延びた人はいなかった。今も五里三里と野に出現するが、一里を飛ぶ速さはあっという間だ。首が近く寄ってきたときに「油さし」というと消えてしまうのはおもしろいことだ。

西鶴は、火を吹く老婆の頭という妖怪の生前の姿として、わずか三、四年の間に一一人もの男と結婚をし、そのたびに夫が死んでしまうという不思議な女性を造形した。一八歳から八八歳になるまで、七〇年間村八分にされて誰とも口をきかなかった女性の孤独。貧しく、神社の灯明の油を盗んでは自分の家の灯りとしていた。最期は、山姥と誤認されて、射殺されてしまった。神主たちは自分たちの誤認殺人を隠蔽し、誰一人彼女に同情しない。火を吹く首が夜な夜な人々の前に現れるようになり、その首に肩を越されたものは三年以内に死ぬという因果。しかし、なぜか「油さし」と言うと首は消えてしまうという。現代におけるかつての「口裂け女」の都市伝説にも似ている。口裂け女は「ポマード」と言うと消えるとまことしやかに噂が広がった。現代社会の都市の闇に潜む命の話とも通じるような一話である。

3. 秋成の小説を読み解こう

上田秋成（一七三四〜一八〇九）は、西鶴の少しあとの時代に、浮世草子を書き、また、読本といわれる怪異小説を書いた。それが『雨月物語』（一七七六）と『春雨物語』（一八〇八）である。短編小説集であるが、医者で国学者でもあった秋成の和漢混淆の文体は独特の香気を放つ。人間のこころの奥底にある不安や恐怖などを、幽明境を異にする世界のなかに描き出す。

『雨月物語』のなかの「菊花の約」は、赤穴宗右衛門と丈部左門の命を懸けた友情を描く。「浅茅が宿」は、都へ商いに出た夫・勝四郎の帰りを下総で待つ妻・宮木が亡者となって帰国した夫と交わる話。浮気な夫・正太郎に対する妻・磯良の怨念を描く「吉備津の釜」、蛇の本性をもつ女・真名児の豊雄に対するすさまじい恋の執念を描く「蛇性の婬」も、読者に強烈な印象を与える。

三島由紀夫は、冒頭の西行と崇徳院の対話を描く「白峯」や、三井寺の僧で画家の興義が水中で自在に泳ぐ夢中の経験ののちに病が癒える「夢応の鯉魚」を高く評価した。

ここでは、『雨月物語』の最終話「貧富論」の一節を紹介しよう。時代を豊臣の世に設定し、信長・秀吉に仕えた武士・岡左内の枕元に黄金の精が出現し、左内と金銭について問答する話である。戦国武将について金銭という視点から論じるくだりをみてみよう。

謙信は勇将なり。信玄死ては天が下に対なし。不幸にして遽死りぬ。信長の器量人にすぐれたれども、信玄の智に及ず。謙信の勇に劣れり。しかれども富貴を得て天が下の事一回は此の人に依す。任ずるものを辱しめて命を殞すにて見れば、文武を兼しといふにもあらず。秀吉の志大なるも、はじめより天地に満るにもあらず。柴田と丹羽が富貴をうらやみて、羽柴と云ふ氏を設しにてしるべし。今竜と化して太虚に昇り池中をわすれたるならずや。

秀吉竜と化したれども蛟蜃の類也。「蛟蜃の竜と化したるは、寿わづかに三歳を過ぎず」と、これもはた後ならんか。それ驕をもて治たる世は、往古より久しきを見ず、人の守るべきは倹約なれども、過ぐるものは卑吝に陥る。されば倹約と卑吝の境よくわきまへて務むべき物にこそ。今豊臣の政久しからずとも、万民和はしく戸々に千秋楽を唱はん事ちかきにあり。

【口語訳】

謙信は勇将である。信玄は死んでしまったが天下に二人といない武将である。不幸にして早くに亡くなってしまった。信長の器量はほかの人より優れているが、信玄の智には及ばない。謙信の勇にも劣る。しかし富貴となり天下をいったんは手中に収めた。自分の部下を辱めたことが原因で命を落としたこと点をみれば、文武を兼ね備えていたとはいえない。秀吉は志が大きかったが、最初からそれが天下に充満するというほどではなかった。柴田勝家と丹羽長秀の富貴をうらやんで、羽柴という氏を創ったことからもそれがわかる。今では竜となって虚空に昇りかつての池の中の生活を忘れてしまったのではないか。

秀吉は竜となったといっても蛟（みずち）（まだ竜になっていない四つ足で角のなる蛇）の類である。「蛟が竜になったものは、寿命が三年に過ぎない」といわれているが、後にそのとおりになるのではないか。思い上がりによって治める世は、昔から長く続かず、人が守るべきは倹約であるが、度を過ぎると卑吝に陥る。したがって倹約と卑吝の違いをよくわきまえて精進することこそが大事だ。今豊臣の政治が長く続かなくても、万民がにぎやかに平和にめでたさを歌う日が近くまで来ている。

緊張感のある怪異話が続いたあとの最終話は、おどろおどろしさとはほど遠い。小判を家中に敷き詰めて楽しんだという岡左内のエピソードを用いて、黄金の精と対話させる。引用した部分は、対話が終わる部分であり、『雨月物語』全編の最終部分なので、徳川の世を寿ぐ内容になっている。当時の小説の祝言の形式にならったものだ。しかし、戦国武士の群雄割拠について黄金の精が語るという内容には、秋成流の皮肉も感じられる。また、冒頭の「白峯」の西行と崇徳院の政道をめぐる対話に呼応する。保元の乱で敗れ讃岐に流されたことを恨み、死してなお生前の恨みを抱えたまま帝位に執着する崇徳院。『雨月物語』の冒頭話と最終話がそれぞれ源平の争いと天下取りの争いに関係した実在の人物の問答体なのである。秋成はどんな思いを込めたのだろうか。

4．『西鶴諸国ばなし』の序文を書いて読む

諸国の奇談を集めた短編集『西鶴諸国ばなし』の序文は、一見、単に地名とその土地の名物・名産を羅列しただけのように見える。しかし、よくよく考えたうえで地名と物や人が並んでいる。書き写しながら、どういう基準で列挙されているのか考えてみよう。

世間の広き事、国々を見めぐりて、はなしの種をもとめぬ。

熊野の奥には、湯の中にひれふる魚有り。筑前の国には、ひとつをさし荷ひの大蕪有り。豊後の大竹は手桶となり、わかさの国には二百余歳の白比丘尼のすめり。近江の国堅田に、七尺五寸の大女房も有り。丹波に一丈二尺の乾鮭の宮あり。松前に百間つづきの荒和布有り。阿波の鳴戸に、竜女のかけ硯有り。加賀のしら山に、ゑんま王の巾着もあり。信濃の寝覚の床に、浦島が火うち筥あり。鎌倉に頼朝の小遣帳有り。都の嵯峨に、四十一まで大振袖の女あり。

これをおもふに、人はばけもの、世にない物はなし。

【口語訳】

世間の広いこと、国々を見めぐり、話の種を探し求めた。

熊野の奥には、湯の中でひれを振る魚がある。筑前の国には、ひとつを二人がかりでもつ大蕪がある。豊後の大きな竹は手桶を作れる、若狭の国には二百歳あまりの白髪の比丘尼が住んでいる。近江の国の堅田には、身長二メートル五〇センチの大きな女房がいる。丹波には四メートルの干鮭を飾った宮がある。松前には一八キロメートルの昆布がある。阿波の鳴戸には、竜女が使った携帯用の硯がある。加賀の白山には閻魔王の巾着がある。信濃の寝覚の床には浦島太郎の火うち箱がある。鎌倉には頼朝の小遣い帳がある。都の嵯峨には四〇歳になっても大振袖を着る女がいる。

これを思うと、人こそがばけものであって、世の中にないものはない。

＊「かけ硯」と「火うち箱」はいずれも、小銭をしまう場所が付属している。「巾着」は小銭入れである。

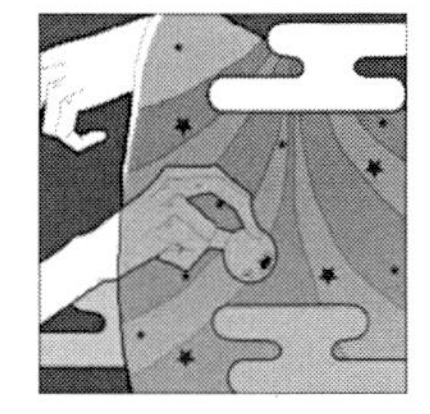

〈よしなしごと・・・〉

第九章　近代の黎明

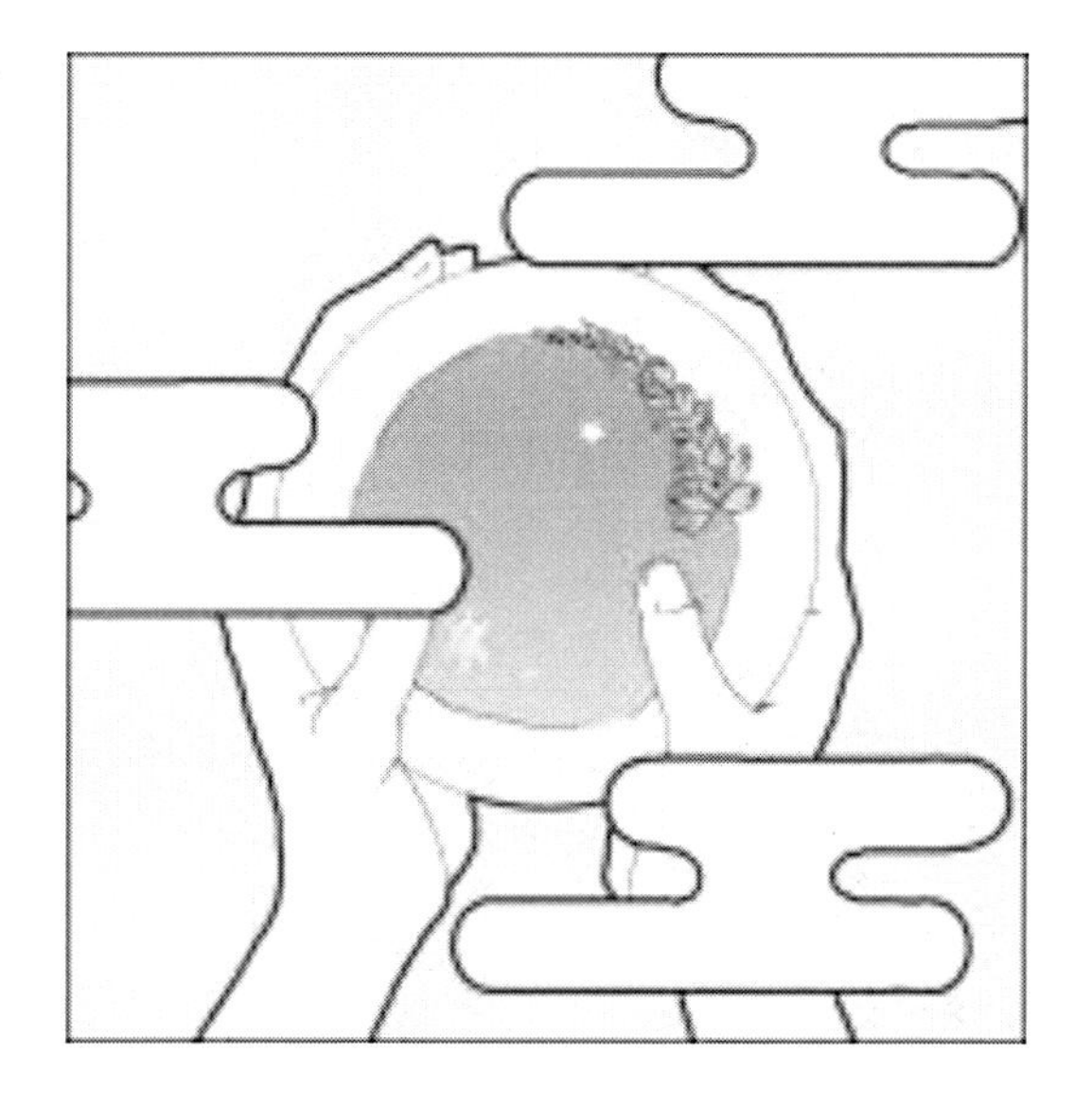

1．言文一致運動について

古典文学の美意識は雅と俗（雅やかなものと世俗的なもの）に大きく分けられる。雅の美意識とは、雅語を使った和歌文学における妖艶美を中心にしたものだ。江戸時代に入るとそれが俳諧に流入し、俗語を使った表現によって軽やかに風雅の誠を表現する「かるみ」が重視された。一方で、遊里を中心とする悪所といわれる場所で「いき」「すい」「つう」といった美意識が発達した。「いき」も「すい」も同じ漢字「粋」で表される。「いき」は江戸、「すい」は上方で言われた。「いき」＝生き、意気に通じる、洗練された感性をさし、「すい」＝推、推量するに通じる、相手を思いやる美意識である。「いき」は、「宵越しの銭はもたない」「江戸っ子の意（気）地」などの言い方に表れているし、「すい」は、相手を笑わせようという上方のお笑い文化に表れている。一方「通」は、「通じている」という意味で、ルールや知識に精通しているという意味だ。

これらの美意識は三都の遊郭を中心に発達した。発信者と受信者が共通のコードをもつ必要があった。着物の柄で縞柄がおしゃれで粋（いき）だとされるのは柄で身分や氏素性を特定させないためだったり、「ありんす言葉」は出身地をわからなくするために遊女が用いたことばだったりした。逆にその美意識を知るために、人々はこぞって遊里が舞台の人情本や滑稽本を手にした。また、滝沢馬琴（たきざわばきん）（一七六七～一八四八）の読本は、漢文の素養がある読者を前提に書かれていて、中国の読物の世界を移したものだった。楽屋オチという言い方も江戸時代の芝居の世界から来ている。

明治時代に入ると、このように閉じた世界で完結していた美意識が、新しい「雅」としての西洋文化にとって代わる。作者意識のはっきりした西欧文学の流入や、金属活字印刷による書籍の大量発行、新聞と教育の普及により、新たな表現とテーマが求められた。西洋の文学と日本の「俗」の融合が模索された。

江戸時代までの文学には三つの文体があった。戯作の文体、雅文体、漢文体である。

戯作（俗文学）は、滑稽性を主眼として庶民の生活を描いた。したがって、戯作の文体は、会話体中心だった。十返舎一九（じっぺんしゃいっく）（一七六五～一八三一）の『東海道中膝栗毛（とうかいどうちゅうひざくりげ）』（一八〇二～一八〇九）などは、「ヱヽおきやアがれ、このべらぼうやろうめ。よくおれをとんだめにあはせやアがつた」といった当時の発話の文体をそのまま表現するものだった。一方、武士や貴族など教育を受けた人たちはいわゆる古典の文体に近い雅文体による読み書きを行った。前章で読んだ『雨月物語』のような格調高い文体である。そして医学書や儒教・仏教の学術書は漢文体で書かれ、扱う本屋も別だった。漢字だけで書かれているが、読む側は、現在のわれわれが漢文を読むのと同じように読み下した。その名残として、「～のごとし」「～しくはない」といった漢文訓読調の表現は現在も書き言葉に残っている。

この三つの文体は、新しい西洋の思想や内容を表現するには不適切と考えられた。そこで、文語文ではなく、現実をありのままに描く写実的な表現として口語文が模索された。

二葉亭四迷（ふたばていしめい）（一八六四～一九〇九）は、「余が原文一致の由来」のなかで、次のように述べる[四]。

何か一つ書いて見たいとは思つたが、元来の文章下手で皆目方角が分らぬ。そこで、坪内先生の許へ行つて、何（ど）うしたらよからうかと話して見ると、君は円朝の落語を知つてゐよう、あの円朝の落語通りに書いて見たら何うかといふ。

で、仰せの儘（まま）にやつて見た。所が自分は東京者であるからいふ迄もなく東京弁だ。即ち東京弁の作物が一つ出来た訳だ。早速、先生の許へ持つて行くと、篤（とく）と目を通して居られたが、忽ち（たちま）磕（はた）と膝を打つて、これでいい、その侭（まま）でいい、生じつか直したりなんぞせぬ方がいい、とか仰有（おつしや）る。

自分は少し気味が悪かつたが、いいと云ふのを怒る訳にも行かず、と云ふものの、内心少しは嬉しくもあつたさ。それは兎に角、円朝ばりであるから無論言文一致体にはなつてゐるが、茲（ここ）にまだ問題がある。それは「私が……で厶（ござ）います」調にしたものか、それとも、「俺はいやだ」調で行つたものかと云ふことだ。坪内先生は敬語のない方がいいと云ふお説である。自分は不服の点もないではなかつたが、直して貰はうとまで思つてゐる先生の仰有る事ではあり、先づ兎も角もと、敬語なしでやつて見た。これが自分の言文一致を書き初めた抑（そもそ）もである。

二葉亭は坪内逍遥（一八五九～一九三五）に相談し、三遊亭円朝（一八三九～一九〇〇）の落語をお手本にして書いたと告白している。坪内逍遥は劇作家として知られているが、彼の『小説神髄（しょうせつしんずい）』は言文一致運動の理論的な裏付けでもあった。小説の芸術性は写実にあると説き、ノベルを推奨し、虚構性のあるロマンスを否定した。二葉亭に対して書く時には敬語ではない方がいいとアドバイスをしたことがわかる。同

四　『文章世界』一九〇六年五月。引用は「日本ペンクラブ電子文藝館」による。http://bungeikan.jp/domestic/detail/657/

じ時期に、山田美妙（やまだびみょう）（一八六八〜一九一〇）はデス・マス体による口語文体を発表していたのを意識していたのだろう。

新しく流入したヨーロッパの文学の翻訳も手探りで行われた。イギリスの政治家で小説家のリットン（一八〇三〜一八七三）の『アーネスト＝マルトラバース』が織田純一郎（一八五一〜一九一九）の翻訳により一八七八年に出版された邦題『花柳春話』。漢詩の対句仕立ての目録と、漢字カタカナ交じりの漢文体で句読点を打つという意識がなく、読みやすいとはいえない文体だった。坪内逍遥は、シェークスピアの『ジュリアス・シーザー』を『自由太刀余波鋭鋒（じゆうのたちなごりのきれあじ）』という題で訳した。タイトルも文体も歌舞伎や浄瑠璃にならったものだった。シーザーは「獅威差」、ブルータスは「舞婁多須」と漢字表記された。

韻文学はどうだったか。和歌は旧弊なものとして退けられ、新しいスタイルの韻文として新体詩が登場する。まずは、翻訳詩と創作詩からなる外山正一（とやままさかず）（一八四八〜一九〇〇）らの学者によってテニスンやグレーの詩が訳され『新体詩抄』（一八八二）が刊行される。文語を使った七五調で内容を翻訳するにとどまり、詩的感興を表現するところまでには至らなかった。『新体詩抄　初編』のなかには、矢田部良吉（やたべりょうきち）（一八五一〜一八九九）によりシェークスピア（一五六四〜一六一六）の『ハムレット』（一六〇一頃）の一節も翻訳されている[五]。

ながらふべきか但し又　ながらふべきに非（あらざ）るか
爰が思案のしどころぞ　運命いかにつたなきも
これに堪ふるが大丈夫（ますらを）か　又さハあらで海よりも
深き遺恨に手向ふて　之を晴らすがもののふか
どふも心に落ちかぬる　扨も死なんか死ぬるのは
眠ると同じ眠る間ハ　心痛のみか肉体の
あらゆるうきめ打捨つる　是ぞ望のハてならん

七五調のリズムが、父の殺害を懊悩するハムレットが自分に問いかけながら考えを巡らせているようすを畳みかけるように表現している。

五　引用は早稲田大学図書館古典籍総合データベースによる。https://archive.wul.waseda.ac.jp/kosho/bunko11/bunko11_a0145/

現在では「生か死か」と訳されるハムレットの台詞が「ながらふべき」「ながらふべきに非る」と訳されていて興味深い。

文明開化によって外来の思想、文化や文学がどっと流入したそれを表現する日本語の文体の模索はしばらく続くことになる。

2．戯作からの脱却

江戸時代の戯作の文体や内容をそのまま受け継いだ仮名垣魯文（一八二九～一八九四）の『西洋道中膝栗毛』（一八七〇～一八七六）や『安愚楽鍋』（一八七一～一八七二）は、文明開化の波をそのまま表現したものだった。『西洋道中膝栗毛』は『東海道中膝栗毛』の主人公・弥次郎兵衛と喜多八が、横浜から船出してロンドンの博覧会行く話である。

また、前節で述べた言文一致の動きとは無関係に、雅文体を使って小説を書いたのが幸田露伴（一八六七～一九四七）や樋口一葉（一八七二～一八九六）である。共通するのは、二人とも西鶴の浮世草子に文学の価値を見出し西鶴の短編に学びながら、名作を残した点だ。

幸田露伴は幕臣の家に生まれ、有職故実や遊芸に詳しく、近世小説や中国小説を数多く読破しており、仏教にも詳しかった。大工の棟梁の創作意欲をテーマにした『五重塔』（一八九一～一八九二）が代表作である。考証家や随筆家としても知られる。

樋口一葉（一八七二～一八九六）は、歌人・中島歌子（一八四五～一九〇三）に師事して和歌を学び、小説家・半井桃水（一八六一～一九二六）に師事して小説家を志した。二五歳で亡くなるが、わずかな期間に『大つごもり』（一八九四）、『たけくらべ』『にごりえ』『十三夜』（すべて一八九五）などの名作を残した。『源氏物語』など王朝古典文学の影響も色濃い。

一葉は実際に吉原のすぐ近くに住んでいたことがあり、『たけくらべ』（一八九五～一八九六）はそこでの見聞を素材とした中編小説である。遊女になることが運命づけられている女主人公・美登利と、将来は出家する運命の信如の淡い初恋を描く。精妙な筆致で思春期の少年少女のこころ模様がいきいきと描かれる。森鷗外や幸田露伴に絶賛された。

信如が僧となる日の朝、美登利の家の門に信如が差し入れた水仙の造花を美登利が見つける末尾の部分を読んでみよう[六]。

六　引用は、明治文学全集30『樋口一葉集』（筑摩書房、一九七二年）による。

美登利はかの日を始めにして生れ替りしやうの柔順しさ、用ある折は廓内の姉のもとまで通へど懸けても町に遊ぶ事をせず、友達淋しがりて誘ひに行けば、今にと空約束ばかり、さしもに仲善なりけれども正太と解けて物いふ事もなく、何時も恥かしげに顔のみ赤めて筆やの店に手をどりの活溌さは薬にしたくも見る事ならず成けり、人は怪しがりて病ひの故かと危ぶむもあれども、母の親一人ほほ笑みては今にお俠の本性は現れまする、これは中休みと子細ありげに言はれて知らぬ者には何の事とも思はれず、女らしく温順しく成つたと褒めるもあれば、折角の面白い子を台なしに為たと誹るもあり、表町は俄に淋しく成りて正太が美音も聞く事稀に、唯夜な夜なの弓張提灯あれは日がけの集めとしるく、土手を行く影そぞろ寒げに折ふし供する三五郎の声のみ何時に変らず滑稽ては聞えぬ。
龍華寺が我が宗の修業の庭に立出る風説をも美登利は絶えて聞かざりき、有し意地をば其ままに封じ込めて、此処しばらくの怪しの現象に我身をわが身と思はれず、唯何事も恥かしうのみあるに、或る霜の朝水仙の作り花を格子門の際よりさし入れ置きし者の有けり、誰れの処業と知る者なけれども、美登利は何故となく懐かしき思ひにて違ひ棚の一輪ざしに入れて淋しく清き姿と愛でけるが、聞くともなしに伝へ聞く其明けの日は信如が何がしの学林に袖の色かへぬべき当日なりしとぞ。

信如と美登利は互いの思いを打ち明け合うこともなかった。やんちゃな少年とおてんばな少女が、子どもから大人の男女へ移行する直前の純粋な時間が、黄色い水仙の花としてうつくしく象徴的に表現されている。この水仙は、造花なので枯れることはなく、遊女となった美登利の傍らに信如とのはかない心の交流の思い出として咲き続けることになる。

一八八五年に尾崎紅葉（一八六八～一九〇三）らが文学結社・硯友社を創立した。雑誌『我楽多文庫』を創刊する。尾崎紅葉の『二人比丘尼色懺悔』（一八八九）や『伽羅枕』（一八九〇）が評判を呼び、泉鏡花（一八七三～一九三九）・徳田秋声（一八七二～一九四三）など同人も増え、全盛期には二百名近いメンバーとなり、文壇の一大勢力となっていった。明治の文学の近代化の大きな担い手となった組織だった。

尾崎紅葉は、写実の対象を社会的な問題に広げた。戯作に近い言文一致体ではなく、雅俗折衷体で、貧富の差をモチーフに『読売新聞』に連載した『金色夜叉』（一八九七～一九〇二）は、ベストセラーとなる。間貫一と鴫沢宮の愛のすれ違いがテーマで、芝居にもなり、「僕の涙で今月今夜の月を曇らせる」という貫一のセリフは流行語になった。

当時日本人の死因の第一だった結核を取上げたのが、徳富蘆花（一八六八～一九二七）の『不如帰』（一九〇〇）である。結核ゆえ、女性ゆえに社会から疎外された主人公・浪子の叫びは、今のわたしたちと少しも変わらないものではないだろうか。

3．〈わたくし〉を探して

小説は写実だ、という認識が広がりつつあるところへ、フランスのエミール・ゾラ（一八四〇～一九〇二）が展開した自然主義文学が日本にも流入する。ありのままの素朴な人間や社会を客観的に描写する自然主義は、理想の実現を目指すロマン主義文学への反発としてヨーロッパに広がり、日露戦争後の閉塞的な日本社会に導入された。ただし、フランスでは、「自然」は自然科学のニュアンスで、実証的な事実を尊重し、社会と文学を切り結ぶ活動を意味した。ゾラを中心に、バルザックやスタンダールらが写実主義を提唱する文学活動が展開した。しかし日本の自然主義文学は「自然」をありのままの自己と捉え、内省的な告白体の文学となっていく。島崎藤村（しまざきとうそん）（一八七二～一九四三）の『破戒』（一九〇六）は被差別部落出身の主人公丑松のカミングアウトする姿を描き自然主義文学の先駆けと高く評価された。その後、藤村は、『春』（一九〇八）、『家』（一九一〇～一九一一）を発表し、木曽の旅籠（はたご）を営んでいた実家をモデルに自然主義小説を発表していく。実父をモデルに、木曽に押し寄せる近代化の波の影響を受ける個人の運命を描いた『夜明け前』（一九二九～一九三五）は、畢生の大作である。田山花袋（たやまかたい）（一八七一～一九三〇）の『蒲団』（一九〇七）は、三六歳の小説家で妻子持ちの主人公が一九歳の自分の弟子の美少女への恋情を持て余す姿を描いた。尾崎紅葉を師とした徳田秋声（一八七一～一九四三）は『新所帯』（あらじょたい）（一九〇七）で商売熱心な主人公のささやかな新婚生活を描く。自己の内面を赤裸々に描く《私小説》が文壇に根付いていく。

一方、夏目漱石（一八六七～一九一六）と森鷗外（一八六二～一九二二）は、そのようなわが国における自然主義文学の流れに批判的だった。二人は独自の作品世界を展開し、高踏派とも呼ばれた。二人ともわが国の近代文学を代表する作家である。

漱石は熊本の旧制高等学校の英語の教員から東京帝国大学の英文科の主任教授に転身し、国費留学生としてロンドンに滞在し、やがて神経症のために帰国し、新聞の連載小説が人気を博したために帝大を辞し小説家となった。イギリス滞在前後には『夢十夜』などのロマン的な小説も書いたが、前期三部作といわれる『三四郎』（一九〇八）、『それから』（一九〇九）、『門』（一九一〇）を中心に、青年期の青年が自己の真実に立ち向かう姿を描く作品世界から、『彼岸過迄』（一九一二）、『行人』（一九一二～一九一三）、『心』（一九一四）の後期三部作を中心とした人生の孤独と向き合う主人公を描く内容への流れの中で、自己と社会の関係性を則天去私の精神の中に見出そうとした。後期三部作で作風が変化したのは、持病の胃潰瘍が悪化し、修善寺で療養しているときに大喀血をし、生死の境をさまよったことがきっかけである。病気という肉体の変調が作家の人生観や世界観に影響を及ぼし作品に新たな境地や深みを与えることがある。そのような病を「創造的な病」という。

森鷗外は、医師としてドイツで医学を学んだ後、内務省の医官として日本の医療制度や医学教育制度を整えることに腐心する一方で、博覧強記の知に基づくさまざまなスタイルの小説を著した。ドイツでの留学経験に基づき雅文体によって書かれた『舞姫』（一八九〇）や、書生への恋ごころから妾という自分の在り方に疑問をいだくようになる主人公を描く『雁（がん）』（一九一一〜一九一三）を書いたのち、明治天皇崩御と乃木大将の殉死をきっかけとして歴史上の人物をもとに『興津弥五右衛門の遺書』（一九一三）を書いた。鷗外の執筆内容は、歴史小説から史伝へと移行する。はじめは、史実にフィクションを入れ込むかたちで歴史との距離をとりながらの創作（「歴史離れ」）であったが、次第に、史実そのものを正確に伝えることで真実を語るスタイル（「歴史其儘」）になった。晩年の鷗外の文学的境地は、丹念な考証により事実を明らかにすることで真実を伝えようとするもので、「諦念」といわれる。文明開化後に展開する国の医療政策や医師養成の制度化に奔走するかたわら、文学の世界に深く沈潜した。科学と文学、世俗の世界と雅文の世界の両方で大きな足跡を残した。

また、〈私小説〉の潮流は、雑誌『白樺』（一九一〇〜一九二三）を中心に展開した白樺派の文学へと移っていく。『白樺』は創刊から関東大震災による終刊にいたる一四年の間に、一六〇冊が刊行され、百人以上の創作家が小説や挿画を投稿した。創刊の中心メンバーは、武者小路実篤、志賀直哉、有島武郎、里見弴などである。比較的めぐまれる境遇に身を置いた人々が、自由に自己表現を行う場だった。自分自身を肯定し信頼する人間中心主義、人道主義（ヒューマニズム）といわれる思潮により、大正デモクラシーの精神的な基盤となった。

武者小路実篤（一八八五〜一九七六）は、トルストイの影響を受け、個と全体が調和した理想社会の実現を目指した。『幸福者』（一九一九）、『友情』（一九二〇）、『或る男』（一九二三）などにおいて人間にとってほんとうの幸福とは何か、ということを追究した。全人類の調和を実現するという自身の理想を社会におろす実践活動として埼玉県に新しき村という農場を建設した。「新しき村」は水田耕作、果樹栽培、養鶏などを展開し現在に至っている。

小説の神様ともいわれる志賀直哉（一八八三〜一九七一）は、父との対立と和解という実生活の体験をもとに『大津順吉』『范の犯罪』『城の崎にて』『和解』などの短編を著した。一九二一〜一九三七年に雑誌『改造』に断続的に連載した『暗夜行路』は、主人公・時任（ときとう）謙作の自己回復の長編小説である。丹念な心理描写や秀麗な自然描写の筆致もみごとで、日本の近代文学史上の傑作といえる。

＊参考

樋口一葉が一八九三年〜九四年に住んでいた下谷龍泉寺町界隈。吉原揚屋町の入り口付近茶屋町通りに面して『たけくらべ』の美登利の家のモデル大黒屋の寮があった。一葉はそこから一五〇メートルほど西側に駄菓子屋を開いた。近くに台東区立一葉記念館と一葉記念公園がある。

4.『浮雲』を書いて読む

二葉亭四迷の『浮雲』（一八九四）は、新しいリアリズム小説と新しい言文一致の表現を創始するべく創作された。主人公・内海文三は、上司に迎合することができず、勤務先の役所を首になる。密かに思いを寄せる下宿先のお勢が、自分とは正反対の元同僚・本田昇に気持ちを寄せていくのをだまって見ながら懊悩する。近世の戯作の趣が色濃い冒頭部分を書写しながら、二葉亭の苦心のあとを読み取ってみよう[七]。

千早振る神無月ももはや跡二日の余波となッた二十八日の午後三時頃に、神田見附のうちより、塗渡る蟻、散る蜘蛛の子とうようよぞよぞよ沸出で来るのは、孰れも顋を気にし給う方々。しかし熟々見て篤と点検すると、これにも様々種類のあるもので、まず髭から書立てれば、口髭、頬髯、顋の鬚、暴に興起した拿破崙髭に、狆の口めいた比斯馬克髭、そのほか矮鶏髭、貉髭、ありやなしやの幻の髭と、濃くも淡くもいろいろに生分る。髭に続いて差いのあるのは服飾。白木屋仕込みの黒物ずくめには仏蘭西皮の靴の配偶はありうち、之を召す方様の鼻毛は延びて蜻蛉をも釣るべしという。これより降っては、背皺よると枕詞の付く「スコッチ」の背広にゴリゴリするほどの牛の毛皮靴、そこで踵にお飾を絶さぬ所から泥に尾を曳く亀甲洋袴、いずれも釣しんぼうの苦患を今に脱せぬ貌付。

＊千早振る　「神」にかかる枕詞。
＊神田見付　江戸城の番所
＊塗渡り　「門渡」に同じ。「蟻の門渡り」は蟻が列を作って進むこと。
＊腮を気にする　食べることを案じる、つまり、暮らし向きを心配すること。
＊白木屋　江戸時代以来の日本橋の呉服屋。一八八六年から洋服部を開札。高級な紳士服を仕立てた。
＊ありうち　よくあること。
＊鼻毛は伸びて蜻蛉を釣る　得意満面なようす
＊スコッチ　スコッチ・ツイードの略。厚地の毛織物。
＊釣しんぼう　既製服

七　引用は、二葉亭四迷『浮雲』（新潮文庫、一九五一年）による。

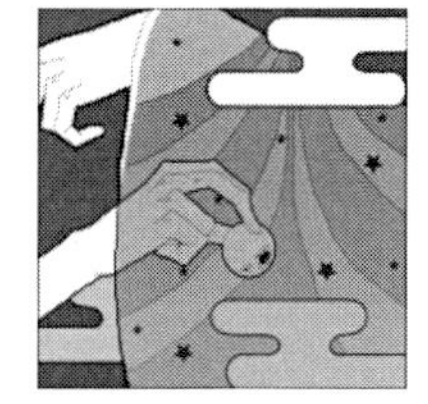

〈よしなしごと・・・〉

第十章　近代の覚醒

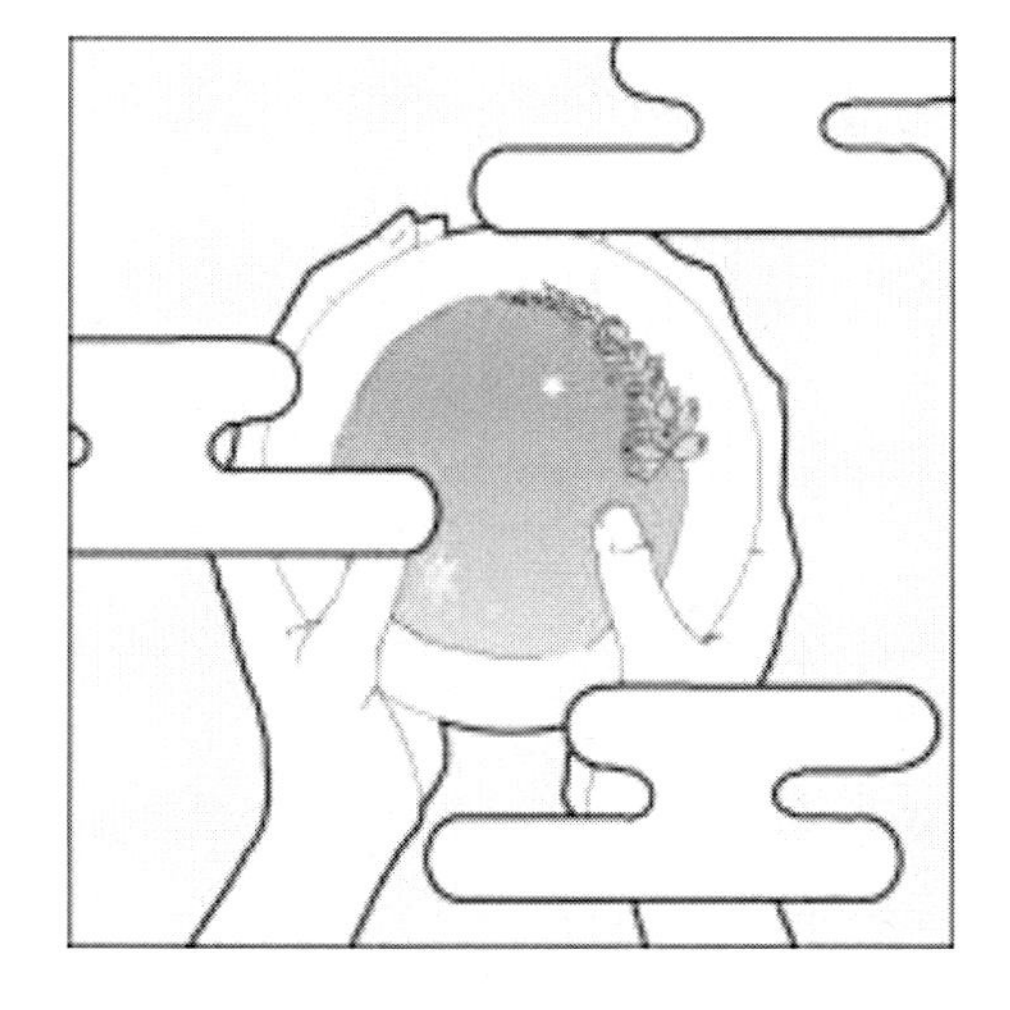

1．「君死にたまふことなかれ」

本章では、明治時代以降の詩歌の足跡をおおまかにたどる。

はじめに、『みだれ髪』（一九〇一）で鮮烈な歌壇デビューを果たした歌人・与謝野晶子（一八七八～一九四二）を読んでみたい。四国での教員生活から、上京して短歌の指導者となった与謝野鉄幹（一八七三～一九三五）と堺の老舗菓子店の娘だった晶子は大恋愛の末に夫婦となる。晶子は、鉄幹とともに雑誌『明星』（一九〇〇年創刊）を中心として、浪漫的な抒情歌の地平を拓いていく。同人には北原白秋や島崎藤村もいた。

『みだれ髪』は近代の歌集としては例のないベストセラーとなった。いくつか紹介しよう[八]。

髪五尺ときなば水にやはらかき少女ごころは秘めて放たじ
その子二十櫛にながるる黒髪のおごりの春のうつくしきかな
清水へ祇園をよぎる桜月夜こよひ逢ふ人みなうつくしき
やは肌のあつき血汐にふれも見でさびしからずや道を説く君
なにとなく君に待たるるここちして出でし花野の夕月夜かな
うすものの二尺のたもとすべりおちて蛍ながるる夜風の青き
くろ髪の千すぢの髪のみだれ髪かつおもひみだれおもひみだるる

情熱的な歌風や『源氏物語』の現代語訳などの文学的な活動においても他を圧倒する存在感があったが、文学をとおして社会的な活動も展開した。一九一一年の雑誌『青鞜』創刊号に詩を寄稿したり、自由・平等・博愛という理想を掲げた一九三六年の文化学院の創立に関わり自

八 晶子の詩歌の引用は、すべて『鉄幹晶子全集』（勉誠出版、二〇〇二年）による。

ら教鞭を取ったりして、女性の自立支援や自由主義教育の実践にも熱心だった。
晶子の日露戦争に出征中の弟のことを思う長詩「君死にたまふことなかれ」は、一九〇四年雑誌『明星』に発表された。純粋に肉親の死を厭う母性の表れともいうべき非戦詩である。

君死にたまふことなかれ
旅順口包囲軍のなかに弟のあるを歎きて

ああをとうとよ、君を泣く、
君死にたまふことなかれ、
末に生れし君なれば
親のなさけはまさりしも、
親は刃(やいば)をにぎらせて
人を殺せとをしへしや、
人を殺して死ねよとて
二十四までをそだてしや。

堺の街のあきびとの
旧家をほこるあるじにて
親の名を継ぐ君なれば、
君死にたまふことなかれ、
旅順の城はほろぶとも
ほろびずとても、何事ぞ、

君は知らじな、あきびとの
家のおきてに無かりけり

君死にたまふことなかれ、
すめらみことは、戦ひに
おほみづからは出でまさね、
かたみに人の血を流し、
獣の道に死ねよとは、
死ぬるを人のほまれとは、
大みこころの深ければ
もとよりいかで思(おぼ)されむ。

ああをとうとよ、戦ひに
君死にたまふことなかれ、
すぎにし秋を父ぎみに
おくれたまへる母ぎみは、
なげきの中に、いたましく
わが子を召され、家を守(も)り、
安しと聞ける大御代も
母のしら髪はまさりぬる。

暖簾（のれん）のかげに伏して泣く
あえかにわかき新妻を
君わするるや、思へるや、
十月（とつき）も添はでわかれたる
少女（おとめ）ごころを思ひみよ、
この世ひとりの君ならで
ああまた誰をたのむべき、
君死にたまふことなかれ。

この詩は、大町桂月によって『太陽』誌上で乱臣によるものであると非難されるが、晶子は『明星』で真実の表現であると抗弁する。さらに、国会に召喚されて国賊であると糾弾された晶子は、「愛する弟に生きて帰ってきてほしい」と願うことがどうして国賊になるのか、と堂々と答弁した。晶子の立場は、愛する家族への思いという一点に収斂するものだ。社会的な反政府主義的立場から反戦を歌ったものではない。あくまでも、家族の命に対する祈りの叫びといえる。

この詩は、後に、新詩社の同人山川登美子（一八七九〜一九〇七）、増田雅子（一八八〇〜一九四六）の作品とともに合同詩歌集『恋衣』（一九〇五）として出版された。三人は、切磋琢磨しながら歌作の修練をしていた。女性だけの詩歌集は当時珍しく、評判を呼び、重版を重ねた。登美子と雅子は短歌だけを収めたが、晶子は「君死にたまふことなかれ」を含む五編の詩を収めた。

晶子は双子一組を含む一三人の子どもを産み、筆一本で家計を支えた。一九一一年、夫・鉄幹をヨーロッパ外遊に送り出し、手がけていた『新訳源氏物語』を脱稿すると、その校正を森鷗外に託し、自らも夫の後を追ってシベリア鉄道に乗り、ヨーロッパに赴く。名付けには外遊の影響が顕著である。

一九〇二年　二四歳　一一月に長男・光（ひかり）出産
一九〇四年　二六歳　七月に次男・秀（ひかる）出産
一九〇七年　二九歳　三月に長女・八峰（やつお）、次女・七瀬（ななせ）の双子出産
一九〇九年　三一歳　三月に三男・麟（りん）を出産
一九一〇年　三二歳　二月に三女・佐保子出産
一九一一年　三三歳　二月に四女・宇智子出産
一九一三年　三五歳　四月に四男・アウギュスト（昱）出産
一九一五年　三七歳　三月に五女・エレンヌ出産
一九一六年　三八歳　三月に五男・健出産
一九一七年　三九歳　一〇月に六男・寸（そん）出産(生後二日で死亡)
一九一九年　四一歳　三月に六女・藤子出産

大勢の家族と撮った写真をみると、豊かな髪を重々しく結い上げ、ほつれ毛も厭わず女傑然として幼子を膝に抱きカメラを睨み据える晶子と、絣の着流しを伊達に着こなし腕組みをした涼しい面差しの鉄幹が対照的である。晶子は、鉄幹六〇歳の還暦記念に二人で記念写真を撮り、はがきに仕立てて知人らに送付している。弟への愛、鉄幹への愛、子どもたちへの愛……愛を惜しみなく与え、力強く短歌を歌い続けた。そして、自立した女性として社会的な発言も積極的に行い、後進の教育にも尽力した。晶子は、まちがいなく近代の自我に覚醒した歌人だった。

2．浪漫主義文学について

ヨーロッパでは写実主義と浪漫主義は対立する芸術思潮として登場する。おおまかな違いは理性的に事実を叙述し、社会に対して自己を告

白する文学が写実主義文学であるとするならば、浪漫主義文学は、理想を掲げて非現実な世界を描写しつつ家族など身の回りの存在への愛情をひとりひとりが詠嘆する文学といえる。ただし、日本文学はもともとさまざまな要素を混ぜ込んだ混融的な特性をもつ。一概に、写実主義と浪漫主義を分断して考えることはむずかしい。

散文と違って歌うものである詩歌は本来抒情的な文学なので、写実的な叙述はなじまない。したがって自然主義文学の影響は少なかった。雑誌『文学界』を中心として、北村透谷や島崎藤村の抒情詩が世に出ると、文語による七五調の定型詩ではあっても、人々はその浪漫的な内容と表現に陶然となった。小説よりも詩歌の方が、スムーズに近代化を成し遂げていったといえよう。

島崎藤村は、一八九四年に『文学界』（一八九三年創刊）同人に参加し、一八九七年に『若菜集』を発表し、日本文学史に近代的な抒情詩を開花させた。翌年には『一葉舟』と『夏草』、一九〇一年には『落梅集』を刊行する。彼が、前章で触れた自然主義の先駆けといわれる『破戒』（一九〇六）を執筆するのは、そのあとのことである。『若菜集』の「初恋」は島崎藤村学会の最後に全員で合唱される。七五調の韻律を読み味わってみよう[九]。

初恋

まだあげ初めし前髪の
林檎のもとに見えしとき
前にさしたる花櫛の
花ある君と思ひけり

九　引用は早稲田大学図書館データベースによる。https://archive.wul.waseda.ac.jp/kosho/bunko03a/bunko03a_00447/

やさしく白き手をのべて
林檎をわれにあたへしは
薄紅の秋の実に
人こひそめしはじめなり

わがこころなきためいきの
その髪の毛にかかるとき
たのしき恋の盃を
君が情に酌みしかな

林檎畑の樹の下に
おのづからなる細道は
誰が踏みそめしかたみぞと
問ひたまふこそこひしけれ

また、同じころの浪漫的な詩集として忘れてはならないのは、上田敏の訳詩集『海潮音』（一九〇五）だ。ボードレール、ヴェルレーヌ、ハイネ、ブラウニングなど、フランス、ドイツ、イギリスの象徴詩を中心として、文語定型詩のかたちに訳出し、森鷗外に献呈された。三木露風や北原白秋など主に大正期に活躍する詩人たちに影響を与えた。ただ、上田敏の生前にはあまり高く評価されず、死後、復刻版が出てから、原詩を上回る二次創作になっていることが注目されるようになった[一〇]。

一〇　引用は早稲田大学図書館データベースによる。https://archive.wul.waseda.ac.jp/kosho/bunko03a/bunko03a_00088/

落葉

ポオル・ヴェルレエヌ

秋の日の
ヴィオロンの
ためいきの
身にしみて
したぶるに
うら悲し。

鐘の音に
胸ふたぎ
色かへて
涙ぐむ
過ぎし日の
おもひでや。

げにわれは
うらぶれて
ここかしこ
さだめなく
とび散らふ
落葉かな。

わすれなぐさ　　ウィルヘルム・アレント

ながれのきしのひともとは、
みそらのいろのみづあさぎ、
なみ、ことごとく、くちづけし
はた、ことごとく、わすれゆく。

山のあなた　　カアル・ブッセ

山のあなたの空遠く
「幸（さいはひ）」住むと人のいふ。
噫（ああ）、われひとと尋（と）めゆきて、
涙さしぐみ、かへりきぬ。
山のあなたになほ遠く
「幸」住むと人のいふ。

「わすれなぐさ」の句読点の使い方や「落葉」における五音律には、七五調や五七調の文語定型詩の型を逸脱したリズムのなかに、しっとりとした抒情を表現しようとした意図が感じられる。

オリジナル以上の評価が与えられた「山のあなた」は広く日本人に愛唱されるものとなった。いろは歌における「有為の奥山けふ越えて　浅き夢見じ酔もせず」を思わせる「山の向こう」にある本当の幸せを探す旅——、次章で扱う宮沢賢治の『銀河鉄道の夜』にも通じる人間にとって普遍的なテーマだろう。

3．ホトトギスとアララギ

俳句や短歌の世界でも、小説における写実主義重視の傾向の影響を受けて革新運動が起こる。

正岡子規（一八六七～一九〇二）は、結核を患いながらも、一八九七年雑誌『ホトトギス』を主宰した。あらゆる生をありのままに写す「写生」こそが、短詩形文学の真髄であると主張した。『ホトトギス』創刊号には子規の「俳諧反古籠」が掲載され「俳諧は何の要をか為すと問ふ者あらば何の用をも為さずと答へん」と俳諧無用論を展開し、「俳句はおのがまことの感情をあらはす」もので、「実景実物を見て」新しき趣向を得て句を読むべきだと説いた[一]。個人に表現が帰属しない連歌・連句・発句を否定し、一句で独立した短詩型文学としての俳句の価値を説いたのである。一方で、写生理論に基づき、画家でもあった蕪村の発句を新たに評価した。子規没後は、高浜虚子（一八七四～一九五九）が『ホトトギス』を継承した。俳誌『ホトトギス』は現在も一五〇〇号を越えて休むことなく刊行されている。

子規は一八九八年には「歌よみに与ふる書」を発表して、短歌の革新運動にも力を注いだ。紀貫之や『古今和歌集』を否定し、自分が見た美しいものを読むべきだと主張した。前節で述べた与謝野鉄幹や晶子の明星派の浪漫主義に異を唱えた。根岸短歌会を主催した。根岸短歌会には伊藤左千夫（一八六四～一九一三）、島木赤彦（一八七六～一九二六）らがいた。根岸短歌会の機関誌『馬酔木（あしび）』はやがて『アララギ』（一九〇八創刊）に継承発展する。

子規の写生説は、俳句や短歌の革新運動であっただけでなく、小説界の言文一致体の推進や、写実主義をうたった自然主義文学とも合致し、広く影響を与え、多くの作家の創作基盤ともなっていった。随筆『病床六尺』（一九〇二）や日記『仰臥漫録』（一九〇一～一九〇二）において死にゆく自分の肉体を冷静に描写したり、平明に静かに森羅万象について語ったりする文体は少しも古びたところがない。わずか三四歳で生涯を閉じたが、俳句や近代短歌の振興に果たした役割は大きい。なお、病に倒れるまでは、日本に入ってきたばかりのベースボールに熱心だった。ベースボールを「野球」と訳し、「打者」「走者」「四球」「直球」「飛球」などの野球に関する和製語を創出した人としても知られる。

子規の俳句と短歌を紹介しよう。

一『ほととぎす』第一号、一八九七年一月 http://www.hototogisu.co.jp/kiseki/hototo/hototo01/05/05.htm

病中口吟（室内）

暖炉たく部屋暖（あたたか）に福寿草

病中口吟

薬のむあとの蜜柑や寒の内

病中口吟（室外）

枯尽くす糸瓜（へちま）の棚の氷柱（つらら）哉

母の花見に行き玉へるに

たらちねの花見の留守や時計見る

律土筆取にさそはれて行けるに

家を出でて土筆摘むのも何年目

法然賛

念仏に季はなけれども藤の花

臥病十年

首あげて折々見るや庭の萩

絶筆　三句

糸瓜咲て痰のつまりし仏かな

痰一斗糸瓜の水も間にあはず

をととひのへちまの水も取らざりき

（明治三十五年）〔三〕

〔三〕引用は『子規句集』（岩波文庫、一九九三年四月）による。

つくしほど食ふてうまきはなく、つくしとりほどして面白きはなし。碧梧桐赤羽根村に遊びて、つくしを得て帰る。再び行かんといふに思ひやり興じてよめる

赤羽根のつつみに生ふるつくづくしのびにけらしも摘む人なしに
赤羽根の茅草（ちくさ）の中のつくづくし老いほうけけりはむ人なしに
赤羽根に摘み残したるつくづくし再び往かん老い朽ちぬまに
赤羽根のつつみにみつるつくづくし我妹（わぎも）と二人摘めど尽きなくに
つくづくししじに生ひける赤羽根にいざ往きて摘め道しるべせな
赤羽根の汽車行く道のつくづくし又来ん年も往きて摘まなん
うちなげき物なおもひそ赤羽根の汽車行く路につくづくしつめ
痩せし身を肥えんすべもが赤羽根に生ふるつくづくしつむにしあるべし
つくづくし摘みて帰りぬ煮てや食はんひしほと酢とにひでてや食はん
つくづくし長き短きそれもかも老いし老いざる何もかもうまき
つくづくし又つみに来ん赤羽根の汽車行く路と人に知らゆな
つくづくし故郷の野に摘みし事を思ひいでけり異国（ことくに）にして
女（をみな）らの割籠（わりご）たづさへつくづくし摘みにと出づる春したのしも（明治三十五年）[一三]

一三　引用は『子規歌集』（岩波文庫、一九五九年）による。

4. 象徴詩を書いて読む

象徴とシンボルの違いを考えてみよう。象徴はひとつの文脈のなかでだけ事物がイメージされる。『おくのほそ道』に「かさね」という名前の女の子が登場する。そのことを芭蕉の弟子の曽良が「かさねとは八重撫子の名なるべし」という句にした。前後の文脈から、「かさね」は女の子の名前であると同時に、八重撫子のイメージから連想させるかわいらしさややさしさを象徴したものといえる。「鶴の恩返し」という民話のなかでは「羽」は鶴女房の自己犠牲の象徴だが、どの文脈においても羽＝自己犠牲、ではない。一方シンボルは、万人に共通する双方向性のある記号だ。鳩は平和のシンボル、平和を表す鳥は鳩、十字架といえばキリスト教、キリスト教を表すものは十字架、となる。

それを意図的に美しくならべて、リズムのある文体によって作者の気分や世界観を表現したものが「象徴詩」だ。

あなたは、時間を表現するとしたらどのように表現するだろう？　薄田泣菫（すすきだきゅうきん）の「時のつぐのひ」は、アダムとイブのリンゴやかぐや姫の罪にも通じるような、有限の時間を生きる人間としての在り方を歌ったものだ[一四]。そのような時間に支配され翻弄されそれでもなお人が人を求めてしまうことの切なさ愛しさが表現されている。書き写しながら味わってみよう。また、時の流れをイメージする象徴的な表現に挑戦してみよう。

時のつぐのひ

時はふたりをさきしかば、
また償（つぐのひ）にかへりきて、
かなしき創（きず）に、おもひでの
うまし涙を湧かしめぬ。

（『白羊宮』一九〇六）

[一四] 引用は国会国立図書館デジタルコレクション『白羊宮』による。https://dl.ndl.go.jp/info:ndljp/pid/1016809/64?viewMode=

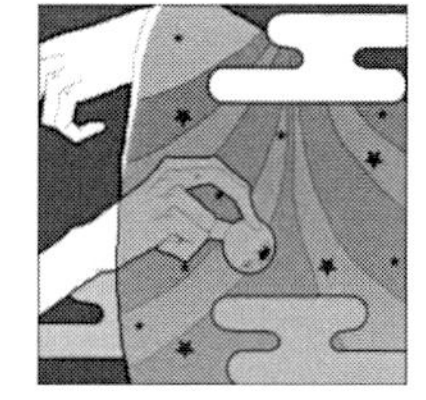

〈よしなしごと・・・〉

第十一章　近代の混沌

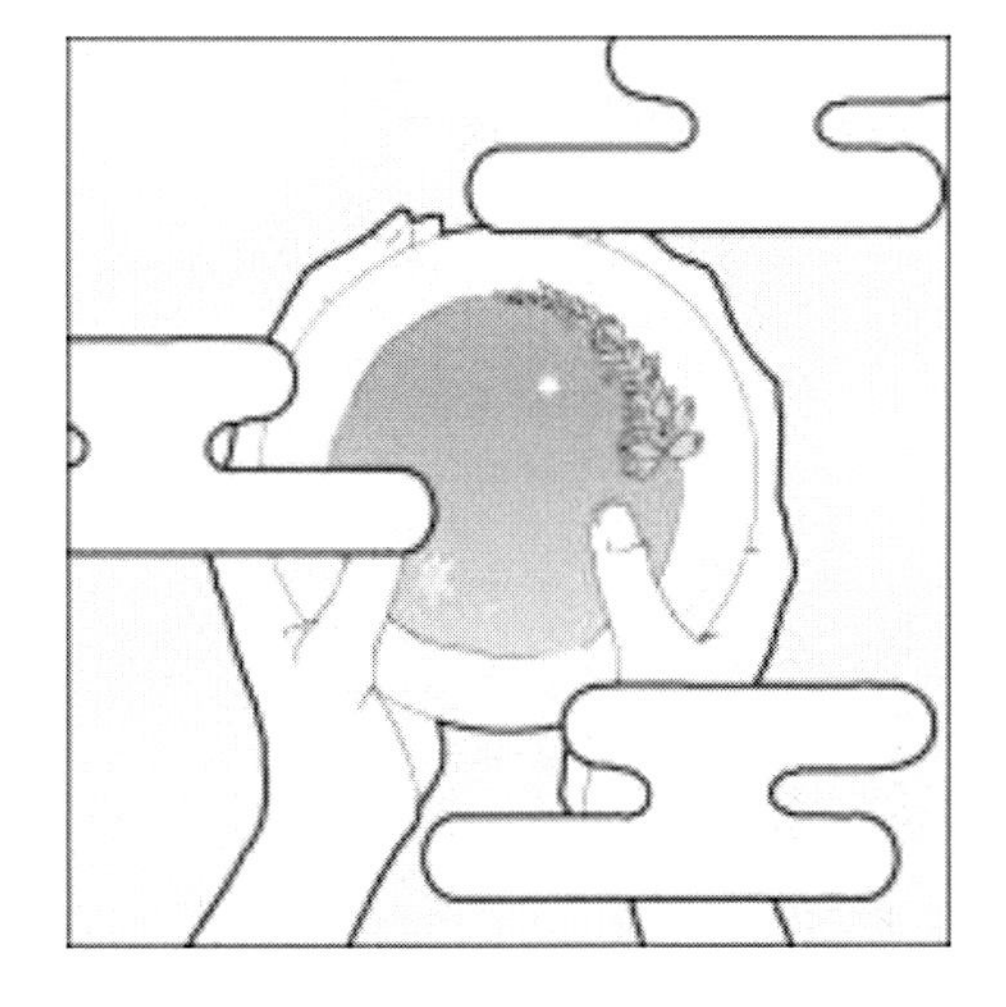

1．宮沢賢治の童話

近代文学は〈個〉の問題をどのような方法で表現するかを模索してきた。明治～大正時代の半世紀のあいだに、作家や詩人たちは口語表現の文体を獲得する。一人称主語を明示する文体、〈わたくし〉を語る方法をそれぞれの作家や詩人や歌人・俳人たちが展開する。

小説界においては、白樺派に重なるようにして、東京大学文科生を中心とした新思潮派が生まれる。谷崎潤一郎（一八八六～一九六五）や芥川龍之介（一八九二～一九二七）は独自の作風を確立し名作の数々を生んだ。やがてさらなる〈わたくし〉表現を求めて新感覚派が誕生する。代表的な作家は川端康成（一八九九～一九七二）である。小説表現に、擬人法や比喩、倒置法などのレトリックを意識的に用いて新しい表現を目指した。

詩においては、口語自由詩が誕生し、文字通り自由にそして豊かに自己の内面を詩情豊かに表現した。高村光太郎（一八八三～一九五六）の『道程』（一九一四）は口語自由詩の道標となる作品であったし、萩原朔太郎（一八八六～一九四二）の『月に吠える』（一九一七）は研ぎ澄まされた感覚で精神や感情の咆哮を捉え、それを独特な具象の配列によって表現し高く評価された。その後、詩壇は前衛詩へと突き進んでいく。前衛詩は、文字を視覚的なかたちとして表現したり、文字の配列によって印字されたときの詩全体の形状によって表現したりするものだった。

短歌においては、『アララギ』から出た斎藤茂吉（一八八二～一九五三）が歌壇を代表する存在だった。『赤光』（一九一三）における連作「死にたまふ母」は、自己の魂の行方を巧みな文語遣いによってストレートに表現する絶唱といえる。俳句は、『ホトトギス』の同人であった河東碧梧桐（一八七三～一九三七）が季語や切れ字を用いる俳句の表現にこだわらない新傾向句を提唱する。やがて、碧梧桐門下の荻原井泉水（一八八四～一九七六）が、五七五の定型からすっかり乖離した自由律俳句を行い、種田山頭火（一八八二～一九四〇）や尾崎放哉（一八八五～一九二六）に受け継がれていった。

一方、近代国家を標榜した日本は、明治時代における日清戦争、日露戦争を経て、帝国主義に傾斜し、軍備を拡充し、未曽有の第二次世界大戦にむけて突き進んでいく。世界中の都市が空爆に遭い、一般市民が犠牲になり、広島と長崎に原子爆弾が投下された。日本人の戦死者数は、一般市民八〇万人、兵士二三〇万人、といわれる。世界的には、六五〇〇万人もの人が亡くなった。現在のフランスの全人口と同じくらいの数である。平和の時代にある日本からは想像もできない数字だ。

このような政治と社会の動きは文学にも強く影響を及ぼした。文学によって反戦を主張するプロレタリア文学の誕生である。小林多喜二（一九〇三〜一九三三）の『蟹工船』（一九二九）や徳永直（一八九九〜一九五八）『太陽のない街』（一九二九）はその代表作である。小林多喜二は、政府にとらえられ拷問死したが、プロレタリア詩を書いていた中野重治は、転向者として生きのび、戦後も社会批判の作品を書き続けた。

このような目まぐるしい文壇の動向を簡単に説明することはむずかしい。本章では、大正期から昭和初期にかけてのさまざまな文学的な潮流を受けて優れた文学作品を残した宮沢賢治（一八九六〜一九三三）についてとりあげる。

現在では童話作家であり詩人として盤石の評価を得ている宮沢賢治であるが、生前に詩集として自費出版した心象スケッチ『春と修羅』（一九二四）や童話集『注文の多い料理店』（一九二四）はまったく文壇に受け入れられなかった。美しい自然の動植物に共鳴する幻想的でファンタジックな作風は、軍国主義一色の社会とは一見なじまないものだった。高村光太郎（一八八三〜一九五六）や草野心平（一九〇三〜一九八八）だけが賢治の作品を理解した。

賢治が生涯をかけて追及したのは、人間にとって本当の幸せとは何か、という問題だった。国のためや天皇のために死ぬことが大義であると喧伝された時代には受け入れられなかった。しかし、それは人間にとってもっとも大切な、そして根本的な問題である。死後、だんだんと賢治の作品は世の中に受け入れられるようになり、何度も宮沢賢治全集が出版されることになる。

賢治は岩手県を「イーハトヴ」（現在では「イーハトーブ」と表されることが多い）と名付けた。『注文の多い料理店』の宣伝文に、イーハトヴは「ドリームランドとしての日本岩手県[一五]」であると書かれた。序文では、そこは「なんでも可能な多次元世界」であり、自分のイーハトヴ童話は、人々のこころに提供する「きれいなすきとおったほんとうのたべものやきもの」であると定義している。

『注文の多い料理店』には、「注文の多い料理店」「どんぐりと山猫」「狼森と笊森、盗森」「烏の北斗七星」「水仙月の四日」「山男の四月」「かしはばやしの夜」「月夜のでんしんばしら」「鹿踊りのはじまり」の九編が収録される。表題作「注文の多い料理店」は、猟をしに銃を持って山に入った都会の紳士二人が、山猫に食べられそうになるという話である。人間と動物の立場を逆転させたところに痛烈な風刺がある。

一五　宮沢賢治のテキストの引用は、すべて『【新】校本　宮沢賢治全集』（筑摩書房、一九九五年）による。ただし、童話のかなづかいは、新かなづかいに改めた。

「どんぐりと山猫」は、ことわざ「どんぐりの背比べ」を童話にした話である。ある日小学生の「かねた一郎」のところに「山ねこ」から、めんどうな裁判に来てほしいというはがきが届く。誘いに応じて山にでかけていった一郎を、「馬車別当」が山猫のところへ案内する。山猫は「じつはおとといから、めんどうなあらそいがおこって、ちょっと裁判にこまりましたので、あなたのお考えを、うかがいたいとおもいましたのです。まあ、ゆっくり、おやすみください。じき、どんぐりどもがまいりましょう。どうもまいとし、この裁判でくるしみます」と言う。どんぐりたちは毎年だれが一番偉いどんぐりなのかを決めるために裁判をしていて、今年は、三日間も三百以上のどんぐりが争っていると言う。丸いどんぐり、大きいどんぐり、せいの高いどんぐり、頭のとがっているどんぐり、みんな自分が一番えらいと言って譲らない。山猫が一郎にどうしたらよいかと聞いて、一郎が判決を教えてあげる。


一郎はわらってこたえました。

「そんなら、こう言いわたしたらいいでしょう。このなかでいちばんばかで、めちゃくちゃで、まるでなっていないようなのが、いちばんえらいとね。ぼくお説教できいたんです。」

山猫はなるほどというふうにうなずいて、それからいかにも気取って、繻子（しゅす）のきものの胸（えり）を開いて、黄いろの陣羽織をちょっと出してどんぐりどもに申しわたしました。

「よろしい。しずかにしろ。申しわたしだ。このなかで、いちばんえらくなくて、ばかで、めちゃくちゃで、てんでなっていなくて、あたまのつぶれたようなやつが、いちばんえらいのだ。」

どんぐりは、しいんとしてしまいました。それはそれはしいんとして、堅（かた）まってしまいました。


こうして争いを無化する判決を行った一郎は山猫に名誉判事になってほしいと頼まれる。そして、判決のお礼に黄金のどんぐり一升をもらい、馬車別当の馬車に乗って帰宅する。

どんぐりたちが、だれが一番偉いかを争い、一郎が、一番だめなどんぐりが一番偉いと判決をくだすというストーリーは、新約聖書の「ルカによる福音書」の九章の一節と通じるものがある。イエスの弟子たちの間で、だれが一番偉いかという議論が起きたとき（四六節）、イエスが「あなたがたすべての中で一番小さい者が一番偉いのです[一六]」と答える（四八節）。一郎の逆説的な判決内容と同じである。

この話も、権力の座をめぐって争いを繰り返す大人たちを皮肉ったものである。「わあわあわあわあ」「ざっくざっく」「がらんがらんがらん」「ひゅうひゅうぱちっ」といったたくさんのオノマトペを使って、森のようすやどんぐりたちの騒ぎ、裁判の成り行きをいきいきとわかりやすく伝える。一郎の名裁きに、どんぐりたちがぴたっと静まる様子も表現をリフレインさせてリズミカルに伝える。内容も表現も読者をすがすがしく明朗な気分にさせるものといえる。

子どものころに賢治の童話を読んだことがある人は、ぜひ、再読してみてほしい。また、読んだことがない人は、今、ぜひ読んでみてほしい。今の自分だからこそ見つけることのできる心の糧がそこにあるはずだ。

2. 宮沢賢治の心象スケッチ

宮沢賢治は、自分の韻文作品を、〈詩〉とは言わず、〈心象スケッチ〉と言った。以下は、作品集『春と修羅』の序文の書き出しだ。

わたくしといふ現象は
仮定された有機交流電燈の
ひとつの青い照明です
（あらゆる透明な幽霊の複合体）
風景やみんなといつしよに
せはしくせはしく明滅しながら

一六 引用は『聖書 新改訳』（日本聖書刊行会、一九七〇年）による。

いかにもたしかにともりつづける
因果交流電燈の
ひとつの青い照明です
（ひかりはたもち　その電燈は失はれ）

ここで、賢治は、自分自身を「現象」という。そして、その本体は、「せはしくせはしく明滅する有機交流電燈」の「青い照明」であるとする。赤や黄色や緑ではなく、青い光として唯心論的に自分の存在を認識している。この序文における一連のことばの連なりは、無限に拡大続ける宇宙空間のように、自己存在が果てしなく拡大し、周囲の風景や人間と溶け合って一体化するものだという印象を与える。

法華経徒だった賢治は、仏教の因果律に基づく世界観をもっていた。一方で、地質学や物理学の知識も多く、アインシュタインの相対性理論やブラックホールの存在に強い関心を持った。「有機交流電燈」を「因果交流電燈」と言い換えているが、電燈を光らせるプラスとマイナスの電流を、原因と結果の因果律によって存在する人間のメタファー（隠喩）としている。

そして、その電燈は青い光であるという。「青」という色からは、どんなものが連想されるだろう。空、海、青信号、制服、ブルーポピー、ブループリント、ブルーハワイ……。青ざめる、顔色が青い、唇が真っ青、青筋をたてる、といった血の気が引いた身体表現からは、赤い生命エネルギーとは対極的な死のイメージが広がる。また、抽象的なイメージとしては、平和、信頼　冷静さ、知性、神聖さといったものが思い起こされる。少なくとも、にぎやかで激しいイメージからは隔たりを感じる。『泣いた赤鬼』の青鬼は、赤鬼が村人と仲良くするために一芝居うち、自分は、遠くへ旅に出た。赤鬼と青鬼の立場を逆転して『泣いた青鬼』というお話は成立しえないようにも思われる。

自分自身を青く明滅する光と認識した賢治が表現した心象スケッチの中から「くらかけの雪」を読んでみよう。

くらかけの雪
たよりになるのは
くらかけつづきの雪ばかり

野はらもはやしも
ぽしやぽしやしたり黝（くす）んだりして
すこしもあてにならないので
ほんたうにそんな酵母のふうの
朧（おぼ）ろなふぶきですけれども
ほのかなのぞみを送るのは
くらかけ山の雪ばかり
　　（ひとつの古風な信仰です）

鞍掛山は、南部片富士といわれる秀峰・岩手山（標高二〇三八メートル）の南麓に位置する標高八九七メートルの山である。馬の背に蔵を掛けたような形状である。「くらかけ山の雪」だけが「たよりになる」とはどういうことだろう？　正解はない。読者の脳裏には、空中に無数にひろがって野原や林を見えなくする粉雪が降りしきっている映像が浮かぶ。

第五章で『新古今和歌集』の本歌取りについて述べた際に、「駒とめて袖うちはらふ陰もなし佐野のわたりの雪の夕暮」という藤原の定家の歌を紹介した。すべてを純白に変える雪は瑞祥とされた。雪月花ということばがあるように、自然の中の美しい風景のベスト三に入るのが雪景色である。和歌に繰り返された雪を愛でる心は、近代詩でもたびたび歌われてきた。中原中也（なかはらちゅうや）（一九〇七～一九三七）や三好達治（みよしたつじ）（一九〇〇～一九六四）の詩がすぐに思い浮かぶ。

「くらかけの雪」は、宮沢賢治独特の「ぽしやぽしや」というオノマトペと「酵母」という比喩が印象的である。雪だけが頼りになるという古風な信仰……わからないようでわかる気がする。「く」「か」「け」という口の中で小さく破裂するカ行音が、何かに頼ろうとする「ほのかなのぞみ」を確かに伝える。降りつむ雪のシーンとした景色とともに心にしみわたって忘れられない一編である。最後に括弧書きされた「ひとつの古風な信仰です」というささやきは、詩と読者の関係をぐっと近いものにするつなぎの役割を果たす。「古風な」という物言いは、岩手の風土に結びついて説得力をもつ。「信仰」というゆるぎない精神の高さを意味する語が、雪の降る「くらかけ山」という場所を、聖なるスポットに転換する装置たりえている。

3．「天上のアイスクリーム」

臨床倫理学の立場から終末期医療についてさまざまな提言を行っている会田薫子氏によると、終末期医療において、水分や栄養液を手足の静脈にいれる点滴という医療行為は、患者のＱＯＬ（クオリティ・オブ・ライフ、生活の質）を損ないこそすれ、何の治療効果もないという[一七]。多くの医師がそのことを知っていながら、患者の家族の「せめて点滴ぐらいしてほしい」という懇願や、何もしないことへの罪悪感から点滴を行う場合が多いというアンケート結果を開示している。終末期においては、点滴は、過剰な水分摂取により痰の吸引が必要になったり、細くなって見つかりにくい静脈に何度も針を刺したりすることで、不必要な苦痛を患者に与える場合が多いという。死にゆく患者を、手をこまねいて見ていることはつらい。患者の周囲の人間の思いから行われる点滴を、会田氏は「せめて点滴」と呼ぶ。そして、会田氏は、「せめて点滴」ではなく「味のある氷のかけら」を作ってあげることを推奨する。たとえばコーヒーが好きだった患者に対してはコーヒー液で作った小さな氷のかけらを口に含ませてあげる。懐かしい香りや求めていた味が口中に広がって喜ぶ患者の顔を見ることは看護する側の大きな救いとなる。

終末期医療の現場における「氷のかけら」が意味するものは大きい。のどの渇きや何も食べられないもどかしさが、氷のかけらによって充足されるだけではない。家族は患者のために何かをしてあげられる。患者はそんな家族に対して「ありがとう」を伝えることができる。「氷のかけら」は、無力感に覆われ希望を見出せない病室に、明るさを取り戻す力がある。

一七 会田薫子『長寿時代の医療・ケア――エンドオブライフの論理と倫理【シリーズ】ケアを考える』ちくま新書、二〇一九年七月。

宮沢賢治が最愛の妹・トシの死にゆく姿を描いた「永訣の朝」では、死にゆく妹・トシが賢治に「あめゆじゅ（雨雪）」をリクエストする。これはまさに会田氏のいう「氷のかけら」に相当するものとはいえないだろうか。音読しながらじっくりと味わってみてほしい。

永訣の朝

けふのうちに
とほくへいつてしまふわたくしのいもうとよ
みぞれがふつておもてはへんにあかるいのだ
　（あめゆじゆとてちてけんじや）
うすあかくいつそう陰惨（いんざん）な雲から
みぞれはびちよびちよふつてくる
　（あめゆじゆとてちてけんじや）
青い蓴菜（じゆんさい）のもやうのついた
これらふたつのかけた陶椀（とうわん）に
おまへがたべるあめゆきをとらうとして
わたくしはまがつたてつぽうだまのやうに
このくらいみぞれのなかに飛びだした
　（あめゆじゆとてちてけんじや）
蒼鉛（そうえん）いろの暗い雲から
みぞれはびちよびちよ沈んでくる
ああとし子

死ぬといふいまごろになつて
わたくしをいつしやうあかるくするために
こんなさつぱりした雪のひとわんを
おまへはわたくしにたのんだのだ
ありがたうわたくしのけなげないもうとよ
わたくしもまつすぐにすすんでいくから
　　（あめゆじゆとてちてけんじや）
はげしいはげしい熱やあへぎのあひだから
おまへはわたくしにたのんだのだ
　銀河や太陽　気圏などとよばれたせかいの
そらからおちた雪のさいごのひとわんを……
……ふたきれのみかげせきざいに
みぞれはさびしくたまつてゐる
わたくしはそのうへにあぶなくたち
雪と水とのまつしろな二相系（にそうけい）をたもち
すきとほるつめたい雫にみちた
このつややかな松のえだから
わたくしのやさしいいもうとの
さいごのたべものをもらつていかう
わたしたちがいつしよにそだつてきたあひだ
みなれたちやわんのこの藍のもやうにも

もうけふおまへはわかれてしまふ
(Ora Orade Shitori egumo)
ほんたうにけふおまへはわかれてしまふ
あぁあのとざされた病室の
くらいびやうぶやかやのなかに
やさしくあをじろく燃えてゐる
わたくしのけなげないもうとよ
この雪はどこをえらばうにも
あんまりどこもまつしろなのだ
あんなおそろしいみだれたそらから
このうつくしい雪がきたのだ
　　(うまれでくるたて
　　　こんどはこたにわりやのごとばかりで
　　　くるしまなあよにうまれてくる)
おまへがたべるこのふたわんのゆきに
わたくしはいまこころからいのる
どうかこれが天上のアイスクリームになつて
おまへとみんなとに聖(きよ)い資糧(かて)をもたらすやうに
わたくしのすべてのさいはひをかけてねがふ

前節で紹介した「くらかけ山の雪」はサラサラの粉雪だった。ここでのゆきは、「びちよびちよ」の「くらいみぞれ」である。しかし、トシのリクエストで幼い時から兄妹で使ってきたじゅんさい模様のお椀にすくいとりトシの口に含ませた途端、それは「天上のアイスクリーム」になった。そして「おまへとみんなとに聖い資糧をもたらす」のである。

括弧中に岩手のことばでトシのあえぐようなことばが記される。「雨雪を取ってきてくれますか」「わたしはわたしでひとり逝くから（しんぱいしないでほしい）」「生まれ変わってくるとしたら、今度はこんなに自分のことばかりで苦しまないように（だれかのために何かしてあげられるように）生まれてくる」……。

いつ読んでも胸が締めつけられるような思いになる。肉親を失う悲しみを美しく歌い上げたものとして屈指のものだろう。「永訣の朝」は、次章でとりあげる高村光太郎の「レモン哀歌」とならんで、近代詩における挽歌を代表するものである。

この「永訣の朝」はトシとの死別をテーマにした「無声慟哭」という連作の第一作である。「永訣の朝」「松の針」「無声慟哭」「風林」「白い鳥」の連作で賢治はトシを失った悲しみに打ちひしがれながらも、その死を清く美しいものとして謳い上げ、その前に暗く重く打ちひしがれる「青い修羅」なる自己の心象をスケッチした。その後、北へ帰る白鳥を追うように、トシの幻影を追うかのように、北へ北へと向かっていった。実際にオホーツクへ旅をした賢治は、連作「オホーツク挽歌」を制作する。「オホーツク挽歌」は、「青森挽歌」「オホーツク挽歌」「樺太鉄道」「鈴谷高原」「噴火湾（ノクターン）」の五つの長詩からなる。

「オホーツク挽歌」では、生前のトシの他愛もないマッチ棒遊びを思い出している。

ＨＥＬＬと書きそれをＬＯＶＥとなほし
ひとつの十字架をたてることは
よくだれでもがやる技術なので
とし子がそれをならべたとき
わたくしはつめたくわらつた

さて、十本のマッチ棒や爪楊枝でＨＥＬＬを作り、それをＬＯＶＥに直してみよう。誰もが容易に「地獄」を「愛」に変えることができるだろう。しかし、そのあとの「ひとつの十字架をたてること」はどうだろう?　「よくだれでもがやる技術」というその「技術」、現在のわれわれにはなかなか困難に思える。それは、誰が思いついたのか、折り紙の要領で長方形の紙を縦長に折って余分なところを切り落とし飛行機を作るというクラフトワークをすると、みごとに実現することができる。

それはそれとして、この難解な一節は、自分自身を修羅と措定する賢治にとって、地獄から十字架への道のりは遠くはてしないものであることを暗示する。しかしＨＥＬＬがＬＯＶＥに直され、そしてそこに十字架を立てることができたならば、トシを求めて北へ北へと旅をした賢治が、確かにトシに出会えたことを暗示するように思う。

4．『銀河鉄道の夜』を書いて読む

『銀河鉄道の夜』（初稿・一九二四年ごろ）は本当の幸いとは何かをテーマにした未完の作品だ。四回の大幅な改稿を経て草稿だけがのこされた。宮沢賢治が、一生涯、としの死を見つめ続けたことがわかる大作である。

星祭りの夜、ジョバンニは、親友カムパネルラとともに、銀河ステーションから銀河鉄道に乗り、宇宙空間を旅する。銀河鉄道は、死にゆくものを乗せる列車だった。最後は、友人を助けるために川に飛び込んで亡くなったカムパネルラだけが旅立っていき、ジョバンニは、取り残されてしまう。

カムパネルラが、残された母の悲しみを思いながら、本当の幸いについてジョバンニと語り合う場面を書いて読みながら、生と死について思いをいたそう。


「けれどもほんとうのさいわいは一体何だろう。」ジョバンニが云いました。

「僕わからない。」カムパネルラがぼんやり云いました。

「僕たちしっかりやろうねえ。」ジョバンニが胸いっぱい新しい力が湧くようにふうと息をしながら云いました。

「あ、あすこ石炭袋だよ。そらの孔（あな）だよ。」カムパネルラが少しそっちを避けるようにしながら天の川のひとところを指さしました。ジョバンニはそっちを見てまるでぎくっとしてしまいました。天の川の一とこに大きなまっくらな孔がどほんとあいているのです。その底がどれほど深いかその奥に何があるかいくら眼をこすってのぞいてもなんにも見えずただ眼がしんしんと痛むのでした。ジョバンニが云いました。

「僕もうあんな大きなやみの中だってこわくない。きっとみんなのほんとうのさいわいをさがしに行く。どこまでもどこまでも僕たち一緒に進んで行こう。」

「ああきっと行くよ。ああ、あすこの野原はなんてきれいだろう。みんな集まってるねえ。あすこがほんとうの天上なんだ。あっあすこにいるのぼくのお母さんだよ。」カムパネルラは俄（にわ）かに窓の遠くに見えるきれいな野原を指して叫びました。

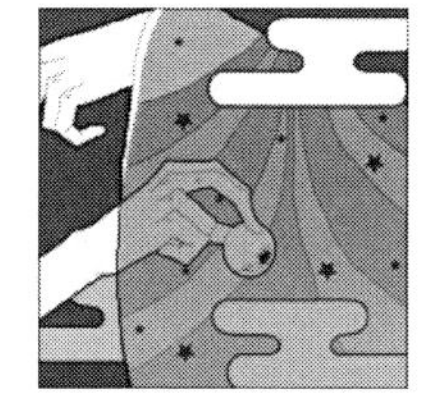

〈よしなしごと・・・〉

第十二章　戦時下の文学

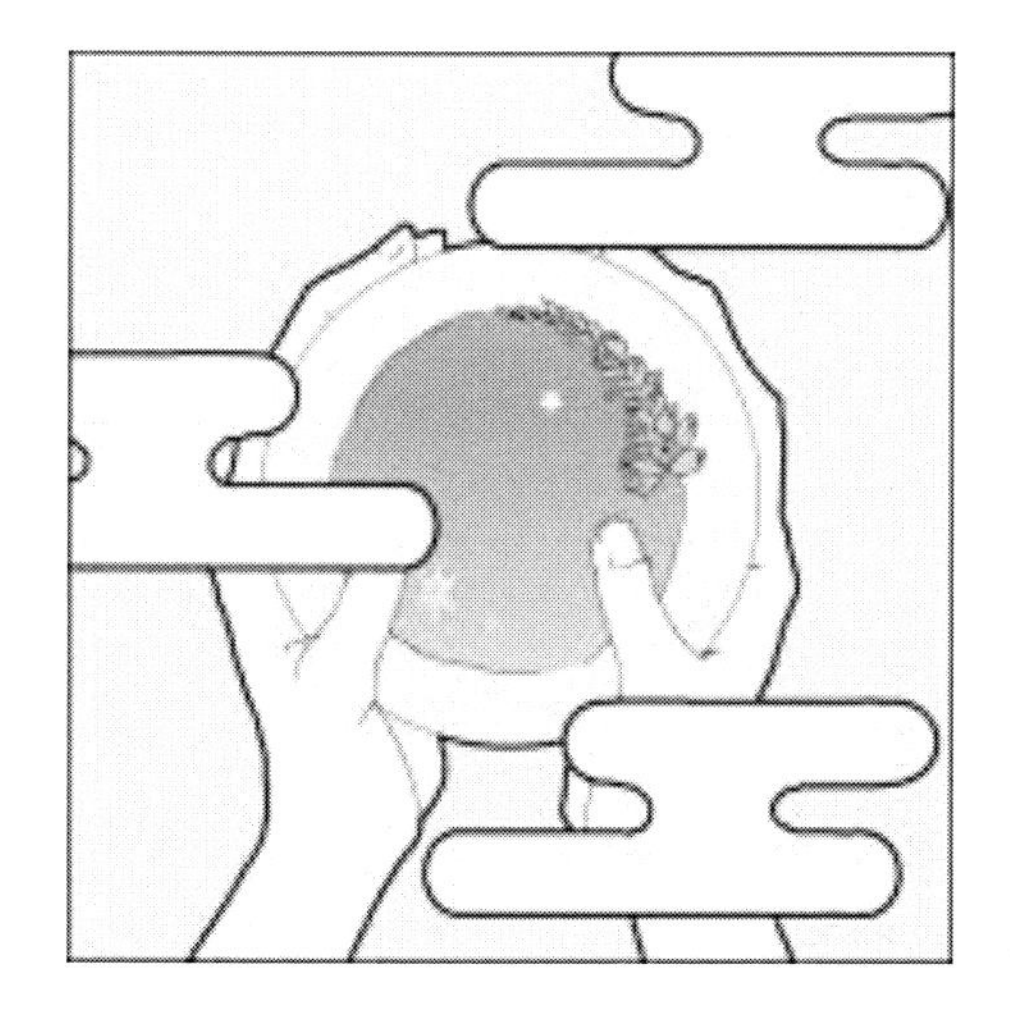

1.『源氏物語』と谷崎潤一郎

一九四五年に未曽有の世界大戦が終結する。日本は、敗戦によって多くのものを失い、こくゼロからのスタートによって戦後民主主義を構築していく。

戦時中、さまざまな言論弾圧が展開するなかで、プロレタリア文学は厳しい弾圧を受け後退してしまう。作家たちは、国威高揚の詩文を成したり、沈黙を守ったり、あるいは、日本の古典文学の世界に身を潜めたり、さまざまに身を処した。

宮本百合子（みやもとゆりこ）（一八九九～一九五一）は、日本女子大学在籍中から作品を発表し、早くから才能が認められた作家だった。ロシア共産主義に傾倒し、プロレタリア文学活動のために戦時中は検挙されたり投獄されたりしながらも、自己の文学思潮を変えることはなかった。戦争中、獄中にあった夫・宮本顕治（みやもとけんじ）を支えながら、人間性が失われていく戦争の悲惨さや残忍さ、暴力に翻弄される人間の愚かさや弱さを見つめ続けた。戦後、自伝的な『播州平野』（一九四七）を刊行し、注目された。

谷崎潤一郎（たにざきじゅんいちろう）（一八八六～一九六五）は、旧制第一高等学校在学中から小説を発表しはじめ、『刺青（しせい）』（一九一〇）、『痴人（ちじん）の愛』（一九二五）で文壇における存在感を強め、『春琴抄（しゅんきんしょう）』（一九三三）で小説家として不動の地位を固めていた。彼もまた、戦時中国策に順応することなく、筆を折らずに、執筆活動を続けた作家のひとりである。

谷崎は、一九二三年の関東大震災をきっかけに、東京から大阪に移住していた。江戸情緒への郷愁と上方の伝統文化からの触発を受けて、日本の古典文化や古典文学を再発見していく。このような古典回帰の姿勢と結びつく大事業が、一九三五年から取り掛かった『源氏物語』の口語訳である。一九三九年に中央公論社から第一巻が刊行され、一九四一年に全訳を終えて第二六巻が刊行される。谷崎源氏と呼ばれ、源氏物語ブームを巻き起こした。一九五〇年代に新訳が出て、時局との関係で削除を余儀なくされた部分を加筆、その後、一九六〇年代には学者らの改訂を経て新々訳が出る。『源氏物語』における桐壺更衣喪失に伴う光源氏の母性憧憬、それに端を発する藤壺との不義、また作中人物たちをめぐって繰り返される不如意な結婚といったモチーフは、谷崎文学の本質と通い合うものである。口語訳といえども、谷崎の文体の香気を伴う谷崎文学たりえている。

『源氏物語』の口語訳を終えると、谷崎は、『細雪（ささめゆき）』の執筆にとりかかる。『細雪』は、一九四三年の雑誌『中央公論』一月号と三月号に、第一回と第二回が発表される。しかし、時局に合わないという理由で、当局から掲載停止を命ぜられる。やがて『中央公論』も休刊となる。

しかし、谷崎は、戦時中にあっても、密かに作品を書き続け、一九三六年に私家版として上巻を発行し、知人に配布するが、当局から印刷と配布を禁じられる。それでも、谷崎は執筆を続けた。中巻を完成させ、下巻も書き継ぎ、一九四八年に完成させる。敗戦後、ＧＨＱの検閲を受け、一部を改定させられたのち、一九四九年に全巻を刊行するにいたる。谷崎の代表作である。

谷崎の代表作ともいうべき『細雪』は、大阪の船場育ちの四人姉妹を描く。執筆の動機は、関西移住をきっかけとした古典の再発見や、『源氏物語』の全訳の作業による平安朝文学への沈潜と不即不離の関係にある。

四人姉妹の物語として名高い作品にオルコットの『若草物語（原題・Little Women』（一八六九年）がある。日本では、一九〇六年にはじめての邦訳『小婦人』（北田秋圃訳）が出版され、大正時代には、少女教育書として多くの翻訳が出版された。一九三三年には矢田津世子の抄訳が『若草物語』というタイトルで出版され、この邦題が定着する。『若草物語』が個性あふれる四人姉妹を生き生きと描き分けていたように、『細雪』も四人姉妹それぞれの性格や行動を個性的に描き分けた。どちらも、二人、三人ではなく、四人の姉妹という要素が、作品に広がりと陰影を与えたといえる。また、両者が兄弟の話ではないという点にも兄弟姉妹の物語としての特徴がある。四人の女性の個性がぶつかり合ったり、共鳴し合ったりすることで、華やかさが生まれ、多くの女性読者の共感を呼んだ。『若草物語』と同じく、『細雪』も、また、美しい姉妹四人という設定が、映画や舞台にふさわしく、繰り返し映画化や舞台化が行われている。

谷崎の場合は、『源氏物語』を読み込んだことで、光源氏を取り巻く多くの女君たちの心理や運命の曼荼羅模様を吸収し、そのエッセンスをさまざまなかたちで『細雪』の四人に投影した。そして、長女・鶴子、次女・幸子、三女・雪子、末娘・妙子を、夫依存型と自主独立性、奥ゆかしさと活発さ、保守性と革新性といった対立的な要素で照応させたり同調させたりしながら描き分ける。また、花見や蛍狩りなどの四季折々の生活のようすを織り交ぜて、華麗にも繊細にも描写し、読者を魅了した。

この長編小説が、戦前から戦時中という日本社会が最大の試練を受けているさなかに書き継がれたことを忘れてはならない。この作品を書き続けることで、谷崎は、時流に流されることなく、作家としての自分を保つことができたのではないだろうか。人間の弱さや愚かさが露呈し、銃後の人々が愛する家族の死の恐怖に怯え、日本中が物心両面で将来への不安にさいなまれているときに、谷崎は、『源氏物語』に導かれながら、自己の美意識を表現すべく、この作品を執筆していたのである。

以下は、『細雪』の冒頭部分である[一八]。


「こいさん、頼むわ。――」

鏡の中で、廊下からうしろへ這入つて来た妙子を見ると、自分で襟を塗りかけていた刷毛を渡して、其方は見ずに、眼の前に映ってゐる長襦袢姿の、抜き衣紋の顔を他人の顔のやうに見据ゑながら、

「雪子ちやん下で何してる」

と、幸はきいた。

「悦ちやんのピアノ見たげてるらしい」

――なるほど、階下で練習曲の音がしてゐるのは、雪子が先に身支度をしてしまつたところで悦子に掴まつて、稽古を見てやつてゐるのであらう。悦子は母が外出する時でも雪子さへ家にいてくれれば大人しく留守番をする児であるのに、今日は母と雪子と妙子と、三人が揃つて出掛けると云ふので少し機嫌が悪いのであるが、二時に始まる演奏会が済みさえしたら雪子だけ一と足先に、夕飯までには帰つて来て上げると云ふことでどうやら納得はしてゐるのであつた。

「なあ、こいさん、雪子ちやんの話、又一つあるねんで」

「そう、――」

姉の襟頸から両肩へかけて、妙子は鮮やかな刷毛目をつけてお白粉を引いていた。決して猫背ではないのであるが、肉づきがよいので堆く盛り上つてゐる幸子の肩から背の、濡れた肌の表面へ秋晴れの明りがさしてゐる色つやは、三十を過ぎた人のやうでもなく張りきつて見える。

「井谷さんが持つて来やはつた話やねんけどな、――」

「そう、――」

「サラリーマンやねん、MB化学工業会社の社員やて。――」

一八　本文は『谷崎潤一郎全集』第一九巻（中央公論新社、二〇一五年）による。

「なんぼぐらゐもろてるのん」
「月給が百七八十円、ボーナス入れて二百五十円ぐらゐになるねん」
「ＭＢ化学工業云うたら、仏蘭西(フランス)系の会社やねんなあ」
「そうやわ。――――よう知つてるなあ、こいさん」

「こいさん」というのは、末娘を指す大阪方言である。「こいさん」と呼ばれた妙子が末娘であること、そして、舞台が大阪であることをこの一語が鮮やかに伝える。

また、着物を着る女性が襟足におしろいを刷毛で塗るという古風な化粧をしながらの会話が、上流階級の深窓の娘たちの会話であることを物語る。そして二人のやりとりの中で、幸子と妙子の間の雪子に長姉の娘・悦子が大変なついていること、雪子にお見合いの話が再び来ていること、また、見合い相手の勤務先や収入の話から、姉妹たちの家も裕福であることが明らかになっていく。和装でのコンサートや、ピアノの稽古という要素も、文化的な環境を保つ家柄であることを暗示する。

関西弁の響きや歯に衣着せぬ姉妹同士のテンポの良いやりとりは、読者を一気に小説世界に引き入れる。会話の中から登場人物の状況をあれこれと類推させる書き方も、読者の想像力を刺激して心地よい。会話をしながら、幸子の着物の襟足が、妙子によって刷毛で白く塗られていく。妙子の着物の襟もとが整っていくプロセスが鮮やかに目に浮かぶようである。典雅な情感の豊かさを伝え、戦時下という社会情勢からは遠く離れた世界である。

2. 花巻の山荘の高村光太郎

彫刻家でもあり詩人でもあった高村光太郎(たかむらこうたろう)のブロンズ作品である「手」（一九一八年頃制作、東京国立近代美術館所蔵）は、独特のかたちをしている。反り返った親指とアーチ型に曲げられた小指と薬指は曼荼羅に描かれた仏たちの印のようでもあるし、ダンスをする舞踏家のしなやかな腕全体の動きを彷彿とさせるものでもある。そして、実際にまねてみると、ぐっと手首と掌(てのひら)に力を入れないとそのような手にはならないことに気付く。彼はいつも力を込めて、粘土を捏(こ)ね、石膏を削り、木を彫り、詩作をし、そして、智恵子を愛した。

高村光太郎が智恵子を歌った愛の詩には、実に頻繁に火のイメージが出現する。智恵子の夢は、「まだ餓死よりは火あぶりの方をのぞむ中世期の夢」(「夜の二人」一九二六)であるといい[19]、智恵子のようすが「火龍(サラマンドラ)はてんてんと躍る」(「愛の嘆美」一九一四)と例えられる。龍は古今東西の創世神話に登場するが、西洋の龍が羽をもち、空を飛び火を吐くのに対し、日本の龍は蛇と同義で、羽をもたず地を這う水の神である。火龍は火の精ともいわれる怪物で、火の中に住むことのできるほど体温が冷たく、強い毒性を持つとされた。

実家の反対を押し切り、光太郎の才能に魅せられた智恵子もまた、その作品が雑誌『青鞜』創刊号(一九一一年九月)の表紙を飾ったほどの画才の持ち主であった。「炎の人」ゴッホなどという表現や、棟方志功(一九〇三~一九七五)を描いたミュージカル『棟方志功―炎じゃわめぐ―』、「芸術は爆発だ」といった岡本太郎(おかもとたろう)(一九一一~一九九六)にみられるように、美術的な才能はしばしば炎のイメージに例えられる。燃えあがる真っ赤な炎は、上へ上へと上昇する生命エネルギーであり、すべてを焼き尽くす純粋で圧倒的な力を持つ。重篤な統合失調症となり、ことばを失っていった智恵子の芸術的創造力は、不完全燃焼のまま、自らの精神を焼き崩していってしまったのかもしれない。

ジャック・ロンドン(一八七六~一九一六)の『焚火 To Build a Fire』(一九〇八)という短編[20]は、極寒のアラスカの地で、火を点けなければ絶命するという危機に陥った一人の男の話である。次章で取り上げるが、村上春樹はその話を援用しながら、海辺で流木を拾い集めて焚火をし続ける男の話「アイロンのある風景」を創った。どちらも、人生に絶望し、タナトスに傾斜した主人公が、必死に、最後の力を振り絞って炎の中にエロスの幻影を見出そうとする話である。

お互いに愛の炎を燃やし続けた智恵子を失ったのは、一九三八年だった。一九四一年、絶唱「レモン哀歌」を含む智恵子を歌った詩を集め『智恵子抄』を刊行する。赤い絹地で覆った表紙は、まさに火を連想させる。智恵子を失った光太郎は、戦争の狂気をやむを得ないものとして受け入れる。そして、人々を鼓舞するための美の表現としての詩作を展開する。それは時局にかなう戦意高揚の詩でもあった。

一九　高村光太郎の詩の引用は、すべて『高村光太郎全集』(筑摩書房、一九九四年)による。

二〇　柴田元幸は「火を熾(おこ)す」と題して邦訳している(『柴田元幸翻訳叢書―ジャック・ロンドン　火を熾す』スイッチ・パブリッシング、二〇〇八年)

一九四五年四月に空襲で中野のアトリエが被災する。かつて、宮沢賢治の詩を高く評価し、賢治の死後、宮沢賢治全集を出すことに奔走したことを恩義に感じていた賢治の弟・宮沢清六は光太郎を岩手の花巻に招く。花巻に疎開するが、八月の花巻空襲で再び被災する。そして、花巻郊外の大田村に山荘を立てて移り住む。光太郎は、結核を患いながら終戦後も山荘で暮らし続ける。戦争中の自らの行動に対して強い自責の念にとらわれてのことである。

囲炉裏ひとつの小屋で雪深く極寒の冬を七回経験、静かに自炊生活を送る。土間にしつらえた水場があるだけの板敷きの小屋である。東京から出版社の人が原稿を取りに訪れたり、メディアの人が取材に訪れたりするので、光太郎は客用のトイレを自作し、小屋に併設した。トイレの板戸には「光」という文字が透かしで彫られている。雑木林が広がる中に、村人に教えられながら畑を作った。花時計も作った。近郊の小学校に講演に赴いたり、小屋を訪れる村の人々と語り合ったりした。子どもたちも学校の帰りに立ち寄ったりしたという。地域の人たちに愛されながら戦争の傷を癒していったようだ。光太郎が亡くなったあと、村人たちは、山荘を、一度は木造の套屋で、二度目は漆喰の套屋で覆い、大切に保存し続けている。光太郎への畏敬の念もまた地域の人たちに受け継がれている。

一九五二年、青森県知事のたっての願いで、十和田湖畔の野外彫刻を制作することになり、光太郎は花巻をあとにする。乙女の像が彼の最後の彫刻作品となる。

花巻からさらに北にある雪深い十和田湖のほとりに、光太郎の二体の裸婦像が手と手を合わせるようにして立ち続けている。龍となった八郎が生息する十和田湖。伝説では、八郎は、毎冬田沢湖に通い、やはり龍となった辰子に会うという。光太郎が洋行から帰ったばかりの三六歳の光太郎が自らの手をモデルに制作したブロンズの手。そして、裸婦像の手と手。光太郎の手の先から生まれた彫刻は、永遠の命の炎を世界に放ち続けている。

改めて、「レモン哀歌」をじっくりと読み味わってみよう。

レモン哀歌

そんなにもあなたはレモンを待つてゐた
かなしく白くあかるい死の床で
わたしの手からとつた一つのレモンを
あなたのきれいな歯ががりりと噛んだ
トパァズいろの香気が立つ
その数的の天のものなるレモンの汁は
ぱつとあなたの意識を正常にした
あなたの青く澄んだ眼がかすかに笑ふ
わたしの手を握るあなたの力の健康さよ
あなたの咽喉(のど)に嵐はあるが
かういふ命の瀬戸ぎはに
智恵子はもとの智恵子となり
生涯の愛を一瞬にかたむけた
それからひと時
昔山巓(さんてん)でしたやうな深呼吸を一つして
あなたの機関はそれなり止まつた
写真の前に挿した桜の花かげに
すずしく光るレモンを今日も置かう

そして、戦後の詩集『典型』（一九五〇）に収められた連作「田園小詩」から、自分の小屋に対する愛着を歌った詩を読んでみよう。「山口山」「三角山」という韻を踏んだことば遊びのような童話の世界のようなフレーズが楽しい。

山口部落

山口山の三角山は雑木山。
雑木のみどりはみどりのうんげん。
ブナ、ナラ、カツラ、クリ、トチ、イタヤ。
山越しの弥陀がほんとに出さうな
ぎよつとする北方の霊験地帯だ。

山のみどりに埋もれて
下に小さな部落の屋根。
炭焼渡世の部落の人はけらを着て
自給自足の田地をたがやし、
酸性土壌を掘りかへして、
石ころまじりの畑も作りタバコも植ゑる。
部落の畑の尽きるあたり、
狐とマムシの巣だといはれる草場の中に
クリの古木にかこまれて
さういふおれの小屋がある。
山口山の三角山をうしろにしよつて

ススキの野原が南に七里。
夏の岩手の太陽は
太鼓のやうなものをたたきながら
秋田の方へゆつくりまはる。

3．西鶴と太宰治

戦後まもなく、独自の世界観を表現した作家たちがいた。彼らは「新戯作派」と呼ばれた。太宰治（一九〇九～一九四八）、坂口安吾（一九〇六～一九五五）、織田作之助（一九一三～一九四七）などである。戦後の民主主義を標榜する規範意識や、既成の文学観に添わない、どちらかというと退廃的で自虐的な内容や表現による作品を展開した。戦後の混乱した世相をストレートに反映したものといえる。

太宰治は、青森中学入学後から作文において優れた資質をあらわし、さらに旧制弘前高等学校に進学すると、同人雑誌を発刊し小説を発表するなどしていた。一九二九年一二月には自殺未遂。憧れていた芥川龍之介がその二年前に自殺したことや同じ年に弟が亡くなったことも影響しているかもしれない。左翼運動に傾斜し、青森県の長者番付一位で金融業を営む素封家の生家に対する嫌悪感が彼に生きる目的を見失わせたともいわれている。

東京大学フランス文学科に入学するが、一九三〇年、銀座のバーの女給と江ノ島で心中をはかり、彼だけが一命をとりとめた。一九三五年、東大を中退し、都新聞（現・東京新聞）の入社試験を受けるが不採用となり、鎌倉の山中で三度目の自殺をはかるが失敗。ほどなく盲腸炎をこじらせて腹膜炎を発症、鎮痛剤の服用から薬物中毒を併発する。

この間太宰は、『道化の華』（一九三五）、『ダス・ゲマイネ』（一九三五）を発表し作家としての地歩を固めていた。『ダス・ゲマイネ』は、薬物中毒期間に書かれたもので、生きる目標を失った自己「私」と、客観的な存在である「彼」が互いに侵入し合って安定を欠いた状況を表現する。できごとや心情を描写するスタイルとはまったくちがう新しい表現が模索された。

一九三七年、青森高校時代から付き合いのあった芸子・小山初代が親戚の学生とあやまちを犯したとわかり、水上温泉に行き心中をはかるが未遂に終わる。帰京後、初代と別れ、一九三八年、都留高等女学校で教鞭をとっている石原美知子と見合いをして結婚、『富嶽百景』（一九三九）を発表する。「富士には、月見草がよく似合ふ」という一節が有名だ。平明な明るい文体でユーモアを交えながら富士山と対峙する語り手「私」が、結婚前後の平穏な幸せの中に身を置いているようすが語られる。

結婚後、三鷹に移り住み、次々と作品を発表する。男同士の友情を描く名短編『走れメロス』（一九四〇）もこの時期に書かれた。一九四三年『右大臣実朝』を書き、政権争いの渦にのまれることなく和歌の道を探究した源実朝の姿に、戦時下にあっても自身の文学を貫きたいという切望を読み取ることも可能だろう。その後、芥川龍之介にならうかのように、日本の古典文学作品を読みふけって、井原西鶴の浮世草子を翻案した短編を手がけた（『新釈諸国噺』）。

彼が創作の糧とした古典文学のなかには、武士の世界があった。『右大臣実朝』は歴史に翻弄され京の文化に憧れ、歌作に熱中した若き将軍をモデルとする。井原西鶴の短編集『西鶴諸国はなし』や『武家義理物語』からは、面子にこだわり肉親の情を犠牲にする凄絶な武士の現実を剔出した。そこに登場する男たちは、実在の人物以上に、また、原作以上に、武士としての孤高の精神を保って死に対峙させられている。「死」は時が来てやがて迎えるものではなく、義理のために「致す」ものとして描かれる。鎌倉時代や江戸時代の人々以上に、太宰は、武士道に死のにおいをかぎ、死の美学を結晶化させようとした。

一九四四年『津軽』は、一五日間の金木町への取材旅行に基づく作品だ。淡々とした風景描写の中にも細やかな情感がにじみ出るような筆致で、自分の子守りだった「たけ」と再会するシーンなどの実体験が虚構を交えて書かれた自伝的小説である。

一九四七年には、中編『斜陽』『人間失格』、短編『ヴィヨンの妻』の名作が誕生する。語り手が読者にむかってささやくようなトーンで語りかける表現技術は、他の作家に類をみないすぐれた小説作法である。『人間失格』の冒頭、生きる希望をなくした主人公が、「恥の多い生涯を送ってきました」「いまは自分には幸福も不幸もありません」といい、「ただいっさいは過ぎていきます[二二]」と繰り返す。心にしみる語り口である。これらの名編は、いずれも自身の経験が核になってはいるが、語り手は太宰自身ではなく、仮構された小説内の人物である。

二二　太宰治のテキストの引用は、すべて『太宰治全集』（筑摩書房、一九八九～一九〇〇年）による。

生涯に何度も自殺未遂、心中未遂を繰り返した太宰だったが、一九四八年六月一三日、山崎富栄という女性と玉川上水に入水する。山崎富栄は「わたしばかり幸せな死に方をしてすみません」と遺書に書いたそうだ。

三鷹の禅林寺という寺に太宰の墓がある。森鷗外の墓の隣に自分の墓を作って欲しいと言い残したために、「森林太郎」（鷗外の本名）と背中合せに太宰の墓がある。

太宰治の写真は、肘をつく姿も、銀座「ル・パン」で笑う姿も、どのショットも少し微笑んでかっこいい。寂しげでありながら説得力のある表情。滑稽なほど必死に、芥川賞が欲しいと芥川賞選考委員長の佐藤春夫宛書簡で訴える太宰は、自分を雀になぞらえている。確かに、太宰治の感受性は、雀のように敏感で、臆病で、怖がりであった。その結果、人生の転機が訪れるたびに生きることを放棄しようとし、その多くで、女性を道連れにしようとした。いつも死と隣り合わせに生きていた感受性豊かな太宰にとって、第二次世界大戦にむかう絶望に塗り込められた軍国主義の時代は、生き抜く気力を失わせるものだったのかもしれない。

しかし、それとは裏腹に彼のことばは力強く、また、作品は生き生きとしている。過不足のない表現、主題に応じた千差万別なことばの並び。非の打ちどころがない。長命であったならば、芥川賞は言うまでもなく、ノーベル文学賞も手にしていたのではないか。

たとえば、中学校の国語の教科書を飾る『走れメロス』。「メロスは激怒した。必ずかの邪知暴虐の王を除かなければならぬと決意した」という冒頭文は、一読したものの心をわしづかみにして生涯放さない。実際には太宰を信じて温泉宿で待つ檀一雄を裏切るという悪行を犯しながら、そのできごとにヒントを得て描かれた信頼と友情の文学の、なんと美しいことか。

泥の中からすーっと茎を伸ばして美しく開いた蓮華の中に仏を見出さんとばかり、現実をさまざまなかたちで切り取りながら、太宰の創作活動は続き、そして、絶えた。何人たりとも彼の死を軽々に語ることはできない。残されているのは美しい作品群だけであるし、それは、わたしたちにとって充分すぎるものである。

4.『新釈諸国噺』「義理」を書いて読む

『新釈諸国噺』の序文の中で、太宰は次のように述べている。

> この仕事も、書きはじめてからもう、ほとんど一箇年になる。その期間、日本に於いては、実にいろいろな事があった。私の一身上に於いても、いついかなる事が起るか予測出来ない。この際、読者に日本の作家精神の伝統とでもいうべきものを、はっきり知っていただく事は、かなり重要な事のように思われて、私はこれを警戒警報の日にも書きつづけた。出来栄（できばえ）はもとより大いに不満であるが、この仕事を、昭和聖代の日本の作家に与えられた義務と信じ、むきになって書いた、とは言える。

空襲のための警戒警報が鳴り響く夜にも、作家魂から書きつづける義務を感じたという。西鶴における「作家精神の伝統」を、同じ日本の作家として、次世代に継承しようという強い意気込みが感じられる。

この作品の中で、太宰は、西鶴の短編集『西鶴諸国（さいかくしょこく）はなし』『本朝二十不孝（ほんちょうにじゅうふこう）』『懐硯（ふところすずり）』『武道伝来記（ぶどうでんらいき）』『日本永代蔵（にっぽんえいたいぐら）』『武家義理物語（ぶけぎりものがたり）』『新可笑記（しんかしょうき）』『本朝桜陰比事（ほんちょうおういんひじ）』『世間胸算用（せけんむねさんよう）』『西鶴置土産（さいかくおきみやげ）』『万（よろず）の文反古（ふみほうご）』の一〇作品の中から、一二の話を翻案している。

本節では、『武家義理物語』巻一の第五章「死なば同じ浪枕とや」を翻案した「義理」を書いて読み味わってみよう。

この話は伊丹城主荒木村重の家中でのできごとを扱う。村重の次男・村丸がある時蝦夷見物をしたいと言い出し、村重が許可する。横目役の神崎式部とその一人息子・勝太郎一五歳が随行することになる。同じく横目役の森岡丹後の三人兄弟の末息子・丹三郎一六歳も供を仰せつかる。森岡丹後は、国元に残ることになり、息子の無事を、同僚の神崎式部に託す。伊丹を出発した一行が、大井川にさしかかる。折しも大雨による増水で水が引くまで待つことになる。しかし、村丸は、神崎式部らの制止をふりきって、強引に川に入ってしまう。慌てて従者たちが後に続く。人々がなんとか無事に渡り切り、丹三郎と神崎親子が最後になる。丹三郎は馬にうまく乗りこなせず川を渡る自信がないと嘆く。式部は、丹三郎の援護をして川を渡る。一足先に勝太郎は難なく川を渡りきる。丹三郎が川を渡り始めるが、途中で濁流にのまれて溺死してしまう。そのあとの式部と勝太郎についてのやりとりを書読してほしい。作品の最後の部分である。

「そちに頼みがある。」

「はい。」と答へて澄んだ眼で父の顔を仰ぎ見てゐる。家中随一の美童である。

「流れに飛び込んで死んでおくれ。丹三郎はわしの苦労の甲斐も無く、横浪をかぶって鞍がくつがえり流れに呑まれて死にました。そもそもあの丹三郎儀は、かの親の丹後どのより預り来れる義理のある子です。丹三郎ひとりが溺おぼれ死んで、お前が助かつたとあれば、丹後どのの手前、この式部の武士の一分が立ちがたい。ここを聞きわけておくれ。時刻をうつさずいますぐ川に飛び込み死んでおくれ。」と面を剛くして言ひ切れば、勝太郎さすがは武士の子、あ、と答へて少しもためらふところなく、立つ川浪に身を躍らせて相果てた。

式部うつむき涙を流し、まことに武家の義理ほどかなしき物はなし、ふるさとを出でし時、人も多きに我を択びて頼むとの一言、そのままに捨てがたく、万事に劣れる子ながらも大事に目をかけここまで来て不慮の災難、丹後どのに顔向けなりがたく、何の罪とがも無き勝太郎をむざむざ目前に於いて死なせたる苦しさ、さりとては、うらめしの世、丹後どのには他の男の子ふたりあれば、歎きのうちにもまぎれる事もありなんに、それがしには勝太郎ひとり。国元の母のなげきもいかばかり、われも寄る年波、勝太郎を死なせていまは何か願ひの楽しみ無し、出家、と観念して、表面は何気なく若殿に仕へて、首尾よく蝦夷見物の大役を果し、その後、城主にお暇を乞ひ、老妻と共に出家して播州の清水の山深くかくれたのを、丹後その経緯を聞き伝へて志に感じ、これもにはかにお暇を乞ひ請け、妻子とも四人いまさらこの世に生きて居られず、みな出家して勝太郎の菩提をとむらつたとは、いつの世も武家の義理ほど、あはれにして美しきは無しと。

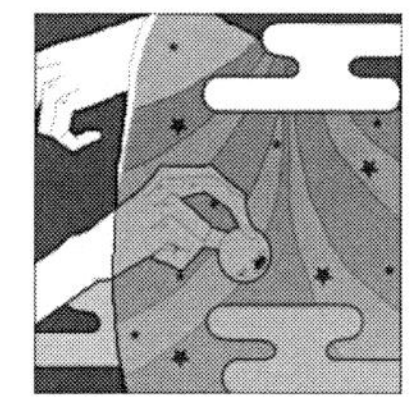

〈よしなしごと・・・〉

第十三章　現代小説を読み解く

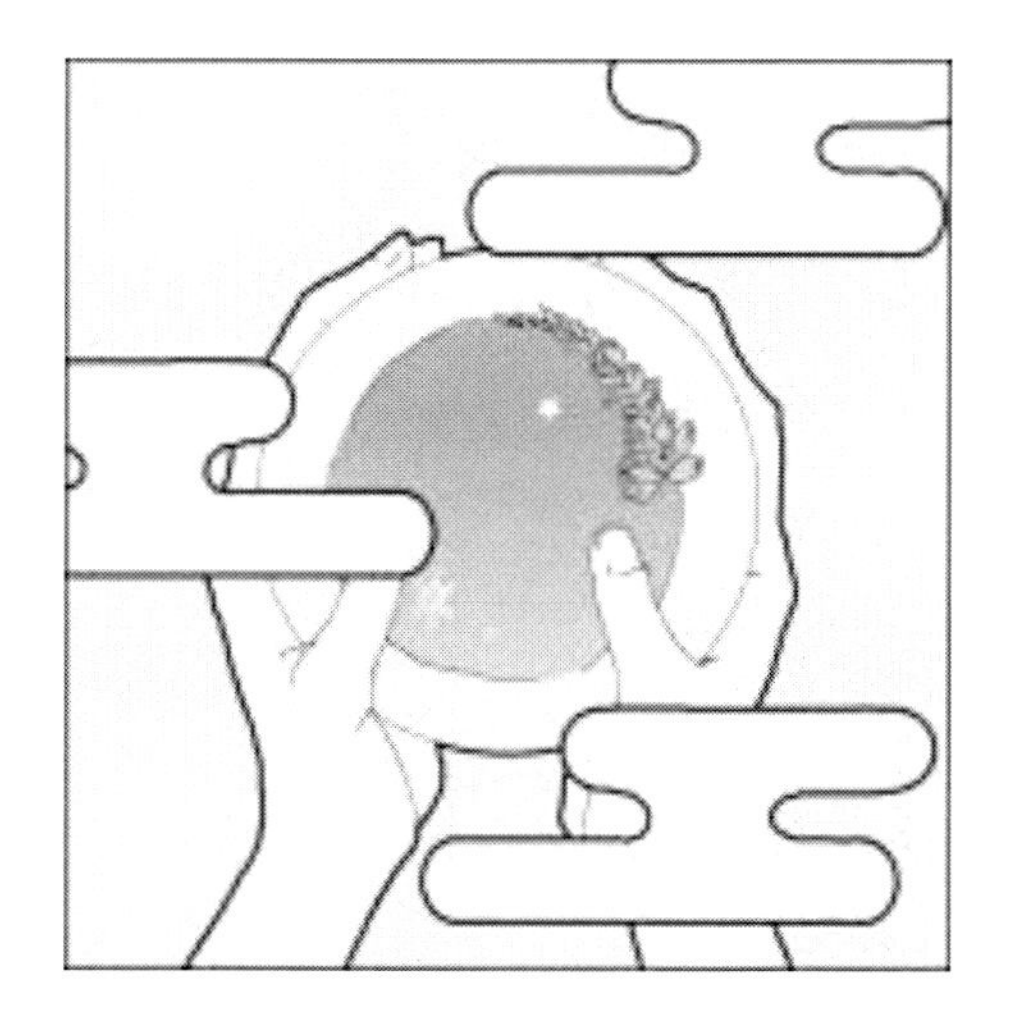

1. 小説の機能

本章では現代小説を考えてみよう。現在の日本文学を代表する作家のひとりである村上春樹を扱う。これまでみてきた作家と同様に、村上春樹もまた、時代やさまざまな事件が起きるなかで、小説家としてのあるべき姿や文学の可能性を考えて創作し続けている作家のひとりだ。

「小説」という語は、もともと中国において、正式な歴史書として物語を綴った「稗史(はいし)」ではなく、ちょっとした噂話や人々の口に昇る話を記述した散文を指す語だった。日本でも江戸時代まではそのような「小さな話」という意味合いで用いられていた。ところが、明治時代になって、ヨーロッパの novel という語が入ってきたときに「小説」という訳語が当てられた。その結果、「作家の想像力・構想力に基づいて、人間性や社会のすがたなどを、登場人物の思想・心理・性格・言動の描写を通して表現した、散文体の文学〔二〕」を指す語となった。

文学が大衆化し、読者層が広がった現代においては、小説は、作家の個の表現であると同時に、売れるかどうか、ベストセラーとなるかどうかといった商業主義の観点が重視されるようになる。小説に対して与えられるタイトルとして芥川賞と直木賞が有名である。一般に純文学の芥川賞、大衆文学の直木賞といわれてきたが、近年ではその境界もあいまいになりつつある。ネット小説のような本の形態をもたない小説のスタイルも生まれる。

小説がもともと、物語のかたちで歴史を語るための稗史に対応する語で、人間の日常のできごとや日々感じていることを語る物語であったことを考えると、社会の営みも人々の生活も多様化し極大化し、複雑な現代社会において、さまざまな内容とスタイルの小説が百花繚乱の様相を呈しているのも自然な流れだろう。人は、ことばによって生きている。自分について、また、自分の思いや自分のまわりのできごとを、ことばによって誰かに伝えたいという衝動をもつのは自然なことだ。しかし、誰もが、適切なことばを用いて巧みに自分の思いや自分の体験を語ることができるわけではない。いわゆる小説家は、より強く伝えたいという衝動をもち、それを語る技術やセンスを持ち合わせているといえるだろう。その結果、味わい深い日本語による説得力のある構成と文体による多くの小説が生まれてきたし、これからも生まれ続けるだろう。

〔二〕『日本国語大辞典』第二版(小学館)の「小説」の項。

小説を読むことは、わたしたちのなかの〈語りたい衝動〉の代償行為ともなる。小説を読んで、同じような思いや経験があった場合、わたしたちは強く共感する。また、本を読むという経験は、強く感情に作用するので、実際に経験したことがなくても経験の代替行為ともなる。小説はわたしたちが生きていくうえで感じるさまざまな喜怒哀楽を代弁してくれるし、発したくても発することのできない心の叫びを代わりに発してくれもする。そして、小説を読んでいる間、読者は、自分が生きえなかった人生を生きることができる。登場人物に寄り添うことは、現実の世界で他者に寄り添うことと不即不離だ。人間関係は想像力によって成り立っている。小説をより多く読むことは、他者のことをより深く思いやれることにつながるだろう。

また、小説を丁寧に読み、より深く広く解釈することは、読者にとって二次創作に近い感興をもたらす。平井照敏は、これを「創造的誤解」と称した[二三]。小説を自分の興味関心に引き付けて読むことは、もしかしたら、作者の意図とは離れる作業かもしれない。しかし、自分の全存在をかけて小説を読み解いたかたちが、作者の側、あるいは、他者の側からは「誤解」と言われるものだったとしても、それが自分にとっての真実であるならば、それはその人にとっての正しい読み方ということになる。同じことを、近世文学研究者の高田衛（たかだまもる）は、「小説の〈読み〉とは、読者各自の二次創作に他ならない」と述べる[二四]。つまり、想像力を最大限に使って小説を読む行為は、創造する行為そのもののほかならないということだ。すぐれた創作物である小説は、読者を創造にいざなう機能を有する。

他者を理解したり自分を向き合ったりするために、なるべく多くの哲学書や心理学書、体験記や回顧録などを読めばよいではないかという考え方も可能だろう。しかし、わたしたちは、人生を創造しながら生きている。わたしたちひとりひとりが、人生という世界にひとつしかない物語の主人公である。そういう意味で、だれもが創造者である。人生の物語は、小説という物語によってより深く理解できるということがある。小説は、因果関係を書くが、作者自身にもわからないような登場人物の言動や心理を描く。わたしたちの現実生活も、すべて因果関係で説明しきれる現象から成り立っているわけではない。むしろ、原因がわからないことの方が多いかもしれない。だから、人は不安にもなるし恐れもいだく。不可思議なできごとを時系列に添って説明するだけなら小説である必要はない。小説のかたちでしか伝えられないものが小

二三　平井照敏「私の場合——創造的誤解について——」（『国文学言語と文芸』第78号、一九七四年五月）

二四　長島弘明・高田衛「特集〈文人〉の季節——上田秋成とその時代　対談　秋成、その汲み尽くせぬ魅力」（『アナホリッシュ國文學』第一〇号、二〇二一年一一月）

説のなかにはある。語りのリズムや独自の文体、イメージやメタファー（隠喩）が広がることばの組み合わせ、行間ににじむ余韻や説得力、小説を読むとき、読者は内容だけではなくそれらすべてを吸収しながらからだ全体で読み進める。息をつめたり、ほっと溜息をついたり、涙を流したり、心臓をドキドキさせたり、胸がきゅんと痛くなったり……。事実を越えたリアリティが小説の中にある場合もある。それこそがことばの力だろう。

小説を読み解くことは、他者の人生を読み解くためにたいへん有効であるし、自分自身が人生に向き合うときのトレーニングにもなる。心臓の筋肉は生まれてから死ぬまで拍動を続けている。人間の心臓は、平均して一生の間に一五億回から二〇億回、拍動を繰り返す。心筋は不随意筋なので、自分で意のままに扱うことができない。自律的に拍動を繰り返し続けて生命を維持する。無理のない持続的な有酸素運動が、心筋を鍛えるのに適していることはよく知られている。小説は、心の筋トレにもっともふさわしいといえるだろう。

2．村上春樹と上田秋成

村上春樹（一九四九年京都生まれ）は、一九七九年『風の歌を聴け』で群像新人文学賞を受賞し、作家デビューする。ジャズ喫茶を経営していたが、一九八一年二専業作家となり、一九八二年『羊をめぐる冒険』で野間文芸新人賞を受賞、以後、意欲的な創作活動と翻訳活動を続け、現在に至っている。作品は、世界の主要国で翻訳出版され、世界的にも高い評価を受けている。二〇〇二年に発表した『海辺のカフカ』は、フランツ・カフカ賞、フランク・オコナー国際短編賞を受賞した。二〇〇九年にはエルサレム賞も受賞している。二〇一一年に受賞したカタルーニャ国際賞の副賞八万ユーロを東日本大震災の義捐金として寄付している。

彼は、一貫して、小説によって現実に「コミットメント」するというスタンスで執筆活動を続けている。彼のいう「コミットメント」について、河合隼雄との対談の中で、村上自身が次のように述べている[二五]。

二五　河合隼雄・村上春樹『村上春樹、河合隼雄に会いにいく』（新潮社、一九九六年）

コミットメントというのは何かというと、人と人との関わり合いだと思うのだけれど、これまでにあるような、「あなたの言っていることはわかるわかる、じゃ、手をつなごう」というのではなくて、「井戸」を掘って掘って掘っていくと、そこでまったくつながるはずのない壁を超えてつながる、というコミットメントのありように、ぼくは非常に惹かれたのだと思うのです。

ベストセラーとなった『ノルウェイの森』（一九八七）は、学生時代に経験したとおぼしき友人の死とのコミットメントを語ったものだ。『ねじまきどりクロニクル』（一九九四）や『海辺のカフカ（二〇〇二）』では、時空を越えた第二次世界大戦下のできごとと主人公のかかわりを描くことによって、戦争とのコミットメントを表明しているともいえる。

また、村上春樹は、「物語というのは、こういう時代には逆にしぶとい力を持ってくる」と述べる[二六]。「こういう時代」とは価値観が多様化し、インターネットの普及により情報の真偽があいまいになり、人々によりどころがなくなる現代社会をさす。そして、「物語の力」とは、本書でこれまで述べてきたような、言語による芸術としての文学の力、あるいは、小説の力と言い換えてもよいだろう。そんなふうに文学の力を信じる小説家村上春樹がもっとも敬愛する小説家が、江戸時代の読本作者・上田秋成であることはよく知られている。彼自身もいろいろなところでそのことに言及しているし、最近では、高田衛が精力的に（『海辺のカフカ』と『雨月物語』、『騎士団長物語』（二〇一七）と『春雨物語』の比較論を試みている[二七]。

内田樹（うちだたつる）は、日本の近代文学を否定し去った非現実の世界が現実の闇の部分を担うという事象を語るという点で、上田秋成と村上春樹は地続きの文学者であるとする[二八]。村上自身も『雨月物語』なんかにあるように、現実と非現実がぴたりときびすを接するように存在している。そしてその境界を超えることに人はそれほど違和感を持たない」のが日本人本来の心象風景であると述べる[二九]。

二六　川上未映子との対談『みみずくは黄昏に飛び立つ―川上未映子訊く／村上春樹語る――』（新潮文庫、二〇一九年）
二七　「『騎士団長殺し』の寓意性」（『道標』68二〇二〇年春）「田崎つくる」と「丈部左門」―春樹と秋成（同69、二〇二〇年秋）など。
二八　内田樹ホームページ「内田樹の研究室」二〇二二年四月一三日の記事「村上春樹と上田秋成」http://blog.tatsuru.com/2022/04/13_1712.html
二九　村上春樹『夢を見るために毎朝僕は目覚めるのです』（二〇一二年、文春文庫）

高田衛は、『海辺のカフカ』に『雨月物語』所収の「菊花の約」や「貧福論」が引用されていることに加えて、『雨月物語』の「白峯」の舞台である高松を用いていること、『海辺のカフカ』に登場する「田村」「佐伯」という姓名が高松の神社にゆかりのものであること、また、『雨月物語』所収の「吉備津の釜」に登場する吉備津神社の祭神とイメージが『海辺のカフカ』に登場する司書に投影されていることなど数々の両作品の付合点を指摘する[三〇]。高田は、『海辺のカフカ』は、秋成の世界をフィルターにすることによって、「人生という苦悩や暗黒やマジック」によってアイデンティティを二つに引き裂かれた一五歳の少年が、自分を回復していく旅を描いたものだと指摘[三一]して興味深い。

上田秋成の文学に通暁する高田にしかできない解釈は、それ自体が、すぐれた創造性を有してもいる。高田の解釈を読むと、秋成をも村上をも再読したくなる。

いずれにしても、村上春樹と上田秋成だけではなく、現代文学作品は、古典文学と比較することによって、解釈に新しい視界が開けたり、読解が深まったりすることが少なくない。そのようにジャンルや時代を越えて作品を並べて理解することは、村上作品にしばしば登場する現実と非現実の世界をつなぐ回路を思わせる。そして、その回路は、あらゆる文学に準備されていて、わたしたちはいつでも通行可能なのである。

3．村上作品における森

往年のロックグループ、ビートルズの名曲に「ノーウェジアン・ウッド」という作品がある。男の子が女の子の部屋に誘われて入ったときの印象を「そう悪くない部屋だね」と語る歌だ。そして彼女の部屋にはそこに「ノーウェジアン・ウッド」があったと描写される。この曲は、シタールというインドの楽器をメンバーのひとりジョージ・ハリスンが気に入って、アンサンブルに加えた最初の曲だ。後に、ジョージ・ハリスンはインド哲学に興味を持ち、インドのアシュラムで修行まですることになる。ビートルズが、アジアン・テイストをはじめて取り入れ

三〇　高田衛「『海辺のカフカ』と春樹と秋成」（『文学』二〇一一年三・四月号）
三一　前掲脚注二四に同じ。

た曲がこの曲である。

邦題を訳した音楽プロデューサーは、シタールのサウンドとボーカルであるジョン・レノンのくぐもった声が「森」をイメージさせるからという理由でwoodを「森」と訳したそうだ。直訳的には、このwoodは「家具」を意味する。しかし、曲のタイトルが、「北欧木材家具」あるいは「ノルウェイっぽい家具」では、当時一世を風靡していたメジャーグループの曲としてしっくりこない。

村上春樹の『ノルウェイの森』はこの曲のタイトルを援用したものだ。言語的な整合性ではなく、イメージの連鎖によって「ノーウェジアン・ウッド」↓「ノルウェイの森」↓村上春樹の小説が生まれたことが興味深い事実といえる。「ノルウェイの家具」と訳されていたら小説にはならなかったかもしれない。『ノルウェイの森』が映画化されたときも、ビートルズの曲とともに時折映し出される森の風景が、混沌とした主人公の恋や心理とマッチしたものになっていた。

この作品は村上春樹の体験に基づいて書かれたと本人が告白している。あとがきに、死んでしまった友人と生きつづけている友人に捧げられたものだと書かれている。ライト・モチーフは個人的なことだが、優れた芸術作品がいつもそうであるように、この作品は、愛と死というきわめて普遍的なテーマを扱っている。『竹取物語』や『源氏物語』に貫かれていた愛別離苦の悲しみが通奏低音となっている。

主人公は、大学生の男女である。「死は生の対極にあるのではなく、我々の生のうちに潜んでいる[三二]」ということばや、「愛するものを亡くした哀しみ」を「哀しみ抜いて、そこから何かを学びとることしかできない」という主人公の語りに、だれもが共感するのではないだろうか。


創作活動や職業意識の根底にしばしば若いときに経験した死や死生観が反映される。村上春樹の創作活動にも、大学時代の死との遭遇が何らかのかたちで影響を及ぼしているような気がする。「森」は死と再生の象徴といえる。村上春樹は、亡くなった友人に小説の中で永遠の生を与えたのではないだろうか。

「森」に関連するメディア作品にはさまざまなものがある。

三二　引用は、すべて村上春樹『ノルウェイの森』(講談社、一九八七年)による。

たとえば、宮崎駿（一九四一年東京生まれ）のアニメーションには繰り返し「森」のイメージが出てくる。それは、作品のテーマの根底に人類あるいは文明と自然との共存ということがあるからだろう。

宮崎アニメにおいて「森」は、自然の代名詞でもある。命の根源の宿る場所として描かれる。そして、しばしば「火」や「汚れた水」によってその森が破壊される。破壊された森の再生（回復）を信じる主人公が登場するのも特徴的だ。戦争や環境破壊によって森を破壊する人間の暴力性が告発される一方で、自然に敬意をはらい森と共生する道を模索する人間の姿が描かれる。

川原泉（一九六〇年鹿児島生まれ）という漫画家がいる。ロマンチックな絵柄に反して、独特なテイストでシュールな世界を描く作風の漫画家だ。彼女の短編漫画作品集に『美貌の果実』（白泉社、一九九五年）という作品がある。そのなかに、「森」という語がタイトルに使われている「架空の森」「森には真理が落ちている」という作品が収められている。どちらも風変わりな女性主人公の恋愛をテーマにしている作品だが、安心で安全なカオスとして「森」というメタファーが使われる。「森」の真理に与るものとして子どもとカメが登場している。森林浴ということばが流行するのはこの作品が公表された時代よりあとのことだが、川原泉の「森」は、木漏れ日がきらめく森の木々の緑がしみじみとありがたいという感覚をもたらすものだ。「森」は大切にしたいものをそっとしまっておく場所として描かれる。

ここでは、「森」はカオスでありながら、命のいとなみのすべてが取り込まれた時空間を表すものであることを確認しておこう。

4．『神の子どもたちはみな踊る』「アイロンのある風景」を書いて読む

『神の子どもたちはみな踊る』の「アイロンのある風景」は、そんな森からめぐりめぐって海岸に打ち上げられた流木が、さまざまなことを象徴する作品だ。この作品は、一九九五年に起きた阪神淡路大震災と地下鉄サリン事件にコミットメントする短編だ。

浜辺に打ち上げられる流木は、地球上のどこかの森に生えていた木がいろいろな理由で、何年も何年もかけて海に流れ着いて、さらに、海の中を漂流した挙げ句に流れ着いた木片だ。森が命の源であるとするなら、流木は命の終わりのかたちといえるだろう。

「アイロンのある風景」に出てくるのは、順子、啓介、三宅さんの三人の人物だけだ。三宅さんはときどき流木を集めて海岸でたき火をするのを趣味にしている中年男性。コンビニのバイトをしている順子は、冷蔵庫を持っていない三宅さんが頻繁に買い物にくることから親しくなり、ときどき、同棲相手の啓介と一緒に三宅さんのたき火につきあっている。「土」のなかのミネラルを吸収して成長した「木」が、倒れて「水」のなかでかたちを変えて、最後は人間の手によって「火」を点けて燃やされて、炭素となって再び「土」に還る。自然界の命の循環が流木のたき火から連想される。

三宅さんも順子も啓介も、心に傷があり闇を抱えていて、社会からドロップアウトしてしまって生きにくそうにしている。「冷蔵庫」を持たない三宅さんが、「アイロンのある風景」というタイトルの絵を描き上げたという。村上春樹は比喩表現の達人だが、「冷蔵庫」「アイロン」といった家電は何を表すのだろうか。

また、「アイロンのある風景」を読む際にジャック・ロンドンの『焚火』を忘れてはならない。前章でも少し言及した作品だ。三宅さんが流木のたき火をするときに順子に『焚火』という作品について話す。気温マイナス五〇度という極寒のアラスカの雪原で犬ぞりを引く男の話だ。この作品と重なるようなシーンが「アイロンのある風景」にある。

命をはぐくむ森の最後の炎が、流木が燃え尽きると消えてしまう。そのあとには何が残るのか、そんなことを問いかけた作品だと思う。それでは、「アイロンのある風景」のラストシーンを書読してみよう[三三]。三宅さんが純子に一緒に死のうといい、順子はそれを承諾する。

順子は焚き火のいいにおいに包まれて目を閉じていた。肩にまわされた三宅さんの手は大人の男にしては小さく、妙にごつごつとしていた。私はこの人と一緒に生きることはできないだろうと順子は思った。私がこの人の心の中に入っていくことはできそうにないから。でも一緒に死ぬことならできるかもしれない。

三三 引用は、村上春樹『神の子どもたちはみな踊る』（新潮社、二〇〇〇年）による。

しかし三宅さんの腕にだかれているうちに、だんだん眠くなってきた。きっとウイスキーのせいだ。大半の木ぎれは灰になって崩れてしまったが、いちばん太い流木はまだオレンジ色に輝いていたし、その静かな温かみを肌に感じることもできた。それが燃え尽きるまでには、まだしばらく時間がかかりそうだ。

「少し眠っていい？」と順子は尋ねた。

「いいよ」

「焚き火が消えたら起こしてくれる？」

「心配するな。焚き火が消えたら、寒くなっていやでも目は覚める。」

彼女は頭の中でその言葉を繰り返した。焚き火が消えたら、寒くなっていやでも目は覚める、それから体を丸めて、束の間の、しかし深い眠りに落ちた。

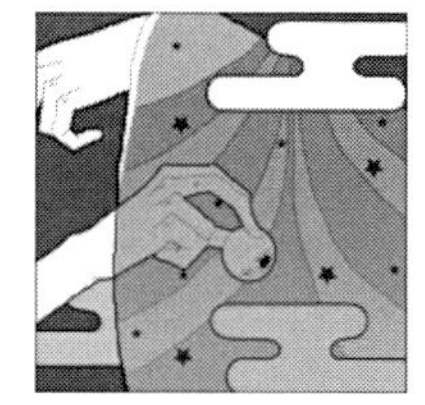

レイ・ブラッドベリ（一九二〇〜二〇一二）のＳＦ『華氏４５１』（一九五三）がフランソワ・トリフォー（一九三二〜一九八四）監督によって映画化されたのは、一九六六年のことだ。本の出版が禁止された政府のもとで、消防士の仕事は、人々が隠し持っている本を発見して燃やすこととされる社会を描く。作品のタイトルは、紙に火がつく温度を意味する。天井まで本で埋め尽くされた書架のある家で暮らす夫人が、摘発され、たくさんの本とともに燃えさかる炎に囲まれる映像は、本を愛するものにとって胸が痛くなるものだ。映画の最後は、本を愛する人々が、ブック・ピープルとなって森の中に隠れ住んでいるようすを伝える。ひとりひとり、本を一冊まるごと暗唱し、いつか本の出版が許される日がくるのを待つ。次世代の子どもに自分が暗唱している本を口伝えで覚えさせ一生を終える老人もいる。たとえ燃やされたとしても、本の内容を覚えてしまえば、本は残る。この映画は、そんな精神の自由を伝えるものでもある。

もし、あなたがブック・ピープルになるとしたら、何の本を暗唱するだろうか。後世に語り継ぎたい一冊の本を選ぶのはむずかしいかもしれない。『源氏物語』などはとてもひとりで覚えられそうもない。

児童文学評論家の赤木かん子は、小さいときから本が好きで好きで、四六時中、本を読んでいたそうだ[三四]。そして、小学生の頃は、本の中の世界こそが現実で、学校に行って勉強をしている自分の生活はかりそめのものだったと信じていた。作文の時間には、自分にとっての現実、つまり本の中のできごとを嬉々として綴ったらしい。国語の教師から返された作文には、「ウソを書いてはいけません」と赤ペンで書いてあったそうだ。でも、彼女は、自分にとっての現実、つまり、本の中の本当を書いたのに、どうしてそんなふうに注意されるのかまったくわからなかった。中学に入り、体育の授業が終わって校庭の水飲み場で水を飲んでいるときに、水の感触のリアリティに驚き、そのときはじめて、こちらの方が現実であることに気づいたという。

それとは逆の話もある。

三四　『赤木かん子［ＢＯＯＫ］術――子供の本がいちばん！』（晶文社、一九八七年）

エリア・カザン（一九〇九〜二〇〇三）監督の『ブルックリン横丁』という映画がある。劇作家ベティ・スミス（一八九六〜一九七二）の自伝的長編小説を、一九四五年に映画化したものだ。一九〇〇年、ニューヨーク、ブルックリンが舞台である。主人公・フランシーは聡明で本好きな少女である。図書館の本を全部読み尽くすことを目標にするくらい本が好きだ。ある時、作文にお父さんと南部に旅行をして楽しかったということを書いた。彼女の父は劇場回りをするしがない歌手で普段あまり家にいない。担任の先生は、彼女の作文が嘘であることを見抜く。先生に呼ばれたフランシーは、自分の嘘を恥じて先生に謝る。すると先生は、「とてもよく書けていたわ。真実を語るためにつく嘘を物語というのよ」と言って、フランシーの才能を認める。日本とアメリカで同じように作文の時間にフィクションを書いた少女がいて、一方は、嘘を書いてはいけない、と注意され、もう一方は、物語のなんたるかを教えてもらい、それをきっかけに作家を志すことになるのである。

物語の原体験ともいうべき事例をもう一つあげよう。

静岡県の沼津市出身のわたしの母は、国民学校五年生の国語の教科書（サクラ読本）に載っていた「稲村の火」の物語が怖くてしかたなかったそうだ。母は二〇一六年三月八四歳で亡くなったが、晩年に書いたエッセイに「稲村の火」のことを綴っている[三五]。

高台に住む庄屋の五兵衛が、地鳴りに続く長い地震のあと、下方の海で水がゆっくりと引いて行くのを見て津波の襲来を予想して、収穫したばかりの大切な稲束に火を点け、四百人の村人を山に誘導して救った話である。最初のページに五兵衛が稲束に火を点ける絵、次のページに押し寄せた津波が村を呑みこんでしまった絵が挿絵として描かれていた。幼心に、「もし津波が来たらどうしよう」と言い知れぬ恐怖を覚えた。通学途中、ランドセルの中で教科書がコトリと揺れてはその挿絵を思い出して心暗くなり、国語の授業になるとなるべくそのページを見まいとするのだが、なぜか教科書を開くとその絵が必ず目に飛び込んできて、ますます恐怖心が煽られるのだった。

当時、大方の成人男性は戦争に征き、後には女子どもが残されていた。沼津も空襲に遭い、母は、幼い弟妹を連れて自分の実家に疎開しており、家には女学生の姉と小学六年の私が残っていた。

三五　本田總子「稲村の火」。二〇一三年第四〇回沼津市芸術祭エッセイ部門で教育長賞を受賞、『ぬまづ文芸』二〇一三に掲載。

ある晩秋の夜、半鐘が鳴った。漁村の半鐘の多くは船の遭難を知らせるものだった。しかし、その日は違った。留守を母に頼まれていた隣家の小父さんが大声で叫んでいた。

「津波が来るぞ、二人とも逃げろ！」

姉も私もほとんど同時に素足で外へ飛び出した。当時の子どもははだしで石蹴りや縄跳びをしていたから素足でも何とも思わない。外にお向いの恒ちゃんが姪の赤ちゃんをあやして立っていた。一緒に逃げようと誘った。

村はずれまで行くと、数人の人が逃げ出していた。私たちはその人たちを追い越して一目散に香貫山（かぬきやま）を目指した。四キロはあるだろうか。四人とも必死だ。香貫山の麓近くには姉の女学校の友だちの家があり、姉は知らせなければと戸を叩いた。

「津波が来ます。」

というと、お父さんが出てきて首を傾げながら言った。

「大瀬崎があるから津波は来ないはずだけど」

そのことばが終るか終らないかのときに、西風に乗って遠くから波の音が「ゴー」っと聞こえてきた。

「きゃーっ」

わたしたちは玄関を飛び出した。

香貫山を登り始めると、砂利が多くて足がとても痛かった。中腹には石切場があり、その向いの斜面に平屋の小さい家が建っていた。訳を言うと家の人は茶の間に通してくれた。炬燵に当たって茶の間の柱時計を見ると九時を回っている。十時半になっても津波が来ない。何となく皆モジモジしてきて、私たちは帰ることになった。帰りの道は遠かった。

村の入り口まで来ると、我が家の方向にたくさんの提灯が揺れている。突然いなくなった私たちを捜す提灯だった。

この「稲村の火」は、江戸末期の安政南海地震のときの紀伊半島湯浅町での実話に基づいている。母のエッセイによると、「この話を取材したラフカディオ・ハーンが一八九六年、西洋と日本の神の違いを論じる『生き神』という英文で紹介した。それを読んで感銘した和歌山の教師中井常蔵が児童向けの話に仕立て、一九三四年、文部省の教材募集に応募して入選、一九三七年から四九年まで国語の教科書に掲載された」という。同じ教科書で学んだ母の姉もとっさに「稲村の火」のことを思い出して、妹と逃げたそうだ。終わってみれば笑い話だ。「稲村の火」という物語が、強く少女の心をつかみ、想像力を刺激するものだったということだ。小さいころ、わたしはこの話を繰り返し母に聞かされた。何度聞いてもドキドキした。幼かった母の恐怖、姉と必死で逃げる姿、無事に家に戻れた安心感……さまざまなことが幼いわたしの想像力を刺激し、「稲村の火」はわたしにとっても忘れられない物語となっていた。「稲村の火」の物語が、幼い母の中で物語化し、それが母の語りによって娘であるわたしの中で新しい物語を紡ぎ出した。二〇一一年三月一一日に東日本大震災による大津波で東北地方が被災したとき、「稲村の火」があちこちで話題になった。母はそのことに触発されて自分の体験も書き留めておこうと思ったようだ。

物語の力は大きく、物語が与える影響はさまざまである。

わたしたちに与えられている文学を読む自由と楽しみ、これは何ものにも代えがたいものだということを、たくさんの物語が教えてくれる。有史以来、文学は創られ続けて現在にいたっている。そのことを忘れないでいたい。

この本を執筆している現在、世界は、新型コロナウィルスによるパンデミックが終息したとはいえない状況にある。マスクをした生活、リモートによる会議や授業が日常の風景になって久しい。リモート授業では、たいていの場合受講生の画像はオフなので、平らな液晶パネルに、学籍番号の並んだ小さなアイコンが碁盤のマス目のようにびっしり並ぶ。二次元の画面を見ながら、「文学はもともと二次元！」と自分を鼓舞して文学を語る時間は、意外に楽しいものだった。二次元の文学は、多次元への回路を開く。パンデミックにあっても、いや、パンデミックだからこそ、文学はわたしたちのすべてを照らす光源として確かに明滅し続けているのである。

「書いて読む」という本書のコンセプトは、世音社の柏木一男さんと古川来実さんとの打ち合わせの中から生まれた。お二人には、構想の段階から終始さまざまな御助言をいただき、大変お世話になった。こころから御礼申し上げる。

二〇二二年一二月一日

☆112ページ【設問】の解答

1 カ　2 ク　3 ア　4 オ　5 ウ　6 キ　7 エ　8 イ

平林　香織（ひらばやし　かおり）
1959年、宮城県仙台市生まれ。
東北大学大学院文学研究科国文学専攻博士後期課程満期退学。
長野県短期大学多文化コミュニケーション学科、岩手医科大学教養教育センターを経て、現在、創価大学文学部人間学科教授。博士（文学）。連句結社猫蓑会理事（副会長）。日本連句協会理事。
専門は、近世文学、とくに、井原西鶴の浮世草子研究と江戸時代後期の大名文芸の研究。
著書『誘惑する西鶴　浮世草子をどう読むか』（笠間書院、2016年）
　　『文学史の向こう側』（世音社、2020年）、
編著書『大名文化圏における〈知〉の饗宴』（世音社、2020年）など。

表紙イラスト　挿画
セキミワ

書いて読み解く「日本文学史」
発　行　2023年1月21日　初版第一刷
編　者　平林香織
発行者　柏木一男
発行所　世音社
〒173-0037　東京都板橋区小茂根4-1-8-102

印刷所 モリモト印刷

ISBN978-4-921012-57-1　C0091